如果李白
在阿尔卑斯山

What If Li Bai
Roamed the Alps?

阮枫舒 著

少年儿童出版社

姓名: 林枫

年龄： 14 岁

性别： 女

身份： 就读于瑞士寄宿学校的九年级学生。

性格与爱好： 活泼开朗、好奇心强、善于哲思、喜欢古典诗词。

人物介绍

林枫的母亲是中国人，父亲是瑞士人，她在上海的一所国际学校度过了少女时光。在林枫十四岁那年，她来到了瑞士莱恩国际学校继续学业。林枫有着旺盛的探索欲与好奇心，而且对中国古典诗词有着浓厚的兴趣，在莱恩学校的生活中，她不仅体验了丰富的学校活动，还结识了一群同样热爱诗词与中华传统文化的伙伴们。一次偶然的机会让林枫结识了达奴女神的使者迪安，在迪安的请求下，林枫与伙伴们用诗词去修复结界，踏上了一段充满挑战与奇幻的旅程。

如果李白
在阿尔卑斯山

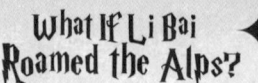
姓名: 李慕白

年龄: 17 岁

性别: 男

身份: 参加唐代科举考试的小才子。

性格与爱好: 温文尔雅，性格内敛，一副热心肠，喜欢云游四方。

人物介绍

李慕白是生活在盛唐时期的才子，自小表现出了极高的诗词天赋，吟诗作赋、挥墨成章可谓是样样都行。李慕白的偶像是诗仙李白，内心渴望能成为像李白那样的大诗人，闲时游山玩水、无拘无束。然而李慕白的父亲对他要求非常严厉，希望他在科举考试中高中状元、为家族争光，但李慕白总在殿试之前失利。在一次落榜之后，意外被短暂穿越而来的林枫拉去了瑞士，并进入了莱恩学校学习，在与林枫一起生活和冒险的过程中，他领悟到了诗歌的神韵与真谛，回到唐朝后顺利考中状元、创作了不少诗文佳作。

如果李白
在阿尔卑斯山

姓名：安德烈

年龄： 17 岁

性别： 男

身份： 莱恩学校十一年级的学生会会长。

性格与爱好： 讲义气、喜欢中华古典文化、酷爱摄影。

人物介绍

安德烈是瑞士本地的男孩，父亲是常年驻中国北京的瑞士外交官。安德烈在父亲的影响下，从小就受到了中华文化的熏陶，他尤其钟爱古典诗词。安德烈的学习非常好，不仅是莱恩学校奖学金的获得者，同时也是十一年级的学生会会长。安德烈与林枫"不打不相识"，他们因诗词飞花令而结识，两人互相钦佩彼此的诗词才情。在日常生活中，安德烈似大哥哥般的存在，对林枫非常照顾。在与林枫结伴游历的过程中，他还用相机记录了很多美好瞬间，最后帮助林枫成立了古典诗词社团。

如果李白
在阿尔卑斯山

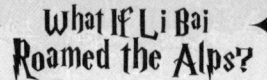
姓名: 玛雅

年龄: 14 岁

性别: 女

身份: 林枫的室友。

性格与爱好: 活泼开朗、热心肠、酷爱冒险与滑雪。

人物介绍

玛雅是来自英国的女孩，同时也是林枫的室友。玛雅非常喜欢冒险与探索未知，希望未来有一天能成为滑雪运动员，并在滑雪季主动担任了李慕白的教练。与林枫成为室友后，玛雅经常拉着林枫去参加各种各样的户外活动，体验新鲜事物。玛雅酷爱莎士比亚与湖畔派诗人华兹华斯的诗歌，她认为英国诗歌是世界上最优美的，不过在与林枫经历了冒险旅程后，她深深感受到了中国古典诗歌的魅力，决定广泛涉猎中文，最终玛雅也积极帮助林枫筹办了古典诗词社团。

*如果李白
在阿尔卑斯山*

姓名: 迪安

年龄: 未知

性别: 男

身份: 达奴女神的使者。

性格与爱好: 活泼好动、喜欢仰望星空、听诗词歌赋。

人物介绍

赤狐迪安原本为大地之神——达奴女神的使者，在雪山崩塌之际使出浑身解数暂时保护了阿尔卑斯山脉的一方净土，但因此也身受重伤。在雪山结界缺失后迪安不得已下山向人类求助，于是便与林枫偶遇。为了修复结界，赤狐迪安不仅动用神力让林枫回到盛唐寻找帮手，还在整个旅程中充当着众人的指引者。

目 录
Contents

What If Li Bai Roamed the Alps?

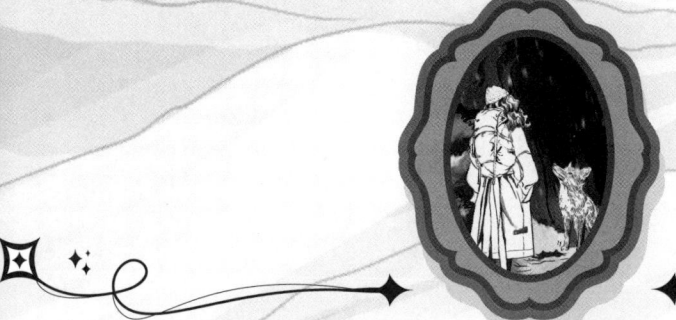

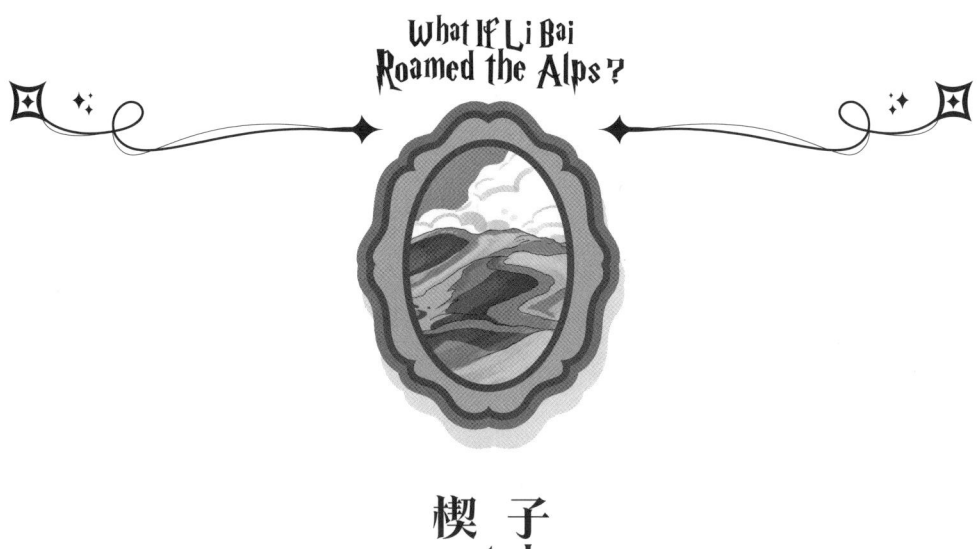

楔 子
prelude

　　月圆之夜，阿尔卑斯山的夜空格外澄澈，银白的月光似水银泻地，铺洒在雪山之巅。星辰在漆黑的夜幕中闪烁着柔和的光芒，万物沉浸在祥和之中。可就在这爽朗的秋夜里，雪山深处的沉闷声响却撞碎了这份安宁，巨大的雪块和寒冰轰然崩塌，就连大地也为之一颤，但此刻仍在酣睡的人们却并未察觉到异象。

　　在阿尔卑斯山最深处的洞穴中，一场灾难正悄无声息地上演着。此时一道细微的裂痕在山洞中显现，一个女子的身影在昏暗的光线中显得格外神秘，她的周身散发着明月般皎洁的光辉，她的双手轻轻抬起，掌心朝上，仿佛在呼唤着某种力量，可那如同碎玻璃般的细纹却迅速扩散着。随着裂纹的扩大，毁灭的光芒越发强烈，直至一声清脆的破裂声响彻山谷。此刻，有什么东西接二连三地破碎了。

凋零的碎片如同无数悠然的蝴蝶，在夜空中飞舞。紧接着，一股强大的冲击能量在山谷间回荡。她知道，这注定是一个灾难之夜。女子尝试将这些碎片拢于掌心，但光芒终究消逝，她的面容多了几分憔悴，最终一切化作了沉重的叹息声。

月光下，女子的面容惨淡，她感到体内的力量也在逐渐流逝着。月光像利剑般刺穿了流云，她身体的轮廓开始变得透明。女子知道，这是力量耗尽的征兆。

她缓缓闭上了双眼，一只毛发火红的狐狸急得团团乱转。赤狐似乎不停地呼唤着她的名字，希望得到回应。可是，一切都是徒劳的，雪山深处的灾难仍未停息。

然而，赤狐却不愿放弃，它仰头望着皎洁的月光，眼神中闪烁着坚定的光芒。它仿佛下定决心，决定最后一搏。月光辉映之下，赤狐将体内蕴含的纯洁之力凝聚在爪中，可是山洞中一股骇人的能量汹涌袭来，几乎将赤狐反噬！

银白的纯洁之力瞬间变得扭曲，如同遭受狂风吹拂的烛火般惶惶。赤狐也被这股恐怖的力量反弹出去，重重地摔在地上。赤狐痛苦地哀号着，声音在静谧的夜空中显得格外凄厉。

真的没有任何办法了吗？

难道要眼睁睁地看着灾难发生吗？

赤狐的嘴角淌下了鲜红的血，它的力量几乎耗尽，不甘的眼泪从它的眼中滴落。而它只能虚弱地躺在那里，悲哀地望着碎片在空中飘散。那些碎片像凋零的音符，在夜空中吟唱着最后的挽歌。

月光依旧静静地洒在阿尔卑斯山脉之上，不知过了多久，赤狐挣扎着站起身，抖了抖身上的泥污，那火红的毛发在皎洁的月光下显得格外刺眼。赤狐带着眷恋的眼神回望着陷入沉睡的女子，随后迅速向山下奔去，直至身影消失在苍茫的山色之中。

Chapter 1
莱恩学校初体验

"哎哟，好沉啊，早知道就不来这个鬼地方读书了！"林枫拖着沉重的行李箱艰难地爬着楼梯，嘴里不停地嘟囔抱怨着，行李箱沉闷的声音在空荡的楼梯间回荡，她显得有些无奈。

林枫，一个出生在上海的女孩。上海，那是一座繁华而又充满活力的城市。不过林枫的身份有些特别，因为她的母亲是中国台湾人，而父亲是瑞士人。当她在上海的国际学校读完初中后，爸爸强烈希望她可以回自己的故乡读书，起初林枫并不愿意，谁想离开生活多年的地方呢？但架不住爸爸的软磨硬泡，于是在林枫十四岁的这一年，她辗转从上海来到了瑞士的莱恩学校。

今天是学校开学报到的日子，爸爸妈妈将她开心地送到学校

之后，就头也不回地开始了他们的欧洲之旅，开启快乐的"空巢生活"。林枫既兴奋又无奈：兴奋的是校园看起来又大又漂亮，报到时学生会的哥哥姐姐们也十分热情；无奈的是自己就此要"背井离乡"，离开繁华的上海到这个阿尔卑斯山下的小镇开始高中生活……

算了，既来之则安之。若说在中国的十四年里林枫学到了什么，那这种古老的中国智慧她还是颇有体会的。花了好大力气，林枫终于把那笨重的行李箱拖拽到了寝室。林枫的宿舍在三楼，在这栋百年建筑里，后来加装的电梯只有在出现紧急状况时才可以使用，扛行李直上三楼也真够累人的。林枫一下就躺在了宿舍的床上，可不久后肚子就开始咕咕作响，她的心情突然跌到了谷底，甚至开始有些后悔来到这里了。

"唉！这里应该没有外卖吧？要是在上海，我手机一按，什么好吃的半小时都能送到了……"林枫忍不住嘟囔了起来。

这里没有川流不息的街道，没有随处可见的购物中心，甚至连她最爱的奶茶小店都没有。想想也是，毕竟上海可是一座拥有两千五百万人口的大都市，而她所在的地方只有不到三千人，自然没那么繁华了。不过凡事都得往好的方面看，林枫看到宿舍一楼还有个专门供学生烹饪的小厨房，里面不仅厨具食材齐全，还有一个可以储存食物的大冰箱，等会儿去那里给自己做杯水果茶也不错。

正当林枫站在宿舍房间的客厅叹息时，大门轻微地"吱呀"了一声，一个拖着行李箱的女孩出现在她的面前。那位少女的穿着简单却不失时尚，一件纯白的 T 恤贴合着身形，展现出简约的美，下身是一条经典的蓝色牛仔裤，舒适而又百搭，使她整个人都洋溢着青春的活力。

"呼，终于到宿舍了。"少女擦了擦额头上的汗，礼貌地问候道，"你好呀！我叫玛雅，来自英国伦敦，是你的新室友。"少女的眼神如山湖般清澈，那一头柔软的长发随着手轻轻摇晃着，她正好奇地打量着林枫。

"你好，我叫林枫，来自中国上海，你也可以叫我 Maple。"林枫握住了玛雅的手。

"嗯？"玛雅似乎意识到了哪里不对，忽然凑到了林枫的面前眨了眨眼，"可在我的印象里，亚洲人不长这样啊？"

林枫被玛雅的自来熟吓了一跳，连忙解释道："我的妈妈是中国人，爸爸是瑞士人，所以我是混血儿。"

"哦？那你们家交流是用中文、英文还是瑞士语啊？你的英文和中文都好流利啊，不会从小就精通三国语言吧？感觉好厉害！"玛雅的眼睛一下亮了，像是发现新大陆似的围着林枫问个不停。

"呃，我的瑞士德语①一般。但我爸爸的中文水平很棒，所以我们交流都用中文。"林枫显然有些招架不住了。虽然她在两种截然不同的文化中长大，但爸爸的中文水平不是一般的好，而是好到当他把脸遮住和人讲话时，大家不会发现他是外国人，所以中文自然成了林枫家的"官方语言"。

"好啦，我们快收拾好宿舍，然后去吃饭吧，我都快饿死了！"

---

① 瑞士德语属于高地德语的一支，主要在瑞士使用，它和标准德语有一定的差异。瑞士德语有自己独特的词汇、语法和发音规则。

玛雅幽怨地抱怨了一声，随后伸了个懒腰，将行李箱拖回了卧室。

可是刚进内屋宿舍，林枫就听到了玛雅颇为夸张的惊叹："林枫你快来，我发誓这里是莱恩学校最棒的寝室了！"

当林枫推开宿舍门的那一刻，眼前的美景也让她瞬间屏住了呼吸……

阿尔卑斯山的一角从窗外缓缓展开，宛若一幅精心描绘的画卷。山峰巍峨，层峦叠嶂，山顶上覆盖的积雪在阳光的照耀下闪烁着银白的光芒。云雾在山腰处游走，轻柔地抚摸着山峦，又缓缓地飘向远方，树木苍翠的轮廓若隐若现，为山间点染了一抹绿，这一切仿佛出自画师的仙笔。阳光透过云层的缝隙，洒向这古老的山脉，形成一道道金色的光束，给缭绕的云雾染上了一层温暖的色彩。

"从寝室窗外居然能看到阿尔卑斯山，这也太不可思议了！这让我想起了诗人荷尔德林，'我是山与湖的孩子，诗意地栖居在大地上！'"玛雅赞叹道，用悠扬的声音情不自禁地吟起诗来。

"是啊，太美了！"林枫同样为之惊叹着，心间泛起了淡淡的涟漪，刚才的后悔与不快也随之烟消云散。直到这时，林枫终于知道为何每当爸爸谈起阿尔卑斯山时，嘴角会轻轻上扬了。

"云来山更佳，云去山如画，山因云晦明，云共山高下。"林枫的脑海里随即也浮现出了一句曲词，云因山势更加巍峨险峻，山因云行更为袅娜多姿，张养浩的散曲词倒挺符合窗外之景。

林枫站在窗前呆呆地看了好久，玛雅都快把行李箱整理完了，她才在玛雅的催促下，恋恋不舍地收回目光，开始整理行李箱。林枫从行李箱中小心翼翼地取出几本诗集——那是她的枕边读物，虽然那些诗集的封面已略显磨损，页角已经泛黄，但它们却陪林枫度过了许多宁静的夜晚。她轻抚着书页，感受着纸张的质感，虽然这些诗歌她已翻阅过无数遍，但每一次触摸，她都能感受到一种别样的温暖与熟悉。

"收拾好啦，咱们去吃饭！"玛雅只是简单地整理了一下自己的床铺，二话不说就拉着林枫火急火燎地往食堂奔去。

"等等啊，我还没收拾好……"林枫赶忙将诗集放到书架上，然后就被玛雅拉走了。

从宿舍楼向西行，再穿过一条小径就能抵达学校的食堂了。虽然已是饥肠辘辘，但一路上林枫的心情还算不错，她甚至有些期待莱恩学校的午餐时光了。食堂里会有哪些中式美食呢？要是有北京烤鸭就好了，再吃上一笼汤汁鲜美的小笼包也挺好的。她迫不及待地跟着玛雅一路小跑了起来。

"哇，这食堂也太大了吧！林枫，你午饭准备吃什么啊？"

"让我先研究一下今天的菜单！"

在宽敞的食堂内，各类食物的香气交织在一起，不禁让人垂涎欲滴。林枫看着食堂提供的今日菜单：午餐提供烟熏鸡胸肉、水煮西蓝花与姜黄米饭，晚餐有意大利面、酸甜虾以及混合蔬菜套餐，还有供素食者食用的酥油饼等餐饭，种类可以说包含了中式与西式的餐食。在旁边的柜台上，林枫看见还有自助的饮料、水果与沙拉，学生们可以凭喜好自由搭配选择。

"我选好了，咱们一起吃吧！"此时的玛雅也端了一份套餐。

两人回到了座位上，闻着食物的香气，饥饿感如潮水般涌来，

林枫端起餐盘开始狼吞虎咽地吃起来。玛雅在一旁看着林枫的吃相，忍不住调侃道："林枫，你这是在参加吃饭比赛吗？慢点吃，别噎着了。"

"没办法，在美食的面前当然要大口享受！"食物以惊人的速度被一扫而空，林枫咽下最后一块鸡胸肉时，才觉得自己活了过来。

"对了，你也很喜欢读诗吗？"林枫吃了一口沙拉，开始与玛雅闲聊了起来。

"当然咯，英国诗歌是世界上最优美的！我敢打赌每个英国人都很喜欢莎士比亚——"玛雅举起叉子，毫不客气地将沙拉放进了嘴里，"不过我也很喜欢华兹华斯和荷尔德林，每当读到他们有关自然的颂歌时，感觉内心都被净化了！"

"华兹华斯的风格和唐代的山水田园诗人很像，小到一花一叶，大到山川河流，他们都能用心书写。"林枫说道，每每读到王维和孟浩然的诗句，她的心都会被其意境深深吸引。

"不过俗话说得好，读万卷书不如行万里路。说实话，比起读诗我更喜欢户外运动，尤其是登山。我觉得每当站在山顶上俯瞰大地，那种天人合一的感觉比读诗还要震撼！"只见玛雅双眼放光，开始讲起自己的登山经历。

林枫津津有味地听着，她忽然想起新生手册上说这所学校的户外活动很多，内心开始隐隐期待了起来：学校活动都有哪些呢？我们会不会徒步穿越阿尔卑斯山脉？又或者在清澈的日内瓦湖举行划船比赛？这里的自然风光这么好，也许还会举行露营活动吧？林枫有些想得入神了。

　　回到宿舍后，两人开始一起布置起寝室来。玛雅将自己喜欢的海报贴在了墙头，而林枫则是去宿舍外的超市买了一些小饰品，顺带还在花店买了一束漂亮的栀子花放在了窗前，她们一直从中午忙到晚上，将寝室的每个角落都布置得温馨而有格调。

　　时间在忙碌与兴奋中飞逝，转眼间夜幕降临了，两人在各自的床铺上躺下休息。尽管报到的第一天让林枫感到非常疲惫，但初到陌生环境的兴奋令她的思绪飘向了远方……

　　她回想起自己从繁华的上海到瑞士莱恩学校，这个选择充满挑战的同时也充满期待。令她意外的是，学校的自然风光不错，她甚至能在窗边看见阿尔卑斯山的一角。当然，莱恩学校的食堂也很美味，更重要的是今天她认识了新室友玛雅，她是个充满热情与活力的英国女孩……随着夜色渐深，林枫的思绪逐渐平静下来，她怀着对未来生活的憧憬渐渐进入了梦乡。

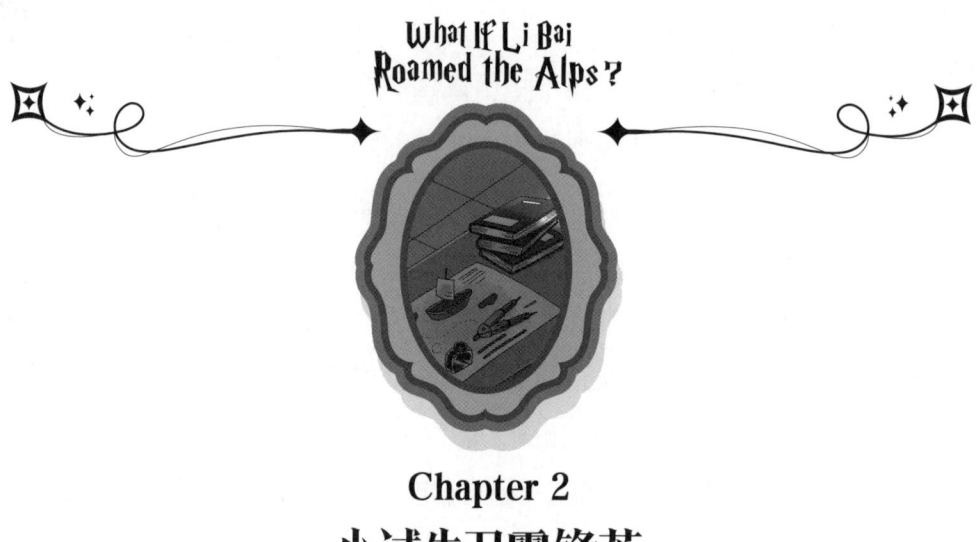

Chapter 2
小试牛刀露锋芒

　　清晨的阳光透过窗帘的缝隙，洒落在林枫柔软的床上，此时她还在梦乡中徜徉着。突然，玛雅像兔子般噌地从床上跳了起来，她焦急的声音打破了清早的宁静："林枫快起来啊！我们要迟到了！"

　　林枫揉了揉惺忪的睡眼，迷迷糊糊地看了下钟表，八点二十五分。糟了，还有半个小时就要上课了！林枫猛然意识到了时间的紧迫，只见她从床上弹起，穿起自己的校服外套嘟囔着："完了完了，昨晚实在太累了，上床睡觉前居然将手机静音了！"

　　开学第一天，谁都不想迟到！莱恩学校是没有上课铃的，大家需要通过及时看表来判断什么时间去上哪门课。迅速整理完毕后，林枫就被玛雅拉着冲出了宿舍。穿过校园的小道，两人像股急流般狂奔向教室。终于，在距离上课还有五分钟的时候，两人气喘吁吁地坐到了位子上。幸好赶上了！林枫松了一口气，感激地看了玛雅一眼。

林枫环顾教室四周，她的目光在一张张新面孔上停留。莱恩学校在开学前已经有专业的辅导老师们指导每一个学生选课，而且每个班的规模都不大，大约五到十人。今天的英语课算是大班了，大概有十五个学生，大家都来自不同的国家，背景与文化各不相同。他们有的肤色较深，有的则较为浅淡。大家的发色与样式也各有不同，有的直顺柔软，有的蓬松弯曲。林枫既兴奋又好奇，感觉自己仿佛置身于一个小型联合国中。

不久后，只见一个身穿长裙的女老师步入教室，她那浅金色的长发在晨光中泛着淡淡的光泽。只见她站在讲台上，环视了一圈台下的学生，说道："大家好，我是安娜·贝利娅，来自英国，我负责教大家英文。"

"安娜老师好漂亮啊，她的气质太迷人了。"玛雅小声对林枫说道。

"光听她的声音，我就觉得英文课会很有趣。"林枫点点头，她的心中涌起了一股温暖的感觉。

"欢迎大家加入莱恩学校！在这里，我希望大家不仅能学习知识，也能学会思考与探索，成为有责任有担当的世界公民……总之，愿大家能在这里度过一段美好的校园时光！"安娜老师的声音极具感染力，举止间流露着从容不迫的优雅。

安娜老师的开学致辞结束，教室里响起了热烈的掌声。新的学

习之旅即将开始，林枫早就做好了充足的准备，她对新学期的课程充满了信心与期待。

时间转瞬即逝，林枫与玛雅在莱恩学校的生活也逐渐步入了正轨。可是开学还不到一个月，林枫就感觉自己被浇了一盆冷水，这冷水简直透彻心扉。

"林枫，昨天布置的数学作业好难啊，马上就要上课了，你快教教我吧？"玛雅的眼神中流露着焦虑，今天的第二节课是数学课，可她的作业还没完成！

林枫无奈地看着自己的好室友兼同桌，心中不由嘀咕道："昨天都提醒你了，结果你这家伙还是没做完，唉！"玛雅的确有些贪玩，尽管学校每天晚上有自习时间，但只要时间还没到，她总是可以换着花样来"不专心"：有时是倒腾早上在上学路上采到的大把野花，兴奋地将花朵们精心修剪摆放；有时她又会兴冲冲地拉着林枫到宿舍外的超市买零食，掐着自习开始的时间点赶回来，磨蹭得她有时候根本完不成当天老师布置的作业。

面对玛雅的软磨硬泡，林枫还是败下了阵："看好了，先将这个设成未知数 x，然后用一元二次方程进行列式计算……"

当林枫讲到一半的时候，教室的门突然被推开，数学老师阿尔文走了进来。阿尔文老师身材高大，对待教学非常认真，他的目光扫过教室，似乎有着能洞察一切的敏锐。阿尔文老师前脚刚走进教室，原本窃窃私语的学生们就立刻停止了交谈。

"大家早上好，今天我们来学习新的内容。"阿尔文老师说着转身在黑板上用力地写下了"立体几何体积"几个板正的词，随后又拍了拍手上的粉笔灰。

同学们看到黑板上五花八门的几何图案，不由倒吸了一口凉气，玛雅也随即痛苦地哀叹了一声："我的天，阿尔文老师画的都是什么啊？这些图形密密麻麻的，像是外星人的密码，看得我脑袋都晕了。"

林枫看着立体几何图案也顿时失去了兴趣，她的心中一阵失落，黑板上的知识点她在上海早就学过了！阿尔文老师讲课很好，但对于林枫来说这些一点儿也不新鲜。于是她无聊地开始转起了笔，目光游移到了窗外。透过窗户，她能看见远在天际线上的阿尔卑斯山脉的一角，于是林枫不由得幻想了起来……

阿尔卑斯山脉的深处有什么？会不会是个别有洞天的世界，里面藏着秘宝或者住着传说中的精灵？又或者，在阿尔卑斯山的深处藏着一条通往异世界的大门？此时的阿尔卑斯山仿佛是神秘与冒险的化身，一直在向她发出召唤，邀请她一同去探索隐藏在山脉中的奥秘。

林枫的思绪如同脱缰的野马，尽情地在阿尔卑斯山中驰骋着，可是这匹"野马"很快就被阿尔文老师拽回了现实……

"林枫，请你来做一下这道题。"阿尔文老师指着黑板上的问题。

全班同学的目光都转向了她，林枫有些尴尬地站起了身，心中暗自责怪自己刚才的胡思乱想。班级规模小，同学们的一举一动可都逃不过老师的眼睛。林枫抬头迅速地扫了一眼黑板上的问题，那是一道稍微有点复杂的立体几何。但仅仅看了一眼，林枫的心中就已经有了答案。

"林枫,这道题据说是这个章节的压轴大题,还没人能做出来呢!"玛雅在旁边小声地说道,她很担心林枫会在全班人的面前出糗。

阿尔文老师最反感学生在他的课上神游了,每节课都是宝贵的学习机会,大家都应该全神贯注地吸收知识,而不是让思绪飘向别处。所以每当发现学生心不在焉时,他就会用所有老师惯用的手法——请那个同学来黑板这里做题。上次玛雅不小心睡着了,结果回答得驴唇不对马嘴,闹了不小的笑话。玛雅很担心林枫同样出丑,就连同学们望向林枫的目光都多了一分同情与关切。

"放心吧,我有把握。"在众人惊异的目光中,林枫步伐从容地走上了讲台,她拿起粉笔随意地在几何图形上画了起来。

大家的视线紧紧跟随着林枫那在黑板上挥舞的手,眼光渐渐地转为了惊叹与好奇——只见林枫在几何图形上添加了几道辅助线,动作熟练而自信,仿佛这些线条早就在脑海中被勾勒出来了一样。这时就连阿尔文老师的脸上也露出了难以置信的神色,同学们窃窃私语起来,当林枫写下结论时,教室里爆发出一阵低沉的惊叹声。

"太强了,没看出来她居然是个隐藏的学霸!"

"她叫林枫吧?也太厉害了吧!"

"这题还能这么解吗?我怎么没想到!"

林枫的"个人秀"还在继续,紧接着她指着那条关键的辅助线开始讲起解题思路来:"大家先来观察一下这个长方体……"她的思路清晰而有条理,像个名侦探似的将推理过程娓娓道来。

"你居然做出来了?"阿尔文老师惊讶地推了推鼻梁上的眼镜,林枫的表现超出了他的预期,"用辅助线代替了烦琐的公式,真是巧妙！"

"老师，我能回座位了吗？"林枫轻声问道。

"哦哦，当然可以。"阿尔文老师清了清嗓子说道。

林枫点点头，走下了讲台。

"我的天啊，林枫你该不会是个数学天才吧？这么难的题你都能做出来！"刚回到座位，玛雅就夸张地赞叹道，望向林枫的眼神里多了一份崇拜。

这种程度还好吧？简直小菜一碟。林枫默不作声地翻开了课本，她轻轻地叹了口气。这些知识点对她来说实在是太简单了，她在上海时就是学校数学队的成员，他们学校也是以数学专长著称，虽然莱恩学校的综合学术强度在国际学校间也是首屈一指了，可是林枫的能力明显高于学校现有的水平。也算是被中国古老智慧熏陶了许久，"勤俭持家"的她想着：要是一直学习重复的内容，这学费不就白交了吗？

林枫有些无奈，她决定主动出击，改变这个现状！

说干就干！刚一下课，林枫就火急火燎地离开了座位。玛雅看得一头雾水："哎，林枫你要去哪里啊？我还有几道问题想请教你呢！"

林枫穿过教室的走廊，来到了老师们的办公室门口，她想做个大胆的尝试！只见林枫深吸了一口气，轻轻敲了敲门。在听到里面一声温和的"请进"后，她便推开门走了进去。

"林枫，你怎么来了？有什么事情吗？"阿尔文老师放下了正在批改习题的红笔，有些诧异地看着她。

"阿尔文老师，我能去更高的年级学习吗？"林枫直视着老师的

眼睛，终于将脑海中的想法说出来了，"是这样的，我觉得现在的学习内容有些简单。"

阿尔文老师一愣，认真地看着林枫，似乎在思考该怎么答复。片刻后，他缓缓开口道："林枫，我知道你的数学程度比同年级的同学都好。这样，我帮你准备一些更有挑战性的题目，你可以课后自己练习一下。但学习就像爬山，需要一步一个脚印地循序渐进，只有打牢了基础，才能更好地攀登高峰。"

林枫的心中涌起一股失落，她早料到自己的想法会遭到反对，但还是想给自己争取一下："阿尔文老师，我知道打好基础很重要，但这些知识我在上海的学校已经学过了。"

林枫的眼神中闪烁着坚定的光芒，阿尔文老师还是摇了摇头："不行不行，高年级的学习内容很难的，况且在莱恩学校还没有过这样的先例，你还是安心待在原来的班级吧。"

"可是……"林枫似乎还想辩解什么，她的双手紧握成拳，眼神流露着深深的不甘。两人的目光在空气中激烈地碰撞着，似乎能擦出火花，就连办公室的空气都变得紧张了起来，没人敢发出声音，生怕打破了这僵持的局面。

阿尔文老师与林枫之间的对峙持续了片刻，直到一旁的安娜老师打破了沉默："林枫，你的学习能力挺不错的，这件事情可以去找教务处的马修老师谈谈，他是负责我们年级的学术总监。"安娜老师的声音像一股春风，缓和了紧张。

"去找马修老师？"一听到事情有希望，林枫激动得声调都上扬了起来。

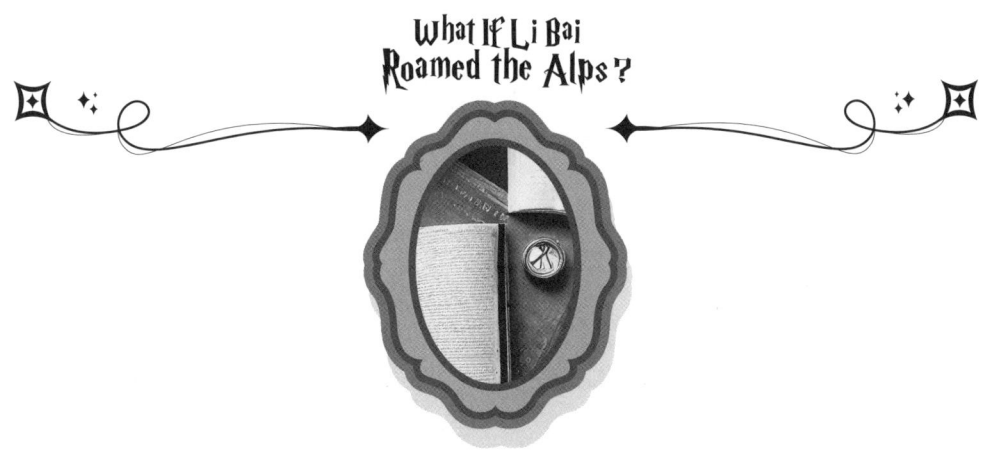

Chapter 3
林枫的诗集不见了

"什么？林枫你想跳级，没和我开玩笑吧？"当林枫把自己这个大胆的决定告诉玛雅时，她直接惊呼出了声。

"没错，安娜老师告诉我，要得到教务处学术总监的同意才行，我吃完饭就去找他！"此时正是午餐时光，林枫充满干劲地叉起了一大块牛排。

"林枫，这才开学不到一个月，现在就跳级会不会快了点？阿尔文老师不是说了吗，莱恩学校还没跳级学习的先例。"玛雅有些担忧地看着林枫。

"没这先例就由我来做第一人！"吃完牛排后林枫放下刀叉，拿着跳级的申请文件就匆匆跑出了食堂。

　　玛雅有些诧异地望着林枫跑远的背影，她才真正意识到林枫是认真的，但学术总监肯定不会轻易同意她的跳级要求的，林枫该怎么应对呢？

　　离开食堂后，林枫匆匆穿过校园大道，朝着一座红瓦的建筑奔去，她想赶在下午的课开始之前，找到学术总监说明自己的情况。可是天公不作美，林枫刚走到半道上，原本湛蓝的天空刹那间变得晦暗压抑，空中仿佛有双无形的巨手将明媚的阳光一抹而去，取而代之的是密布的乌云。林枫感到鼻尖有一丝凉意，她停下脚步望了望天空，居然下雨了！

　　"怪了，天气预报也没说今天下雨啊！"林枫的心中泛起了一丝疑惑，她从未见过天气变化如此之快，要知道刚才还是晴空万里、阳光明媚，怎么突然下起了雨？

　　林枫管不了这么多了，反而加快了脚步，可这天气就像和她作对似的，只见天空中的乌云如同翻滚的黑色巨浪，远处的阿尔卑斯山被一团朦胧的灰色所笼罩，雨势更加凶猛起来。狂风呼啸而来，校园里的树木在风雨中猛烈摇晃着。紧接着一道道紫色的闪电划破天际，雷声轰鸣相继而至，丝毫没有停歇的趋势。林枫愣住了，内心隐隐不安了起来，雨水沿着申请文件的边缘滴落，上面的字迹也有些模糊了。

　　还有半个小时，下午的课就要开始了，得在这之前把事情搞定！林枫咬了咬牙，继续在雨中穿行着，雨水打湿了她的衣服，冷风透过湿透的布料让她感到一阵阵寒意。林枫的心跳随着雷声加速，不知怎么回事，那股不安躁动的情绪也在她的胸中蔓延开来。

　　当林枫来到教务处时，她的全身已经湿透了，尽管显得有些狼狈，但她还是鼓起勇气敲了敲门："您好，请问马修老师在吗？"

　　可是门内迟迟没人应答，林枫叹了口气，难道学术总监不在吗？那自己岂不是白跑了一趟。唉，今天未免也太倒霉了吧，天公不作美，自己淋成了落汤鸡，更重要的是，正事还没办成！当林枫撇了撇嘴准备离开时，门内忽然传来了一个温和的声音："不好意思，你找学术总监有什么事情呢？"

　　紧接着教务室的门缓缓打开，只见一个衣衫整洁的男生从教务室里走了出来。林枫有些微微惊讶，因为那男生的眼中漾着湖蓝色，给人一种宁静深邃的感觉。于是她赶紧将申请文件拿了出来："我想申请跳级去高年级，希望学术总监能批准！"

　　"马修老师去开会了，现在不在学校。"男生略带歉意地看着林枫，紧接着接过了她手中的文件，"不过这文件我会代为转交的，外面还下着雨，我给你拿把伞吧？"

　　"谢谢，之后我也会再找时间和学术总监面谈的。"

　　就在男生转身拿伞的瞬间，林枫的目光无意间投向了窗外。她惊讶地发现，刚才还是狂风暴雨的天空，此刻突然晴朗无比，浓厚的乌云散去，阳光也重新洒在了大地上。林枫呆呆地望着突如其来的晴天，难道刚才末日般的暴风雨只是自己的一场梦吗？

　　"这几个月的天气真是奇怪……"男生也注意到了窗外的异样，他放下手中的伞，和林枫一起望向外面。远处的阿尔卑斯山依旧云雾缭绕，此时晴空朗朗，甚至还有几丝游云悠闲地飘荡着，于是这场突如其来的雷阵雨与晴天，就显得太过诡异了。要不是林枫的发

梢还在滴水，她甚至会怀疑这一切是否真实发生过。

"你说这几个月的天气都很奇怪，难道这种情况持续很长时间了吗？"林枫疑惑地问道。

"对啊，瑞士的气候一向四季分明，但最近也不知道怎么回事，一会儿晴天一会儿暴雨，有时还会刮起大风，真让人摸不着头脑。"男生随手将伞放回了原位。

"看来这个秋天不太寻常。"林枫喃喃道，"难不成有神仙术士在作怪，比如孙悟空在与雷公电母斗法什么的。"她不禁随口开了个玩笑，不过说不定在阿尔卑斯山深处真藏着什么神仙呢。

"你说的是吴承恩的《西游记》吗？那是我看的第一本中国古典小说。"不知为何男生有些激动。

"那是当然，以戏言寓诸幻笔，读来妙趣横生。"林枫随口点评道。

"你也读过这本书？"男生仿佛遇见了知音，那湖蓝色的眼睛中闪烁着兴奋的光芒。可他正准备与林枫深入探讨时，林枫却无意识地瞟了一眼手表。

"哎呀！还有十五分钟就上课了！"林枫一跺脚急匆匆地跑开了，"先不和你说了啊，我先回去了！"

男生还没来得及询问她的名字，林枫就已经不见了踪迹，他的心里不觉有些遗憾："希望下次还能遇见这个女孩。"男生望着桌上那份申请表，嘴角勾起一抹微笑，"不，或许我能和她成为同学。"

"衣服都湿透了，要不我先回寝室换个衣服吧！"林枫甩了甩湿漉漉的头发，她全身都黏乎乎的，迫不及待地想回宿舍冲个澡。可是当林枫打开宿舍门时，却发现玛雅也在。

"玛雅，你怎么也在寝室里？下午的课马上要开始了。"

"林枫你忘了？本来下午有校队训练，但刚才又是刮风又是下雨的，老师就在群里通知取消了。"玛雅晃了晃手机。

"林枫，你申请跳级的事情怎么样，还顺利吗？"玛雅问道。

"别提了，学术总监去开会了，我托人把申请表放在他的桌子上了。"林枫从衣柜中拿出了几件干衣服，"更糟糕的是还不小心淋了雨，我先去洗个澡了。"

趁林枫洗澡的工夫，百无聊赖的玛雅打开了手机上的天气预报，结果却发现今天最高温度竟达到了三十摄氏度，而未来七天都是大晴天，天气预报建议大家穿短袖出行。玛雅吐了吐舌头，现在可是秋天，再说了，刚才的雷阵雨来势猛烈，一场秋雨一场寒，温度怎么可能这么高呢？这天气预报一点都不靠谱，以防万一，明天还是带上伞吧！

可到晚上的时候，玛雅却为自己的"无知"买了单，阿尔卑斯山的天气变化比翻脸还要快。

"林枫，你有扇子吗？晚上怎么这么热啊！"玛雅一边抱怨着，一边用书本给自己扇风。

本以为白天下了雷阵雨，夜间会凉爽，可是当夜幕降临后，天气却出奇地燥热了起来，就连空气中都弥漫着一股热浪，让人觉得仿佛还在盛夏。终于，这闷热的窒息感让玛雅坐不住了，她一会儿跳起来，一会儿又坐下，最后又不停地在房间里走动着，想要驱散身上的热意，但这些办法似乎都无济于事。

如果李白
在阿尔卑斯山

"真是奇了怪了，这是什么鬼天气啊？林枫，要不我们去超市买冰激凌吧！

"林枫，要不明天我们一起去游泳？

"林枫，你觉得我明天穿短裙怎样？"

……

"嘘，你安静点。"听着玛雅"聒噪"的抱怨声，林枫有些不耐烦了，她正在专心地阅读安娜老师推荐的书籍。不过这天气确实怪得很，怎么白天还是晴空万里，中午却下起了冷飕飕的雷阵雨，而晚上却又出奇地热呢？

闷热的天气让林枫有些烦躁了，扑面而来的热气似乎已经在空气中凝固，让人无法呼吸。她的额头上沁出了密密的细汗，一滴滴汗珠沿着脸颊滑落，甚至打湿了书本，林枫只好将书重新放回到书架上，这种天气只有在七月酷暑时才能体验到，可现在都九月了！

"要不我们给宿舍装台空调吧？这样冬天夏天都能用！"玛雅提议道。

"不行，冬天快到了，现在装空调没有必要，而且要很多钱吧？"林枫摇了摇头，其实中午她并没有把那场诡异的雷阵雨当回事，但现在她越发觉得不对劲，"奇怪，根据我从小到大在瑞士度假的经验，瑞士气候很温和啊，夏天不热，秋天也十分凉爽，这到底是怎么回事呢？"

"不管了，明天还有早课呢！今晚我们开着窗户睡觉好了，要不得闷死了！"玛雅抱怨了一声，将窗户全部都打开了。

夜渐渐深了，宿舍的暑气仍未消退，但林枫和玛雅的呼吸逐渐均匀，两人终于在翻来覆去中进入了梦乡。然而就在这时，一个不速之客却悄然在宿舍的窗外张望着，那家伙的目光在宿舍里四处鬼鬼祟祟地游走着，似乎在寻找着什么特别的东西。

许久之后，它将视线停留在了林枫的书架上，那家伙的动作轻盈而谨慎，生怕惊扰了熟睡中的两个女孩！一阵闷热的风拂过林枫的脸，她不由得在睡梦中翻了个身。这轻微的响声让这个夜晚的造访者立刻警惕了起来，停下脚步，静静等待着，直到确认林枫没有醒来才溜了进去。来到林枫的书桌前时，那家伙似乎拿到了想要的东西，又不放心地回头看了一眼林枫便离开了。

第二天早上，林枫醒来后，像往常一样习惯性地看了一眼书架。她突然愣住了，书架上好像少了点什么！林枫的睡意顿时全无，一种不祥的预感涌上心头，只见她迅速地坐起身，下床仔细翻找检查着书架上的每一本书，嘴中不停嘟囔着："不对，不是这本，那本也不是……"

"林枫，你怎么了？"玛雅起床后打了个哈欠，漫不经心地问道。

"昨天半夜有人来过！我书架上的诗集不见了！"林枫慌张地说道。

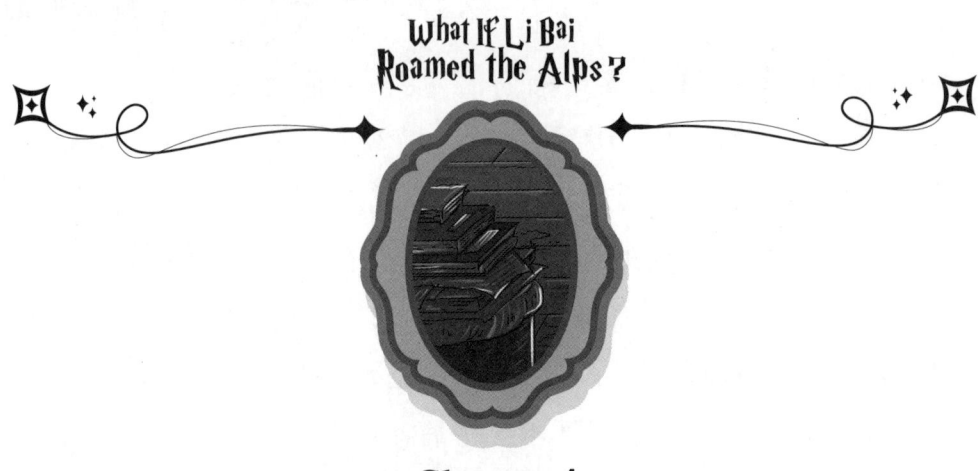

What If Li Bai Roamed the Alps?

Chapter 4
到底谁是窃书贼？

"林枫，你会不会放在别的地方了？昨天不可能有人来过。"玛雅困倦地打了个哈欠，由于夜晚的燥热，昨晚她过了好久才睡着。

"不可能啊，我从不乱放东西的，况且我很喜欢那两本诗集的！"那两本诗集可是林枫从小读到大的宝贝，无论何时她都好好地放在书架上。

"回来再找，再磨蹭下去可就要迟到了！"玛雅给林枫倒了一杯牛奶，大口吃起了切片面包。

今早的第一节课是阿尔文老师的数学课，她们可不想迟到！当林枫和玛雅来到教室后，却发现安娜老师出现在教室里，她的面色显得有些沉重，显然有什么事情让她很不愉快。只见安娜老师环视了一下教室，拍拍手说道："大家先回到座位上，我要问你们一件事情。"一改之前和蔼可亲的态度，安娜老师的声音变得低沉而严肃，同学们的目光都集中在她的身上，等待着她开口。

"同学们，这段时间图书馆发生了窃书案，有几十本书都不见了。图书管理员正在调查这件事，如果同学们有任何线索，也请立即告诉我们。"安娜老师顿了顿，"新学期开始不过两周，我希望这些书不是被人有意拿走的。"

听到这个消息，教室里顿时响起了一阵窃窃私语。莱恩学校纪律严谨，绝不允许偷窃这种事情的发生，谁会这么大胆，居然偷了几十本书啊！林枫心中一紧，她突然想起了昨夜那两本不翼而飞的诗集。

"居然有人偷书？未免也太恶劣了吧！"一个男生气愤地说道。

"会不会有什么误会，比如有人逾期了没有归还？"另一个女生认为这个可能性更大。

"呵，看来这事够折腾一阵了。"玛雅耸了耸肩。

林枫托着腮，开始默不作声地在心中反复思索着：昨晚太过闷热，于是玛雅就把宿舍的窗户打开了，会不会半夜有小偷趁机从窗户外翻进来？不对，早上起来纱窗还是完好的，地面上也没任何人来过的足迹……

林枫的脑子忽然感到很乱，她严重怀疑诗集的失踪和最近图书馆的窃书案有关。她的内心无比焦虑，甚至想立刻去图书馆一探究竟。刚一下课，林枫就拉起了同桌的手："玛雅，陪我去图书馆一趟，我想去了解下具体情况！"

"哎哎，你那么着急干什么？"玛雅还没反应过来，她就被林枫拉走了。

林枫拉着玛雅一路小跑，两人来到了莱恩学校的图书馆。图书馆矗立在莱恩学校的西南角，是一座拥有瑞士传统风格的建筑。它的外观简洁优雅，屋顶呈尖状，由深红的瓦片砌成，与周围的山景相映成趣。木制的大门上雕刻着精美的自然图案，展现出瑞士工匠精湛的技艺。图书馆的大门前还有一片宽阔的台阶，两边种满了郁郁葱葱的树木，为这座建筑添了几分自然的气息。

林枫和玛雅跑上了台阶，当她推开了图书馆的大门时，却撞见了一个熟悉的面孔，那人的衣衫和上次一样整洁，他略带惊喜地问道："嗯？你怎么来了？"

这是上次林枫在学术总监办公室遇见的男生！此刻那男孩正站在图书馆的前台，手中还拿了一摞书，看样子正在清点着数目。他那湖蓝色的瞳孔中闪过了一丝诧异，他没有预料到会在这里遇见林枫。

"林枫，你居然和学生会会长认识！"玛雅惊讶地叫出了声。

"啊？他是学生会会长？"信息量有些大，林枫一头雾水。

"哈哈，上次你走得太匆忙了。我叫安德烈，是学生会会长，你们来图书馆有什么事情吗？"安德烈将手中的一摞书放到了办公桌上，随口念叨着，"最近的窃书案真是奇怪，居然一下丢了二十二本诗集！"

"二十二本诗集？你说图书馆丢的书也是诗集？"林枫一下子激动地凑上前去，盯着安德烈湖蓝色的眼睛问道。

"对啊，难道你们有线索？"安德烈吓了一跳，解释道，"反正不知道怎么回事，古今中外的诗集一连丢失了几十本，就连图书管理员也不知道是怎么回事。"他的眉头紧锁，似乎在思考着最近窃书案的可能动机。

这也太奇怪了！林枫皱了皱眉头，不过她觉得窃书案的重点是，丢失的全是诗集，而自己珍藏的诗集也神秘消失了，说不定这两者真有关联！

"安德烈，我们能去看看情况吗？"林枫问道，她记得诗集的存放处是三楼的 G 区。

"当然可以，我刚好有事情还要处理。"安德烈苦笑地指了指书桌上的一摞书，清点完之后，他要将它们物归原位。

林枫和玛雅走上了图书馆的三楼，其实 G 区的书籍很少有学生借阅，就连书架间都弥漫着一股陈旧纸张和皮革的混合味道。因为比起有些沉闷晦涩的诗歌，学生们似乎更喜欢去二楼阅读流行小说，因此除非是需要借阅一些上课用的资料，一般人是不愿来这里的。这些书架高大而陈旧，架子上的书籍也显得有些破旧了，让 G 区显得更像是被时间遗忘的角落。不过即便这样，辛勤的图书馆工作人员也会把书架打扫得一尘不染。

"林枫，我们现在是在玩侦探游戏吗？晚上来的话说不定更刺激！"玛雅有点遗憾没随身带个放大镜了，要不还能扮演一下福尔摩斯。

"这里的书都是按照字母顺序进行整齐排列的，缺失的那几行应该就是丢失的书了。"林枫的手指轻轻滑过书脊，眼睛在书架间迅速

游走着，希望找到一些异样的地方。

两人步入诗歌区的深处，这里的气氛与图书馆其他区域相比，显得更加沉闷了，林枫记得这里是中外诗歌专区，很明显那些高大的古木书架上一下少了好几本书，看来窃书案主要就发生在这里了。于是林枫小心取下了空位旁边的一本诗集，她的指尖触碰着那些有些发脆的纸张，那是一本《李太白文集》下册，而旁边丢失的那本正是上册。

"真奇怪，为什么小偷拿走的都是古今中外的诗集，而小说、散文一本都没丢？"林枫怎么都想不明白。

"我看啊，说不定是因为哪个诗人最近要写诗，但又没什么灵感，所以才临时抱佛脚，偷拿了几本。"百思不得其解，玛雅随口胡诌了一个理由。

"但他明明可以借啊，不至于这么大张旗鼓地偷书吧？"林枫觉得这个推论不成立，要知道图书馆的书可以借阅整整一个月呢！

"那有没有一种可能，他根本不是我们学校的人，没权利借书？"玛雅思考道。

"你是说外校生？可他没有学生卡，根本进不了图书馆。"林枫又摇了摇头，再次推翻了猜测。

"我想，我们找不到什么线索了。"玛雅无聊地叹了口气，"总之照这么看，窃书贼肯定是偷偷摸摸将诗集带走的，还是交给工作人员处理吧。至于你丢的那些书，是不是你从上海带过来的中国诗集？可能你要上网才买得到了。"

此次调查毫无收获，林枫无奈地叹了口气，心中不禁涌起了一阵失落与沮丧：虽然说两本《唐诗三百首》都能在网上重新买到，但她心中明白，这两本书对她意义非凡。就像林枫的旧友一样，这些文字陪她度过了无数个日夜。所以林枫对这两本诗集的感情，根本无法用替代品来弥补。

在玛雅的催促下，林枫决定放弃这次侦查行动，但就在她们转身的一瞬间，林枫的目光突然落在了窗户边缘的一点点泥巴上。她立刻停下了脚步，眉头微微皱起。

"林枫，你怎么了？"玛雅察觉到了林枫的异样。

"窗户边缘那里有些泥巴……"林枫走到窗边探下了身子，仔细地观察起了那一点点泥巴。泥土呈现出湿润的黑褐色，显然是不久之前才被带到这里来的。

"泥巴又怎么了？窗户边没擦干净很正常。"玛雅不以为意。

"不对，这泥土明显是新鲜的，三楼的诗歌区除了管理员会日常打扫，基本没什么人来过，窗户上又怎么会出现新鲜的泥巴呢？显然它是被带到这里来的。"林枫用手指轻轻地沾了点泥土，她很确定这种湿度应该是刚浇水不久的土。

"你是说，小偷有可能是直接从窗外翻上来的，所以才不小心把泥巴粘在了窗沿上？"玛雅惊叹道，"林枫，这可是在三楼，除非小偷是超人或者蜘蛛侠！"

林枫显然知道这个想法是荒谬的，于是她直接推开了窗户，随后眼中闪过了一丝惊喜：三楼窗户的正下方居然有个小花园！花园里配有自动浇水装置，开着各式各样的鲜花，绿叶在阳光的照耀下生机勃勃，显然是被人精心打理过的。

"走！我知道去哪里寻找线索了！"林枫拉着玛雅匆匆往楼下跑去。

"等等，你发现了什么啊？"玛雅睁大了眼睛。

"如果小偷真是从三楼翻窗进来的话，那花园的泥土里肯定留有他的脚印！"林枫的眼神中闪烁着坚定的光芒，这可是破案的关键信息！

来到花园后，林枫立刻开始了侦查，眼睛开始在花园的四周仔细搜寻着，她可不想放过任何蛛丝马迹。她踮起脚尖，尽可能不踩伤那些开得正艳的花朵。终于，林枫在一块湿漉漉的泥土旁，发现了一串非常隐蔽的脚印。可那些脚印显然不是人类的，它没有小猫那样梅花状的爪子，也不似小狗爪那般锋利，林枫盯着看了好久，也没辨别出这是什么动物留下来的，真是稀奇！

"唉，这是什么动物的脚印呢？"玛雅思索着，"既不像猫也不像狗，难不成有黄鼠狼跑进我们学校了？"

"从脚印的痕迹来看，小偷应该是先跳进了三楼正下方的小花园，然后顺着墙体爬进了三楼的诗歌区，所以在窗沿上留下了一点点泥土。"当林枫抬眼望向通往三楼那高高的墙壁时，果然发现了一串歪歪扭扭的脚印。

"啊，这……这会不会只是巧合啊？"看着林枫认真推论的模样，玛雅哑然失笑，这个结论未免也太奇怪了吧？

林枫也知道这个推论荒谬得离谱，但眼下只能找到这些信息了。于是她拿出了手机，对着小花园的那串脚印拍了几张，保留了这最关键的证据。林枫百思不得其解，到底是什么动物，不仅能飞檐走壁，还能一口气蹿到那么高的三楼呢?

当两人回到图书馆大厅时，安德烈还在整理手中的书。见林枫出来了，他微笑着随口问道:"名侦探们怎么样啊? 找到那个窃书贼了吗?"

"找到了，但又没完全找到。"林枫吐了吐舌头。

"哦? 你们发现线索了吗? 我可是去了好几趟都空手而归了。"安德烈暂停了手头的工作，饶有兴趣地看着林枫。

"嗯，犯人可能是一只黄鼠狼。"林枫硬着头皮说出了这个结论。

"什么? 你们说窃书贼是黄鼠狼!"安德烈不可思议地瞪圆了眼睛。

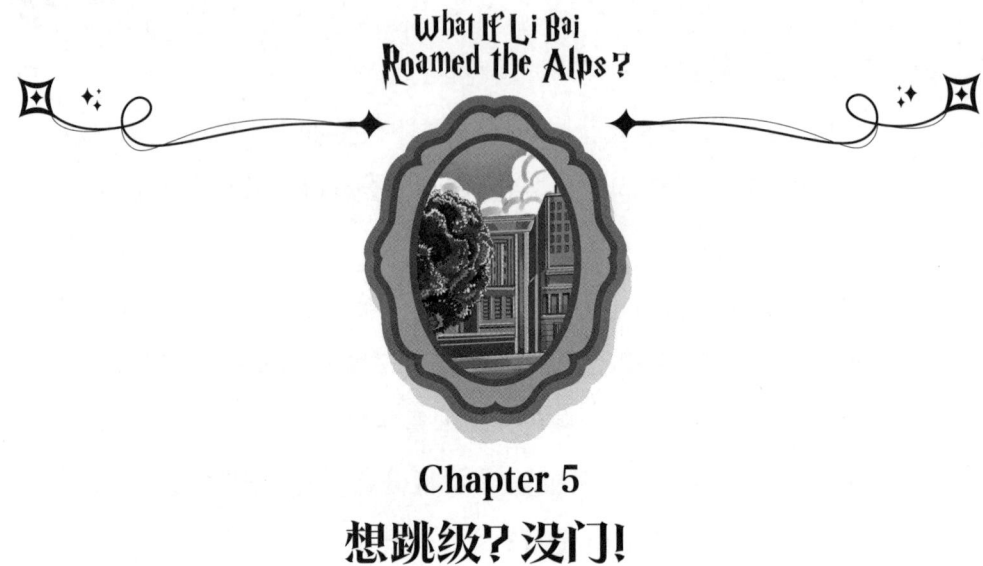

Chapter 5
想跳级？没门！

"笑什么笑啊，我们可有照片为证！"玛雅看着安德烈啼笑皆非的表情后一下不乐意了，她将刚才拍到的脚印照片拿给他看。

安德烈仔细观察着小花园的那串神秘脚印，显然他不相信林枫的话："好吧，这串脚印确实有些奇怪，但这也许是哪个学生的恶作剧，窃书案还是交给图书管理员去查吧！"安德烈心想，毕竟黄鼠狼又没长翅膀，怎么会一下子飞到图书馆的三楼呢？小偷必然是人类，小猫小狗可不会只挑诗集偷。

"对了，林枫。"安德烈忽然转换了话题，语气也变得正经了起来，"上次你提交的跳级申请已经通过了，你可以登录邮箱查看一下具体文件，学术总监马修老师准备给你一次证明自己的机会。"

"真的吗？那太好了！"林枫的脸上露出了惊喜的笑容。尽管自己珍贵的诗集不翼而飞，图书馆窃书案的真凶也没抓到，但她并不气馁，她决定先将心思放在即将来临的挑战上。

玛雅一脸崇拜地说道："林枫你也太厉害了吧，这可真是个好消息！"

回到宿舍后，只见林枫急匆匆地打开了电脑，登录了自己的邮箱。很快，一封来自学术总监的邮件出现在她的电脑屏幕上：

"明天下午三点来教务处，准备接受测试……"

看到这些字眼，林枫的心情顿时变得忐忑紧张了起来：学术总监居然只给了她不到一天的准备时间！这下该怎么办呢！林枫脑海里一团乱麻，她越想越紧张。

玛雅见状便安慰道："别担心，林枫。你可是能代表咱们班的学霸，明天的测试肯定会顺利的！"

林枫点了点头，她决定不去过于担心那些未发生的事情。不过俗话说得好，"士兵不打无准备的仗"，她打开了电脑，准备找些资料来复习。无论明天下午的测试内容是什么，林枫都不愿退缩！

语文和英语是林枫最擅长的科目，她选择先从更高年级的数学开始复习。翻开资料，林枫的大脑高速运转着，她的眼睛盯着那些密密麻麻的公式和文字，在心中一遍又一遍地回顾着每个重要的概念。夜渐渐深了，星星也在夜空中困倦地眨着眼，林枫的眼皮也开始打颤了，她不知不觉趴在桌子上睡着了……

晨曦的光轻柔地唤醒了林枫，只见她在书桌前惊醒了："糟糕，现在几点了？"她匆匆看了一下钟表，刚上午十点，还好还好，没错

过测试时间！林枫松了一口气，忽然觉得脖子和肩膀非常酸，为了通过测试，还是再去图书馆复习一会儿吧！今天是星期六，玛雅此时还在舒服的被窝里熟睡，因此林枫离开寝室时特意放轻了脚步。

下午三点，林枫准时去教务处赴约。她刚一推开门，就看到了正在整理文件的学术总监——他是一位戴着眼镜的男士，镜片后面的双眼却似鹰隼般尖锐而深邃，处处透露着审视的目光。林枫缩了缩脖子，心里开始紧张了起来。

"林枫同学，请坐。"学术总监示意道。

教务处办公室内光线柔和，而桌面上堆放着的那一摞厚厚的试卷显得格外引人注目。林枫紧张地咽了咽口水，视线定格在了试卷上，不知道等待着她的将会是什么考验。

"我看到你提交的申请材料了，"学术总监顿了顿，随后用手指轻敲着桌面说，"为了判断你的能力如何，我专门准备了几套试题，不过你只有两个半小时的时间作答。"随后他又指了指墙上的时钟。

"好的，马修老师，我会努力完成的！"林枫点了点头，闭上眼睛，深吸一口气，努力让自己放松下来。这场测试关乎自己能否成功跳级，她必须要冷静下来，以最佳的状态去答题！

林枫再次睁开眼睛时，她的眼神变得愈发坚定了。翻开试卷的那一刻，林枫的嘴角勾起了一抹不易察觉的弧度——这些题目都是她在上海学过的，有的题型甚至已经做过好几遍了，以她的能力全部做对都不在话下！

"真是天助我也！"只见林枫得意地拿起笔飞快地书写着，她的思维敏捷而清晰，笔触流畅而迅速，林枫第一次感觉心情如此畅快！

此刻的林枫如同一个行走江湖的侠客，手中的笔也化作一柄锋利的剑，在试卷上行云流水地舞动着，仅仅眨眼间的工夫，林枫便将题目一道接着一道地斩杀了。

"马修老师，我已经做完了。"林枫写完最后一题，自信地把笔一合，脸上浮现出得意的笑容。

"这么快？"学术总监疑惑地看了一眼墙上的时钟，现在离考试结束还有一个半小时，也就是说林枫居然用一个小时就完成了所有试卷！

学术总监推了推鼻梁上的眼镜，皱着眉头走到了林枫的面前，显然他的内心是极其怀疑的。可当总监的目光在试卷上扫过时，他看到几张试卷被写得满满当当的，每一行的答案都整齐而清晰，字迹又是那么流畅而漂亮，他的眉头终于舒展开来，眼神中难掩着对林枫的赞许："以你的实力，恐怕从九年级跳到十一年级都没问题……"

"真的吗？"林枫的眼睛都亮了。

"总监老师，我能不能也和林枫比试一下。"当林枫正沉浸在被夸奖的喜悦中时，门"吱呀"一声打开了，一个抱着资料的男生探出脑袋对她笑了笑。

"安德烈，你怎么在这儿？"林枫十分诧异地看着这个不速之客。

"图书馆窃书案件调查得怎么样了？"学术总监询问道。

"失踪的书名都在这上面了，您看看。"安德烈将资料递给了马修老师。

"不错，你做事很细致。"学术总监点点头，安德烈不仅是他最

得意的门生，还是自己最能干的助手。

这时安德烈走到了林枫的身边，他小声提议道："自从上次雨天交谈后，我就发现你很擅长文学。我的父亲是外交官，我从小跟着他在北京生活，我也非常喜欢中国文化，诗词歌赋我也读了不少，我们要不要切磋切磋？"

"可是，我的测试结果还没出来……"林枫对安德烈下的"战书"有些意外，她担忧地看向学术总监。

"无妨，学科测试已经结束了。"学术总监晃了晃手中的红笔，"你们可以慢慢聊，刚好我要写一份测试总结。"

"既然要切磋诗词，不如我们用传统的飞花令吧？"林枫提议道，要知道这是她最喜欢的游戏，每次和别人对决，她总能赢。

"飞花令？"安德烈的眼神中闪过一丝茫然，"那是什么？"

"飞花令是中国古代传统的诗词游戏，得名于唐代诗人韩翃《寒食》中的名句'春城无处不飞花'。通常由一个人提出某个字或某个词作为主题，然后参与者需要轮流用这个字或词说诗句。以此类推，直到有人无法接下去为止。"林枫简单解释道。

"这听上去很有意思，和成语接龙一样！"安德烈的眼神中闪过一丝兴奋，"那我们快开始吧！"

"那听好了，我的第一个字是'天'！"林枫带头做了个示范，"月下飞天镜，云生结海楼。该你啦！"

安德烈微微一笑，随后洒脱地双手一挥："仰天大笑出门去，我辈岂是蓬蒿人。这是诗仙李白的诗句，我最喜欢了。"

"不敢高声语，恐惊天上人。"林枫灵光一现，加快了速度。

"飞流直下三千尺，疑是银河落九天！"安德烈眉毛一挑，也毫不示弱。

"接天莲叶无穷碧，映日荷花别样红。"对决越来越有趣了，林枫渐渐认真了起来，她意识到安德烈这个对手不容小觑。

"空山新雨后，天气晚来秋。"

"七八个星天外，两三点雨山前。"

……

林枫与安德烈激烈地比拼着，他们的眼神紧盯着对方，仿佛在寻找着破绽。两人知道这场对决绝非儿戏，目光在空中激烈碰撞着，犹如两柄利剑在空中交错，招招都充满锋芒与决断。林枫有一瞬间感觉自己来到另一个时空，这里没有什么跳级考试，也没有什么学术总监，有的则是古代文人墨客的文斗现场。两人持着羽扇，手握毛笔，在一句句诗词的比拼中擦出了激情与智慧的火花。

林枫的诗句如流水般顺畅，她总能凭借自己的日常积累迅速而准确地接上，安德烈望向她的眼神闪烁着一种难以掩饰的惊讶与佩服，他没想到林枫的诗词储备竟如此丰富！安德烈一开始能应对自如，但随着难度的增加，他的压力也逐渐增大，所对的诗句也不再像之前那样流畅和自信了……

"天，天，天……"安德烈的脸上逐渐露出了不易察觉的焦虑，额头上沁出了细汗，他努力在脑海里搜寻着有关"天"的诗句。但他想了半天也没寻到答案，只见安德烈的手垂了下来，脸上充满了不甘和失望，安德烈的心如同被重击了一般，感到了前所未有的挫败。

"是我输了，林枫你懂的诗歌可真多。"安德烈诚恳地说道。

"承让承让，你也挺厉害的嘛！"林枫友好地握住安德烈的手。

这时，林枫忽然感觉似乎有谁在仔细地打量着自己，那股视线强烈而炽热，迫使她的目光不由自主地投向窗外——果然，在外面那棵香樟树上，有道火红的影子在她眼前一晃而过，接着如流星似的消失在林枫的视线之外！林枫的心不由得一紧，赶忙跑向了窗边，然而她什么都没有找到，树叶在风中轻轻摇曳，鸟鸣在空中回荡着，一切都如寻常一样。

"林枫，你怎么了？"安德烈察觉到了她的异样。

"安德烈，你刚才有没有见到外面有道火红的影子？"林枫疑惑地望着窗外，"喏，就是在这棵树上。"

"没有啊，你该不会想说莱恩学校有幽灵吧？"安德烈以为林枫又在开玩笑，还配合地打了个冷战。

林枫用力地揉了揉发胀的眼睛，她觉得自己一定是过度疲劳了，所以才产生了奇怪的幻觉。于是也没有把那道稍纵即逝的红色之影放在心上。

Chapter 6
那道奇怪的火红之影

"好了，林枫，试卷总结已经写好了。"只见学术总监晃了晃那一沓卷子，随后公布道，"经过评定，你的学科成绩都在 A 级，已经达到了十一年级要求的水平。不过，是否能顺利跳级我还不能保证。我们要考验的一般不只是学生的学习能力，还有他们的心智成熟度和社交能力，毕竟我们是一个基于'全人教育'理念而建立的学校，我最不希望看到你跳级之后只能埋头学习，而不能融入你的群体，不能一起互动与成长。但是我刚才观察了你跟安德烈之间的互动，他是高年级的学生，又是学生会会长，你跟他交流、比拼的时候不但不胆怯，反而落落大方，应对得体。我想，不只是在学习上，在心态与社交上你也准备好了。"

接着，马修老师清了清喉咙："所以……我这关你算是通过了。"

"真的吗？"林枫欣喜地接过卷子，询问道，"那我明天就能去十一年级上课了吗？"

"我这边批准了，你还要去找十一年级的负责人克里斯老师审批签字。"马修老师将表格和材料交给了林枫，"但不巧的是，现在快到高年级的上课时间了，你明天找他也行……"

"谢谢马修老师，我现在就去找他！"林枫拿过材料，她已经不想再等了。

林枫边跑边看了一眼手表，时间紧迫，现在距离上课还有不到半小时。而十一年级教学区的位置在校园的高处，需要沿着蜿蜒的山路向上行走半个小时左右才能到达。可不巧的是，校车早就已经开走了，她只能依靠自己的双脚尽快到达目的地。

穿过一片片修剪整齐的草坪，绕过几座古老的雕像，林枫的目光始终锁定在上方那座被树木掩映的红白建筑上。也许是昨日熬夜的缘故，林枫渐渐体力不支了，她的呼吸变得越来越急促，似乎快要喘不上气了。汗水顺着林枫的背脊滑落，脚步也逐渐沉重了起来，体能在一点点耗尽，腿上像灌铅般沉重，每迈一步都无比艰难。

"唉，没想到这时候竟然'撞墙'①了……"有过长跑经验的林枫知道，自己一时心急，没有调整好呼吸，所以才有这样的生理反应。

林枫气喘吁吁地蹲在山路上，目光穿过郁郁葱葱的树木，定格在遥远的教学楼上。她的内心涌现出了一股不甘，不愿就这样放弃：

---

① "撞墙"一般指马拉松比赛中，在后半段三十千米左右会出现的肌肉抽筋、僵硬、体能下降，呼吸急促等现象。

远方的红白建筑似乎近在咫尺，又似乎遥不可及……"不行，不能在这里停下，要不之前的努力都白费了！"林枫咬了咬牙，继续向教学区奔去。

不一会儿，林枫就感觉自己的身体已经到了极限，她只好半道停了下来，一屁股坐在路上，大口喘着粗气。不久后，她忽然听到草丛中传来一阵奇怪的沙沙声！那是风的声音吗？还是有只匍匐着的野猫？正当疑惑之时，她忽然感觉一股莫名的能量从草丛中向她发射过来！

在阳光的照射下，那股能量并不是那么明显，但林枫依稀辨认出了那是一道微弱的银白色光芒。紧接着神奇的一幕出现了，只见银白色光芒迅速在她的双脚边萦绕着，一股温暖的力量从她的脚底向上涌起！

等到再次站起身时，林枫觉得身上的疲惫感瞬间一扫而空，双脚似乎被银白色的光芒注入了能量，逐渐像风般轻快了起来。林枫想查清这股异样能量的来源，于是她装作系鞋带的样子，用余光四处搜寻着——草丛里果然有一团火红色的影子在轻轻晃动着！可是当林枫猫下腰正准备靠近一探究竟时，那道火红之影突然变得警觉了起来，它以迅疾如闪电般的速度蹿走了！

又是刚才那道火红色的影子！这次林枫敢肯定自己绝对没有看错，那道影子刚才就在教务处旁边的香樟树上，不断打量着自己与安德烈的飞花令对决，现在又在草丛中看到了它！它到底是什么东西？那股奇异的能量又是什么？

"等等啊！你是谁？为什么要帮我？"林枫喊道，她的好奇心一

下子被激起，加快脚步跟了上去。随着她的快步逼近，那道火红之影似乎更加慌张了，只见它不断地在草丛中跳跃、躲闪着，时隐时现，仿佛在和林枫玩着捉迷藏。

"喂，你干吗要躲着我啊？"林枫原本以为能够揭开那道影子的真正面纱，可它却像一阵扫过街道的风一样，消失得无影无踪了。

林枫望着火红之影消失的地方，久久不愿离去。阳光透过树叶的缝隙，洒在她的脸上。林枫的心中充满了疑惑与失落，她的目光在附近的草丛中搜寻着，希望能找到一些线索。忽然，她的视线落在草丛中的一点白色上，她好奇地弯下腰，小心翼翼地拨开草叶，惊讶地发现一本诗集竟然躺在地上！

"这不是我丢失的诗集吗？怎么会出现在这里！"林枫惊呼出声，赶忙将书捡了起来。

可是比起失而复得的欣喜，她内心更多的是疑惑：为什么自己丢失的诗集会出现在草丛里？难道那道火红的影子其实是真正的窃书贼？她联想到图书馆楼下花园里那串神秘的脚印，不会吧，这一切还真是黄鼠狼干的？林枫摇了摇混乱的脑袋，管不了这么多了，还是赶紧去找克里斯老师要紧！于是林枫将诗集匆匆放进风衣的口袋里，奋力地向教学区跑了过去。

在神秘能量的加持下，林枫不到五分钟就跑到了十一年级的教学区。当她推开办公室时，发现克里斯老师正在准备上课用的材料。

"老师，我是九年级的林枫，是来找您签字的。"林枫的声音中带着紧张与期待，她将手中的申请材料递给克里斯老师。

"我从马修老师那里听说了，你做得真不错。"克里斯老师抬起头，眼神中透露出一丝赞许。

克里斯老师认真地翻阅着材料，脸上始终洋溢着笑容。林枫站在一旁，她的心跳加速，等待着老师的评价。她知道，这将决定着自己是否能够成功去十一年级学习。直到克里斯老师拿起笔签下自己的名字时，林枫才暗暗松了一口气。

"你的审核都通过了。"克里斯老师欣慰地点点头，"从下周开始，你就可以转到十一年级上课了。"

林枫听到这个消息后，心中的紧张瞬间化为了喜悦，她的眼睛亮了起来，嘴角不自觉地上扬着："真的吗？谢谢老师，这太好了！"她几乎不敢相信自己的耳朵。

"林枫，欢迎你加入十一年级这个大家庭，这周你可以先做做准备。"克里斯老师笑了笑。

下山的路是轻松的，林枫迈着轻快的脚步，沿着蜿蜒的山路往宿舍走去。阳光透过树梢洒在身上，她的心情也变得明媚了起来。此时已是金秋时节，树叶在微风中轻轻摇曳着，仿佛是秋天的使者在向她招手。长椅上，学生们三三两两地并排坐着，有的在讨论学术问题，有的在享受着午后的宁静。

林枫深吸了一口清新的空气，心情也随着这怡人的风景变得更加愉悦了。远处，图书馆的尖顶在蓝天的映衬下显得格外漂亮，林枫一抬手，无意中触碰到了放在风衣口袋中的诗集。

回到宿舍后，玛雅放下手中追剧的平板，热情地问道："林枫，今天的测试怎么样啊？"

"马修老师同意了，之后我又去找了十一年级的克里斯老

师……"林枫说起了路上的奇遇，"不过比起这些，更神奇的是，我在草丛中发现了那本丢失的诗集！"她的心情有些激动，赶忙将风衣口袋中的诗集拿了出来。

"什么？你丢的诗集怎么会在草丛里？"玛雅惊讶地瞪圆了眼睛，同时也好奇地凑了过来。

"是啊，就在我跑去找克里斯老师的时候，偶然间在草丛中发现了一道火红色的影子，我是在追它的过程中找到的。"林枫一边翻阅着，一边给玛雅讲起今天的离奇经历，"更奇怪的是，在我和安德烈进行飞花令对决时，也看到了那道影子，我总感觉它一直在跟踪我……"

"不是吧，林枫你可别吓我！"玛雅吓得脸色有些泛白，打了个哆嗦，"难不成是幽灵附体？"莱恩学校之前可是个废弃的疗养院，想象力丰富的玛雅脑海里冒出了好多不着边际的怪谈。

"不对，你快看这一页！"林枫翻了一会儿，突然愣住了，原来在一百八十页的诗歌处有一只小小的爪印，她看着这爪印，似乎越来越熟悉，于是赶忙找出了手机中的照片。

这只脚印的形状和大小，和她们在小花园里看到的脚印惊人地相似，它们的形状细长，似乎属于某种小型动物，但又不像是常见宠物的脚印。这只脚印在洁白的书页上显得格外突兀，仿佛是某种神秘的标记。

"这只脚印……和我们在小花园里看到的一样！"玛雅也注意到了，随后失声惊呼了起来，"哇！难不成偷书的凶手真是一只成精的黄鼠狼？它拿这些诗集到底要干什么啊！"玛雅的声音带着一丝颤抖，种种蛛丝马迹似乎都指向了一种推论——那道火红色的影子就是窃书案的真凶！

"我们得找到那只'黄鼠狼'凶手才行，问问它丢失的诗集都去了哪里！"林枫捏紧了拳头，眼神逐渐坚定了起来，她打算先将这件事情隐瞒下来，毕竟在真相没浮出水面之前，一切都是猜测。

"好，最近我也会好好留意一下！"玛雅一下兴奋了起来，这个案件实在是太古怪了，她恨不得赶紧将凶手缉拿归案，问出事情的始末。

然而，就在这时，林枫的手机忽然响了起来。她接通电话，听到了安德烈的声音："是林枫吗？两周后是山上牧民们赶牛下山的日子，学校刚好也要举行三天两夜的秋游活动，你们要不要报名啊？"

"赶牛下山，那是什么日子？"玛雅率先抢过了话头，她听得一头雾水。

"你不知道吗？'赶牛下山'是阿尔卑斯山区的一个传统节日，一般在每年的秋季举行。"安德烈耐心地解释道，"在夏季，牧民们会将小牛赶到阿尔卑斯山上的牧场，在野外进行放养，等到秋季，再将牛群赶下山来，让它们在温暖的牛圈中度过漫长寒冷的冬季，这可是瑞士的盛大节日！机会难得，咱们可以一起去迎接下山的牛群！"安德烈的语气中充满着兴奋。

"对对对，这活动挺好玩的，这个节日如果用瑞士德语直接翻译过来就是'赶牛下山'，但是我妈还给它取了一个浪漫的中文名字，叫'牧牛秋归节'。我们一起去吧！"林枫第一个举手报名，小时候爷爷奶奶带她参加过，那盛大而热闹的场景至今让她记忆犹新。

"真的吗？那我也要去！"玛雅兴奋地喊了起来，这可是一个难得能了解瑞士文化与传统的机会！

Chapter 7
前往格施塔德小镇

　　背上背包，装上精心准备的零食和饮料，林枫和玛雅一起走出了宿舍，前往莱恩学校的主楼大门口集合。今天她们和安德烈约好了，要一起去参加"牧牛秋归节"。玛雅别提有多高兴了，只见她哼着小曲，脚步都轻快了起来。两人结伴走到校门口的出发点，才发现学校的大巴车早已停在那里了。

　　"林枫，玛雅，你们来了！"安德烈的脸上露出了灿烂的笑容，赶忙向她们挥挥手。

　　"哇，终于能出去玩啦！"玛雅伸展着双臂，要知道这可是入校以来第一次外出活动。

　　"安德烈，'牧牛秋归节'一般在九月中旬就开始了，今年怎么这

么晚啊？"林枫专注地在手机上查着，现在十月都过了。

"这一点我也问过老师，老师说之前山上的草木还绿着呢，所以才推迟了时间。"此时带队老师已经开始清点人数了，安德烈催促道，"好了，我们快上车吧！"

"今天我们要先去格施塔德小镇参加赶牛下山活动，之后的时间留给大家自由参观游玩，明天一早我们会去德茨杜米迪山徒步……"约克老师给大家讲起了这两天的活动内容。

约克老师是此次活动的带队老师，同时也是学校的经济学老师和登山队指导老师。寄宿学校就像一个大家庭，老师们不但住在学校里，通常还身兼数职。约克老师是一位身材魁梧的中年男性，身高甚至超过了一米九，他常年穿着一件白色的运动衫和一条深色的运动裤。由于经常进行户外锻炼，约克老师的皮肤显得黝黑，这种肤色让他看起来反而更加健康、有活力。

"林枫，明天我们就要去爬山了！"玛雅的眼睛遮掩不住兴奋的光芒。

"德茨杜米迪山？这个山脉的名字好奇怪啊。"林枫说道。

"我之前查过资料了，这座山脉的法语名是 Les dents du Midi，听说它的形状很像野兽的牙齿，不过我更期待去格施塔德小镇参观。"安德烈讲起了一口漂亮的法语。

"我们到地方了，大家下车吧。"

林枫下车后伸了个懒腰。车子绕了一个小时的山路，来到另外一个阿尔卑斯山的小镇，不过这个小镇可比他们学校所在的那个小镇有名多了。

"这里是位于瑞士西南部伯尔尼高地的格施塔德小镇，海拔有1050米，许多旅客喜欢在这里体验瑞士风情，就连欧洲的皇室也经常光顾此地，这里算是我们瑞士阿尔卑斯山区最有名的旅游胜地之一了。等会儿镇民们会在镇口举行赶牛下山的活动，这是小镇主要的步行街，大家自由参观吧。"约克老师介绍道。

漫步在石板铺成的街道上，大家的心情悠然而轻松。在阿尔卑斯山脉的怀抱中，格施塔德小镇宛如一颗嵌在青色山峦间的翡翠，散发着宁静而祥和的光芒。小镇的每一座建筑都是由木石精心雕琢而成的阿尔卑斯山传统木屋[1]，大大小小的斜屋顶，加上向外延伸的宽大屋檐，在阳光的照射下显得格外温馨。每个建筑都有着同样的风格，与阿尔卑斯山大大小小的山峰相映成趣，远远看去，如同童话中的城堡，静静地守护着阿尔卑斯山下的净土。

"你们看，小镇每座房屋的窗栏和阳台上都挂满了鲜花！"尽管林枫已经跟爷爷奶奶来过这个小镇无数次，但每每还是会被这花海般的布置惊艳到。她记得上次来的时候是冬天，雪地中家家户户挂出来的不是鲜花，而是各种圣诞装饰，有时候还会有个圣诞老人趴在阳台上呢。

"是的，其实每当赶牛下山的日子临近时，大家都会挑选最鲜艳的花朵，用彩带和丝带将它们编织成花环，挂在房屋上，他们可真会装饰。"安德烈也被那些花吸引了注意力。

屋檐下的阳台上、窗户边，甚至是门廊上，随处可见一簇簇鲜

---

[1] 这种木屋通常具有典型的瑞士风格，有着倾斜的屋顶，这样设计是为了便于积雪滑落。

花的点缀。这些花朵鲜艳至极，有的挂在木制的窗框上，有的悬挂在屋檐下，几乎遍布于大街小巷。花环在微风中轻轻摇曳，散发出淡淡的香气。这些别具新意的装饰也成为小镇一道亮丽的风景线，小镇的居民们相信，这些鲜花能够带来好运和祝福，同时也能在新的一年里带来平安与丰收。

"这里的风景也太美了，要是我能一直住在这里该多好！"玛雅张开手臂，似乎想将夹杂着花香的清风揽入怀中。

"你们看，前面就是小镇的中心了！"林枫说道。

这时一阵悠扬而深沉的旋律在空中回荡着，仿佛是对大自然的赞歌，又像热情的欢迎。那美妙的声音在格施塔德小镇中回荡着，林枫与玛雅不由得陶醉地闭上了眼睛。安德烈看向小镇的入口说："那是阿尔卑斯长号的声音，赶牛下山的活动开始了，咱们快走！"

于是林枫和玛雅跟着安德烈奔跑了起来，果然在小镇的步行街入口处，他们看到了整齐站着的一排长号手，他们手持长号奋力吹奏着。阿尔卑斯长号是一种传统的瑞士乐器，每到赶牛下山活动时，牧民都会用瑞士长号来召唤牛群，长号在阳光下闪闪发光，散发出金属质感的温暖。

这长号像一根被长长拉伸的巨大牛角，较细的一头用于吹奏，另一头则放在地面上，向上弯曲，呈现喇叭的形状，悠远的号音就从这里传出来。长号手们都穿着白衫红裤的瑞士传统服饰，他们的面庞因为吹奏而微微泛红，但每个人的脸上都洋溢着幸福的喜悦与自豪，仿佛在用长号向着自然山脉、向着全瑞士，宣告着这个盛大节日的到来。

当然，小镇的门口也挤满了前来参加赶牛下山的人群。老人的怀中捧着金黄的向日葵，脸上洋溢着慈祥的笑容；孩子们好奇地张望着，有的兴奋地原地跳跃着，似乎迫不及待地想看看下山的牛群；还有些小镇居民手中挥舞着旗帜，脸上充满热情与期待。大家都翘首以盼，直到人群中传出了一个激动的声音：

"你们看，群牛下山了！"

随即，所有人的目光都转向了远方，林枫和玛雅也踮起脚尖好奇地张望。只见远处有一道起伏的灰黑色波浪正在向他们逼近，牛群在牧民的指引下，缓缓地从山下走来。脚步悠悠，清铃声响起，直到牛群走到眼前的山路上，林枫才注意到原来每只牛的脖子上都挂着一个古铜色的大牛铃，随着它们慢悠悠的步伐，牛铃也会发出悠长的响声。

牛群的身上披着五彩斑斓的装饰，不仅如此，牧民还在牛群的身上用植物颜料画了各色的花纹与涂鸦，色彩缤纷、图案各异，在阳光的照耀下，越发鲜艳夺目。对了，每只牛的角上还挂满了鲜花与彩带，可见瑞士居民对节日的重视。

"欢迎你们回家，小牛们长得可真壮！"老奶奶的眼神中流露着慈爱。

"真好，看样子来年一定会有个好收成！"镇民带头鼓起了掌。

"哦哦！撒花喽，撒花喽！"小孩子们边跳边笑。

随着牛群逐渐下山，出现在人们的视野中，小镇的居民们开始向群牛抛着鲜花，向小牛们表示热情欢迎。芬芳馥郁的花朵在空中飞舞着，如同一场缤纷的雨，花瓣悠悠扬扬，有的落在牛的脊背上，

有的落在小镇居民的头上与肩上。小牛们似乎也感受到了镇民的热情，在鲜花与掌声中昂首阔步地缓缓前行着，牛铃声与欢笑声交织在一起，汇成了一片欢乐的海洋。在这个特别的时刻，小镇的居民们忘却了日常的忙碌与烦恼，大家都沉浸在美妙与喜悦之中。

"这个活动可真棒，我感动得都有些想哭了。"玛雅陶醉地说。

"是啊，冬天就要来了，小牛们可以舒舒服服地在牛圈里休息了。"安德烈说道。

"是啊，我们还可以参加下一次的赶牛上山活动。"林枫笑道。

当格施塔德小镇沉浸在欢乐的海洋中时，林枫的目光也随着牛群的移动而游走着。然而在欢声笑语中，她的眼角捕捉到了一丝不同寻常的景象——在牛群中，有一道火红之影突然一闪而过，它在牛群的缝隙中快速移动着，让人捉摸不透。

可几乎一眨眼的工夫，那道火红之影竟像旋风似的消失了！林枫惊讶地揉了揉眼睛，她从那道熟悉的火红光芒中辨认出，那就是上次自己碰见的影子！果然那影子一直在跟踪自己！

火红之影为什么会出现在这里？它除了偷窃诗集，还有什么其他的目的？林枫的脑子很乱，她找不到一个可以合理解释的理由，盯着影子消失的地方看了很久。

What If Li Bai
Roamed the Alps?

Chapter 8
徒步途中遇变故

"嘿，林枫你在看什么呢？"玛雅并没注意到那道红影，不解地用手在林枫面前晃了晃。

"没什么，接下来我们干什么啊？"林枫揉了揉眼睛，选择暂时默不作声。

"接下来就是自由时间了，今天我们会在格施塔德小镇的民宿过夜。明天一早坐车前往德茨杜米迪山，开始我们的登山徒步之旅！"安德烈认真翻阅着活动手册。

"好耶！林枫，我们先去购物吧！"玛雅迫不及待地拉着林枫跑向热闹的街市，安德烈见状也紧紧地跟了过去。

随着赶牛下山活动的圆满结束，三人决定在小镇上好好享受这

一天的余晖。街道两旁的店铺琳琅满目，橱窗里展示着各式各样的手工艺品与纪念品，有银质的项链、手镯，也有用彩色玻璃和石头制作而成的耳环和胸针，玛雅一口气买了好几串；安德烈倒是对一家挂着古老木雕和油画的餐厅颇有兴趣，那里出售着几道小镇的特色菜肴，比如香煎阿尔卑斯山鳟鱼、奶酪火锅与瑞士巧克力蛋糕，每一道菜都色香味俱全；林枫倒是很享受山间清新的空气，欣赏着自然美景，心情别提有多舒畅了！

美好的时光稍纵即逝，吃过晚饭后，夜幕悄然降临，约克老师带着大家来到他们今晚的住宿地——一家位于格施塔德小镇中心的旅店。这家旅店的外观古朴而典雅，橱窗中还摆放着山区的剪纸艺术作品和超大的牛铃，木制的外墙和瓦片屋顶透露出浓厚的瑞士传统风格。旅店的门廊上还挂着一盏温暖的木灯，它在夜风中轻轻摇曳，散发出柔和的光芒，这让大家都不由感觉有些困倦了。

"我们今天就在这里休息，明早五点就要起床出发了，还请大家好好休息。"约克老师为他们安排了舒适的房间。

林枫和玛雅住在同一间屋里，房间内弥漫着淡淡的薰衣草香气，林枫的倦意越来越浓了，她的目光穿过窗户，不由被点点繁星所吸引。夜空如同一片柔软的黑天鹅绒布，上面撒着无数璀璨的钻石，她躺在柔软的床铺上，聆听着夜晚的风声，轻轻地闭上了眼睛。

"林枫，你有没有什么梦想啊？"玛雅的脑海里满是明天清早的登山活动，她根本睡不着。

"我啊……"林枫沉思了一会儿，然后回答道，"或许长大后我想成为一名作家，用文字记录下我所经历的一切，用故事带给人们欢笑与感动。"

"太棒了！"玛雅夸赞道，"我总梦想着能够环游世界，去那些遥远的地方，看看不同的景色，体验不同的风土人情。"她轻声地说道，眼睛在窗外繁星的照映下也亮晶晶的。

明月朗朗，繁星如水。在这温柔静谧的夜里，林枫和玛雅谈论着各自的梦想，分享着未来的期待，直到夜色越来越深，她们的声音也逐渐变得低沉，不久便进入了梦乡。直到第二天，清晨的阳光透过窗帘的缝隙，洒在了旅馆的房间里，林枫和玛雅才从睡梦中醒来。两人迅速地洗漱完毕，林枫也换上了适合徒步的服装，准备迎接今天的挑战。同学们也在旅店的餐厅中会合，大家围坐在餐桌旁，享用着美味的早餐，为即将开始的徒步活动储存能量与活力。

早餐过后，约克老师带领大家走出了旅店，他们坐上大巴车，向着德茨杜米迪山的方向驶去。车窗外，林枫看见阿尔卑斯山峰在晨光中显得更加雄伟，道路两旁都是郁郁葱葱的树木，枝叶在阳光的映射下闪烁着翠绿的光泽，偶尔一两声鸟鸣划破了山间的宁静，为这幅优美的画卷平添几分生机。

不一会儿，大巴车停在了一片开阔的停车场，这里已经是山脉的脚下。约克老师站在车前，向大家宣布："这就是我们要征服的山脉，我相信这将是一次难忘的徒步，也是对我们体力和意志的考验，出发吧！"

站在山脚下，仰望着那连绵起伏的山脉，大家的心中充满了激动和期待。这次参加徒步活动的一共有十个人，其中艾瑞斯、劳拉和温迪都是林枫的同班同学。艾瑞斯来自澳大利亚，他是一个充满

活力的男孩，同时酷爱户外运动，无论是攀岩还是跑酷，他总是冲在最前面；劳拉则是一个来自法国的细心温柔的女孩子，比起体育运动，她更热爱在大自然中自由探索，她的观察力非常敏锐，不仅能准确地识别出各类花草树木，甚至还能模仿鸟鸣；而温迪则是一个有些内向但常常在深思的芬兰男孩，他对历史和民族文化有着浓厚的兴趣，一路上他总能讲述出许多有趣的历史故事与神话传说。

"德茨杜米迪山脉绵延三千米，是吉弗雷山体的一部分。这座山脉的海拔高度在三千米以上，它的对面是萨兰菲湖，往下还能看到伊利埃兹山谷。"约克老师边往前走，边给大家介绍道，"在冬季，这里还是个滑雪胜地，有着近六百千米的雪道。"

在约克老师的带领下，大部队向着巍峨的德茨杜米迪山脉进发了。阳光透过树梢洒在有些陡峭的山路上，沿路的岩石也布满了斑驳的光影。四周都是郁郁葱葱的树木，叶片在微风中轻轻摇曳着，像是低语，像是呢喃。山中的空气清新而湿润，让人感到前所未有的舒适与愉悦，很快将刚才的阴霾一扫而空，大家的心情也随之愉悦和兴奋起来。

"简直太酷了！希望冬天我们能来这里滑雪。"艾瑞斯望着宽敞的滑雪道，内心激动不已。

"嘿，我不仅喜欢爬山，还最喜欢滑雪了，到时候咱们可以一起！"这时玛雅兴奋地拿着自拍杆开始拍起照来。

劳拉在沿途中采摘着花瓣与奇特的树叶，她想将它们拿回去制成标本。安德烈则是兴致勃勃地用相机记录着一切，作为学生会会长，他准备将山间的风景做成宣传视频。然而林枫的心思并没有在这次登山徒步中，她的心中充满着疑惑与好奇，反复环顾着四周，试图从山间那郁郁葱葱的丛林中寻找那个神秘的火红之影，指不定那家伙又跟过来了，会不会在这片茫茫山脉中再次相遇呢？

队伍沿着山间小径稳步前行，林枫和她的朋友们很快就到了一片开阔的平原之中。这里的景色与山脚之下截然不同，远处的山峰在阳光的照耀下熠熠生辉，而近处的草地在微风的吹拂下轻轻摇曳着，阳光更加明媚，视野也更加开阔了，一切都是那么心旷神怡。然而，就在他们准备停下来休息，享受这片宁静的美景之时，这时大家注意到了不远处有一群人似乎在寻找着什么，他们的神色中透露着焦急。

"您好，请问这里发生什么事情了吗？"约克老师走上前询问道。

"我们是山下小镇的牧民。"一位衣着古朴的牧民说道，"我们在将小牛们赶下山后，发现有近十五头牛走丢了，找了很久都没找到！"

"怎么会这样？是小牛们没听到牛铃声吗？"约克老师听到这个消息后，他的脸色瞬间变得凝重起来，要知道牛丢了可是大事，如果入冬后还没找到，它们可能会被冻死在山上。

"不清楚啊，牛铃声响了好久，小牛们不可能没听见。"牧民摇摇头，觉得这事实在蹊跷，"况且我们放牧这么多年了，从来都没遇见过这种情况啊，每年秋季，牛群都会一只不差地下山归来。"这股不安与焦虑的情绪，很快也让看热闹的同学们担心了起来……

"居然一下子丢了十五头牛，它们去哪里了啊？"玛雅皱起了眉头。

"你们说这些牛会不会被山上的野狼吃掉了？"艾瑞斯问道。

"不可能的，这座山上应该很少有野狼出没。"劳拉摇摇头，推测道，"依我看，那些小牛兴许是贪玩跑丢了。"

温迪倒是没说话，但他的眼神中充满着疑惑与担忧——要知道这件事情实在太奇怪了，牛群通常都会跟着领头牛的指引下山，而且中途还有牛铃声的指引，万万是不可能出这种乱子的。

"这位先生，您别急，我们也会帮忙留意一下的，看能不能帮忙找到走失的小牛。"安德烈走上前去安抚着焦灼的牧民。

"那真是谢谢你们了，我们也会继续找找的。"牧民的眼神中多了几分感激，说着又去别处搜寻了。

"好了，我们继续走吧！"这个意外的小插曲并没阻止大家前进的步伐，徒步活动还在继续着。

随着海拔的逐渐升高，风景越发不同了起来：山脉的轮廓在淡淡的雾色中若隐若现，山峰在蓝天的映衬下格外壮丽，在这里不仅能俯瞰整个山谷，甚至还能看到远处的小镇和蜿蜒的河流。林枫深深地吸了一口清新的空气，甚至能感到到处弥漫着的松树与野花的芬芳。劳拉则是观察起附近的植被来，高大的松树和枫树挺立在两旁，微风一吹发出沙沙的响声。偶尔能看到几只松鼠在树间跳跃，敏捷地穿梭在林间。

林枫和朋友们已经徒步了整个下午，弯来绕去的马上要登顶了。这时大家来到了一片相对开阔的高原之上。此刻光线正好，于是安德烈拍了拍手提议道："我们在这里拍张照片吧！"

"好耶！旅行就应该多拍照留念，我要站在最中间！"玛雅招呼道，"林枫，你也快过来！"

大家纷纷聚集在一起，他们不停地调整着站位，确保每个人都能被拍进照片。林枫和玛雅站在了中间，劳拉、艾瑞斯和温迪则围绕在她的周围，他们有的蹲着，有的站着，有的甚至干脆坐在了地上，每个人的脸上都洋溢着快乐的笑容。安德烈拿起相机，然后仔细地调整好角度，确保每个人都能够被清晰地拍到。他按下快门，随着"咔嚓"一声，这一刻被永久地定格在了照片中。镜头中，十个人的笑脸在阳光下显得格外灿烂。他们背后的山脉和蓝天构成了几近完美的背景，而这张照片则是他们友谊的见证。

随着太阳逐渐西沉，徒步活动也临近尾声，林枫询问道："约克老师，我们今天晚上在哪里休息啊？现在下山也来不及了。"

约克老师指了指不远处的地方说道："不用担心，我们今晚会在半山腰一个专供游客休息的旅店小屋中过夜，有许多徒步登山者都会到那里休息。"

"太好了，我还以为要在野外露宿呢！"玛雅打趣道。

"今天徒步有些累了，总算能好好休息一下了。"温迪伸了个懒腰。

"好了，我们继续往前走吧，小屋就在前面了。"安德烈招呼着大家继续前行。

而林枫此时的视线却被远处高耸的山峰所吸引，她注意到，在那山峰的顶部似乎笼罩着一圈神秘的阴影，这让整个山峰显得晦暗不明。紧接着，那圈灰色的阴影越来越大，逐渐像块幕布似的罩住了山峰的顶空，那块幕布犹如幽灵般悄无声息地前行着，最终将整

个空间都染上了灰色。可此时同学们正沉浸在徒步的喜悦之中，并没有注意到这细微的天气变化。

这时林枫感觉鼻尖有一丝凉意，似乎有什么东西飘然落下。林枫疑惑地抬头看向天空，刹那间她瞳孔微张，神色诧异——

天空竟然飘雪了！

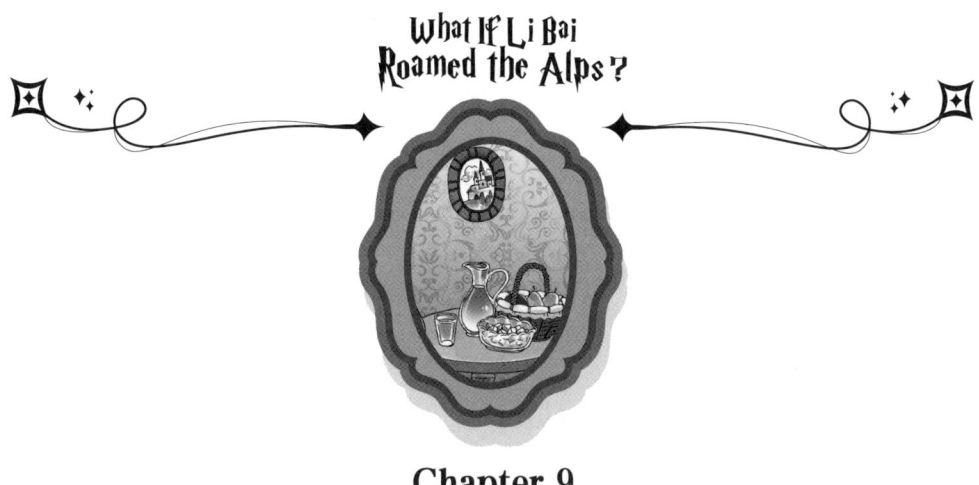

Chapter 9
请带我回家吧

"你们看，天空飘雪了！"艾瑞斯惊讶地说道。

"对啊，真奇怪，怎么突然就下雪了啊？这不符合常理。"劳拉擦了擦额头的汗，满眼都是疑惑。

"我看天气预报是晴天，这是怎么回事？"安德烈也注意到了异象。

天空中的雪越下越大，雪花如毛茸茸的白色羽毛，纷纷扬扬地飘落下来，不一会儿几乎覆盖了整个平原。可没过一会儿，天空下起了冰雹，寒风也越发凛冽了，甚至在平原中形成了一股白色的气流旋涡，雪花被风席卷得四处飞舞。约克老师见状赶忙招呼道："过夜的旅店就在前方了，我们快走吧！"

"林枫，这会不会是暴风雪来临的前兆？"大家加快了脚步，玛雅的眼神有些不安。

林枫没有说话，只是担忧地望了一眼身后，此时平原已是白茫茫的一片，中午还葱郁的树木上都挂满了寒霜。她忽然想起了与安德烈相遇的那个中午，那天的雷阵雨也是来得突然，难道说这两次诡谲的天气之间有什么联系吗？

雪越下越大，漫天的大雪几乎遮挡住了所有的光线，雪花像不受控制似的在黑暗中飞扬着、旋转着，此时已经临近太阳落山。在步行大约一刻钟后，林枫和朋友们终于到达半山腰的小屋里。这座小屋坐落在一片被松林环绕的平原中，屋顶和窗台上已经铺上了一层皑皑的白雪，仿佛是大自然为它披上的洁净外衣。小屋的门上还挂着一串风铃，铃声清脆，像是在为迷途的旅人指路，还好有这间旅店小屋，大家感到了一丝温暖，也找回了一些安全感。

待大家安顿好后，约克老师走到窗边，神色中露出一丝担忧。他转过身来，对大家说道："外面的天气看起来不太好，不过暴风雪应该是暂时的，请大家放心在这里过夜。"

为了御寒，店主将屋内的壁炉也点燃了。壁炉中的火焰跳跃着，散发出温暖的光芒。林枫、玛雅和安德烈他们围坐在壁炉旁，炉火的温度驱散了他们身上的寒意，再加上小屋里弥漫着松木燃烧的淡淡幽香，也让他们的心情逐渐放松了下来。

"给，喝点热水暖暖身子吧。"温迪贴心地将保温杯递给大家。

"谢谢你，温迪。"林枫接过了保温杯，暖暖的热气让她不安的心也稍稍平息了。

几人围坐在一起，开始享受起热茶与小食来，只有劳拉皱着眉头说道："这次的暴风雪来得太过突然了，根据我对德茨杜米迪山脉的了解，在天气骤变之前通常应该有更明显的征兆。"

"但瑞士的天气就是这样，变化无常。"安德烈津津有味地吃起了烤鱼片，"何况山脉的气候相对难预测些，即使最有经验的登山者也难以预料天气。有时候，即使是小范围的天气变化都有可能导致暴风雪的出现。"

"下雪也不是一件坏事，至少可以去滑雪。"热爱运动的艾瑞斯说道，要知道登山和滑雪可是他的强项。

林枫看了看窗外，暴风雪仍如猛兽般嘶吼着。随着夜幕的降临，小屋内的灯光逐渐变得柔和，壁炉中的火焰仍然不知疲倦地燃烧着。此刻约克老师站起身来，他的声音在宁静的夜晚中显得格外清晰："现在夜色已深，大家应该好好休息。明天我们还要继续登顶，请大家尽快洗漱，然后上床睡觉。"在约克老师的提醒下，大家才意识到天色已晚，困倦也如潮水般向众人袭来。

洗漱完毕后，林枫和玛雅便回房间睡觉了。经过一整天徒步的劳累，玛雅刚一挨枕头就睡着了。可是林枫就不一样了，心思缜密的她久久无法平静，最近遇见的意外实在是太多了——先是自己的诗集被偷了，却又在意外追逐火红之影的过程中捡到了；之后徒步到平原时，从牧民的口中得知有十五头小牛神秘失踪；明明是一次普通的徒步活动，却在傍晚遭遇了突如其来的暴风雪！当然最令人在意的还是那道火红色的影子，它似乎从那天考试后就一直跟踪着自己，这一切之间有什么关联吗？

林枫的脑子像麻线一样凌乱，她隐隐觉得这些巧合事件之间有着关联，但她绞尽了脑汁也没想出来，最终只好强迫自己停止了思考。

暴风雪还在呼啸，当林枫闭上眼睛后意识也逐渐模糊了。可就在这时，不知从哪儿传来了一阵细碎的声音："林枫，林枫……"

"玛雅？"林枫睁开了眼睛，可是玛雅均匀的呼吸声让她知道声音另有其人。

"林枫，林枫……"声音被暴风雪揉碎了，显得更加迷离而空灵。

那个声音又响起了！林枫的心紧张得怦怦直跳，似乎只有她听到了这个声音。于是林枫轻轻地站起了身，小心翼翼地走出房间，打开了一条门缝。冷风夹杂着雪花扑面而来，让她不禁打了个寒战。只见她眯起了眼睛，试图寻找着声音的主人。令林枫惊讶的是，她看见在门口的不远处有一团依稀难辨的火红色光芒，那道光辉在风雪中摇曳着，仿佛是一盏指引方向的烛火，正是一直跟踪自己的影子！

"你，你是谁啊？"林枫的声音有些颤抖。

"林枫，快来……"声音仍然在呼唤。

林枫知道是那道火红之影是在呼唤自己，所以要跟过去看看吗？林枫有些犹豫了，小屋之外是未知的茫茫风雪，而她只要转身装作什么都没发生，就能坠入梦乡，到底该怎么选择啊？不过此刻林枫的好奇心已经超越了恐惧，占据了她情绪的最高点，于是她仅仅犹豫了一秒，便抓起背包裹着风衣跟了上去。

　　见林枫出来了，那道火红之影忽然在雪中奔跑起来。此时依旧寒风呼啸，林枫感到一阵刺骨的寒冷，冰粒般的雪花砸在了她的脸上，仿佛有无数冰针刺入肌肤。然而那道神秘的影子还在雪地之中跳跃奔跑着，林枫的目光一刻都没有离开过它。穿过白皑皑的平原，越过被雪覆盖的灌木丛，林枫跟着那道诡异的火红之影来到了一个山洞旁。那山洞口被青色的藤蔓和积雪所覆盖，要不是火红影子的指引，恐怕永远不会有人觉察到这里是山洞的入口。

　　"回答我，你到底是谁？"林枫在山洞边停住了脚步，她伸出手指想去触碰那团火光。

　　火光似乎对林枫的召唤产生了反应，刹那间，它迸发出了刺目的火花，像是划过黑夜的流星般明亮。林峰下意识地闭上双眼，当她再次睁眼时，只见一只火红的小生灵从银光中跃出，轻巧地落在了她的面前，它抖了抖身上的积雪，静静地望着林枫。林枫认出那是一只赤狐，它的皮毛如同一簇旺盛的火焰，在洁白的雪色映衬下显得无比耀眼。

　　"赤狐，是你一直在呼唤我吗？"惊讶之余，林枫小心地问道。

　　然而赤狐并没有作答，不知为何，它身上的银光越来越黯淡，那小小的身体也开始摇摇欲坠。只见赤狐缓缓地走向林枫，每一步仿佛都在用尽最后的力气。紧接着赤狐的眼神中流露出一种近乎哀求的神色："林枫，请带我回家吧。"

　　"你为什么会知道我的名字？"林枫瞪大了眼睛。

　　赤狐似乎没有什么力气回答，摇摇晃晃地倒了下去。正当林枫手足无措之际，突然一阵莫名的骚乱声从山洞深处传来，这怪异的

声音打破了夜晚的寂静。山洞里有东西！该不会住着什么鬼怪异兽吧？林枫吓得都不敢呼吸了，但此刻她的好奇心再度点燃了。只见她将风衣的拉链拉开，将赤狐轻轻地放入了怀中，然后小心翼翼地拨开山洞门口的积雪，顺便扯下了那缠绕在山洞间的藤蔓。随着林枫的清扫，山洞逐渐变得开阔，微弱的光线开始透入洞口。

当最后一根藤蔓被扯开后，林枫拿出了背包中的手电筒，在光芒亮起的那一刻，惊人的一幕出现了：山洞中果然蜷缩着一群小牛！在听到动静后，它们纷纷瞪圆了双眼望向林枫这个不速之客。山洞中怎么会有牛？林枫倒吸了一口冷气，随即她似乎想到了什么，于是赶忙抬起手数了数，不多不少一共十五头，而赶牛下山活动时走丢的牛也刚好是十五头。

"所以那些走失的牛竟然藏在山洞里？"林枫的心中一震，她想起了早上放牧人焦急的神情。

为了验证心中的猜想，只见林枫举着手电筒、蹲下身子仔细地观察着这些小牛，它们的身上都印着马克笔字迹的代码，毫无疑问，这些确实就是走丢的小牛们了。在赤狐的引领下，林枫居然顺藤摸瓜来到了山洞，找到了这些小牛！

"真的很抱歉，林枫。"这时赤狐虚弱地抬起了头，用那清澈的眼睛凝望着她，"为了疗伤，我在这附近开辟了一片结界，不小心把准备下山的小牛们也困在了结界里。当我稍微恢复一些后，发现牛群已经全部下山了，而这十五头小牛因为困在结界中无法出去，才没跟上牛群。我不小心闯了祸，所以只能来找你帮忙。"赤狐的声音中带着一丝自责。

"你……你居然会说话？你到底是谁啊？"林枫惊讶地捂住了嘴，以为自己产生幻觉了。

"这事说来话长。"赤狐轻轻叹了口气，"总之，请你务必帮这群小牛安全下山。"

"好的，不用担心，明天我会把这个消息告诉约克老师，他会联系山下牧民的。"林枫安慰道，随即又犯了愁，"可是雪下得那么大，我没办法回去了，这下该怎么办啊？"

山洞外的风雪依旧呼啸着，雪花在空中肆意飞扬着，不久后便将她来时的脚印全部覆盖了起来。站在洞口望着暴风雪，林枫心中开始为刚才的鲁莽行为后悔了。雪下得太大了，自己只顾追着赤狐跑了，根本不记得回去的路！难不成要在山洞中过夜吗？林枫苦笑着环顾四周，她怎么都没想到，平生第一次在野外露营居然是跟一群牛过夜！

"我还剩一点力量，可以带你安全回到营地。"赤狐挣扎着站起了身子，转头说道，"林枫，跟我来。"

在夜色的笼罩下，赤狐的身体开始散发出微弱的光芒，最终它化作了一团柔和的光球，飘浮在夜空中。这团光芒虽然微弱，却在黑暗中显得格外引人注目。林枫回头看了一眼在山洞中御寒的小牛们，转而随着赤狐奔跑了起来。赤狐正在用它最后的力量帮助林枫。光芒在夜风中忽隐忽现，仿佛随时可能熄灭。林枫加快了脚步，向旅店小屋跑去。时间紧迫，她必须尽快回到营地！

随着光芒的指引，林枫终于看到了旅店木屋，可就在这时，赤狐身上的光芒也逐渐微弱了下去，它终于体力不支瘫软了下去。林

枫赶忙将赤狐轻轻地抱入怀中，赤狐的皮毛冰冷而柔软，它的身体轻得几乎感觉不到任何重量。

"赤狐，我带你回家。"

在感受到女孩怀中的温暖后，赤狐的眼睛缓缓地闭上了，似乎在这一刻，它终于找到了安全的港湾。

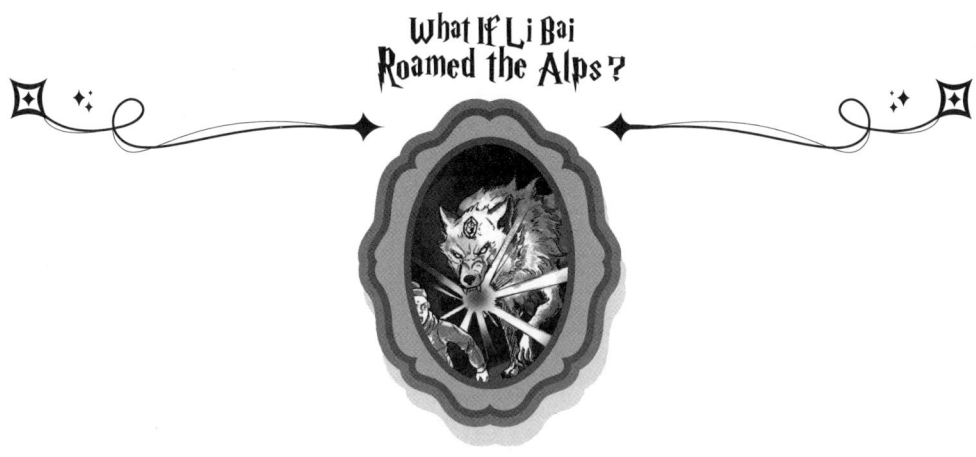

Chapter 10
赤狐苏醒了

第二天，当清晨的第一缕阳光透过木屋的窗户，温柔地洒在房间的木制地板上时，林枫缓缓地睁开了蒙眬的双眼。赤狐仍然在她怀中昏睡着，没有任何苏醒的迹象，林枫只好小心翼翼地将它放进了背包里。这时天空已经放晴，昨夜的暴风雪也已停歇，世界俨然一片银装素裹，一夜的休息让林枫恢复了精神。

"林枫，早上好。"玛雅迷迷糊糊地打了个哈欠，浑然不知昨夜发生了什么。

"早上好，玛雅！"林枫急忙穿好衣服，匆匆走出了房间，她想将昨晚的消息告诉约克老师。

此时约克老师也刚从房间中走出来，他疑惑地问道："林枫，你

怎么了？"

"约克老师，牧民丢失的十五头小牛被困在了一个山洞里。"林枫说道。

"林枫，你是怎么知道的？"约克老师惊讶地看着她。

"是赤狐……"林枫本身想把昨夜与赤狐相遇的事情告诉约克老师，但又觉得赤狐身上可能藏有不为人知的秘密，于是她说了个善意的谎言，"是这样的，昨天在返回旅店的时候，我似乎听到不远处传来了牛叫声，我想着也许是走丢的小牛。但当时我还不太确定，所以想等雪停了再去看看。"

"好吧，既然这样，你带我去找找。"约克老师虽然有些将信将疑，但他还是穿上了风衣，示意林枫带路。

虽然昨夜暴风雪下得很大，但庆幸回程的时候有赤狐的指引，于是林枫特意借着光亮留意了周围的环境，因此那条通往山洞的路已经深深地刻在了她的脑海中。不到十分钟，林枫就带着约克老师来到了那个山洞附近，入口处还残留着未融化的积雪和被扯下的青藤。

"约克老师，小牛就在这里了。"林枫指了指洞口，当两人走进山洞后，约克老师发现小牛们果然还在山洞内安静地休息着，它们似乎已经习惯了这个临时的避风港。

"不多不少，正好十五头！"看到小牛们安然无恙，约克老师终于松了一口气，"没想到它们真的在山洞里，我等会儿就将这边的定位告诉旅店老板，让他帮忙联系山下的牧民。"这下小牛终于能安全下山了，林枫也安心地笑了。

回到旅店小屋后，大家已经围坐在餐桌边，准备享用早餐了。阳光透过窗户洒在温暖的木制桌面上，为这个早晨注入了不少活力。林枫见到餐桌上摆满了各式各样的食物，有新鲜的水果沙拉，还有自制的酸奶和辫子面包，此外还有水煮蛋、火腿片以及各式奶酪。旅店主人说，这些食物口感浓郁、营养丰富，是专门为攀登者准备的营养早餐。

"别具特色的风味，原来这就是运动早餐！"玛雅的眼睛都要看直了。

"都是我爱吃的，那我也不客气了！"闻着浓郁的奶香味，林枫的肚子也开始咕咕叫了。

"我可得多吃点，等会儿还要继续登顶呢！"艾瑞斯叉起一片火腿放进嘴里。

吃完早餐，约克老师带领大家整理好装备，准备开始向山顶进发。阳光透过云层的缝隙，洒在德茨杜米迪山脉的每一个角落，预示着这是一个晴朗的天气。大家的心情也随之变得更加兴奋。他们沿着山间的小径，开始了今天的攀爬。也许是精力充沛的缘故，大部队行进得更快了。

随着海拔越来越高，周围的景色也越发壮美，树木逐渐稀少，取而代之的是岩石和草地，偶尔能看到远处的山峰在阳光下闪烁着银白色的光芒。劳拉也时不时给大家讲解着沿途的自然景观和植物，温迪配合着也讲起了关于这座山脉的历史与传说故事，让整个徒步行动变得更加有趣了起来。

经过几个小时的努力，大家终于到达了山顶。山顶的风有些凛

列，但大家的心情却异常激动。林枫放眼望去，视野竟然是那么开阔：群山在她的脚下环绕，山谷中蜿蜒的河流如同一条银白色的绸带，穿梭在苍翠的绿林之中。阳光慷慨地倾洒在山峦之上，那金色耀眼的光芒似乎与周围的景色融为一体，使山脉沐浴在一片神圣的光辉之中。

站在山顶，面对着这片壮丽的自然景观，林枫的心中不禁涌起了一股澎湃的情感。她想起了中国唐诗中那些描写山川的诗句，当那些诗人站在山巅之上，面对着大自然的壮阔，他们的内心一定是充满了澎湃和激昂吧？

同时林枫也想到了王之涣的《登鹳雀楼》："白日依山尽，黄河入海流。欲穷千里目，更上一层楼。"当她站在山顶时，似乎才真正明白这几句诗的意思，每当我们站在高处眺望远方，总会感觉到天地之间的辽阔，从而收获新的生命体验。

玛雅则是张开手臂拥抱着阳光，不由得感慨道："这两天过得太愉快了，我们不仅参观了格施塔德小镇，还徒步爬了山！不过瑞士还有好多山都可以去爬，比如铁力士山、皮拉图斯山、马特洪峰……"玛雅如数家珍地细数着山脉，眼睛中闪烁着万分期待的光。

"是啊，有机会我们也可以去爬马特洪峰，听说山顶上的风景更壮观。"安德烈也兴致勃勃地说道。

大家在山顶上驻足观赏着美景，安德烈对着山景拍了几段小视频，劳拉捡起几块奇形怪状的石头仔细观赏着，玛雅则是拿出了自拍杆，拉着林枫和安德烈连续拍了好几张。每个人的内心都无比激动，时光在大家的欢声笑语中悄然流逝了。林枫爽朗地笑着，将昨晚的暴风雪抛之脑后了。然而天下没有不散的宴席，只见约克老师走过来，提醒道："这两天的冒险已经足够精彩了，现在是时候下山了，回学校的巴士已经在山下等着我们了。"

"啊？这么快就要回学校了，我还没玩够呢！"望着远处的景色，玛雅的心中充满着不舍。

"莱恩学校的活动还有很多，我们走吧！"临走前，林枫忍不住又拍了几张照片。

在约克老师的带领下，大家沿着来时的山路，一步步地走下山。下山的路显然要比上山轻松很多，在太阳下山之前，大家终于回到山脚，当登上等待他们的巴士时，每个人的心中都意犹未尽。林枫轻轻将背包拉开了一条小缝，里面的赤狐仍旧熟睡着，丝毫没有苏醒的迹象，她不由心疼得将它抱得更紧了。巴士缓缓启动，带着他们离开这片美丽的山脉，踏上了返回学校的归途。

回到宿舍后，玛雅立马躺在了自己的床上，夸张地伸了个懒腰："呼，终于回来了，今天可以好好休息一下了。"

"玛雅，其实昨晚的事情并没那么简单……"林枫将背包打开，把藏在其中的赤狐抱了出来，"我还将这个小家伙带了回来。"

"呀！这是什么动物，昨晚到底发生了什么？"玛雅迅速地从床上蹿了起来，她的目光在赤狐与林枫之间来回游走着，迫不及待地想知道真相。

林枫深吸了一口气，开始向玛雅讲述昨夜的奇遇，她详细讲述了自己如何在暴风雪中追逐那道火红之影，以及如何跟随着指引，在山洞中发现了走丢的牛群，还有最终赤狐从火光中现身的事情。

当然，林枫也将自己之前的种种猜测全部告诉了她，玛雅只是静静地聆听着这次冒险，她的神情从惊讶转为了钦佩与感动。

"林枫，你实在太勇敢了！"玛雅赞叹道，随后摸了摸赤狐柔软的皮毛，"赤狐已经帮忙找回了小牛，现在轮到我们照顾它了。"

是啊！等赤狐苏醒后，也许之前一连串的怪事就都会有个明晰的答案！于是两人用毛毯和被褥给赤狐搭建了一个温暖舒适的小窝，祈祷它尽快苏醒。可是随着时间的流逝，转眼间十月悄然过去，林枫也顺利升入了十一年级，而赤狐似乎丝毫没有好转的迹象，仍然陷入深深的沉睡中，林枫和玛雅时不时要检查一下它的呼吸，生怕突然有什么意外出现……这情况让两人越发感到担心了。

"外面树木的叶子都掉光了，为什么第一场雪还不来啊？"玛雅看着窗外光秃秃的树木，叹了口气，"赤狐都睡了一个月了，怎么还没醒来？"

"之前不是说了吗？今年是个暖冬，况且之前的天气那么异常，谁知道什么时候会下雪。"林枫轻轻地摸着赤狐，此时赤狐的呼吸均匀，看样子睡得很沉。

"好了，我得去上课了，我们晚上见。"玛雅背起书包走出了宿舍。

想到上课这件事情，林枫未免头疼了起来。她原本以为跳级后能像从前那样轻松，可是令林枫意外的竟是上学的难度——十一年级的教学楼居然在山上！每天早晨七点，她就要起床洗漱，并且在七点半之前到达公交站点，乘坐校车去上课。就算只是稍微晚了一点点，她也只能一个人沿着蜿蜒的小路爬上山去教学楼。

　　因为要照顾赤狐，今天林枫又错过了校车，她只好一个人背着书包走山路了。不过想到宿舍里虚弱的赤狐，林枫不禁又叹了口气：这都过去一个多月了，赤狐什么时候才能好起来啊？实在不行，带它去宠物医院算了！但赤狐又不是普通的小动物，显然还会些不凡的法术，被人发现了可不好……

　　这时林枫感觉鼻子有点冰凉，在她抬头的瞬间，眼中充满了欣喜——天空居然下雪了！细碎的雪花悠悠地飘落到林枫的头发与肩膀上，她伸出手接过这纯净的初雪，雪花在她的掌心融化，变成了一滴滴晶莹的水珠。

　　"这是第一场雪。"林枫轻轻哈了口气。

　　随着初雪的降临，此刻在空荡的宿舍之中，一只小生灵的眼睛轻轻地睁开了。那双眼睛在昏暗的房间中闪烁着微弱的光芒，似乎还透露着一丝警觉，渐渐地，这只小生灵站起了身——

　　赤狐，苏醒了。

　　只见赤狐优雅地给自己顺了顺软毛，随后轻盈地跳到了林枫的书桌上，进而用褐色的爪子拨开了窗帘。透过窗户，它看到了远处连绵起伏的阿尔卑斯山。山峰在初雪的点缀下显得格外纯净，仿佛是一幅静谧安详的画卷。

　　赤狐就这么静静地站在窗台上，它的眼睛似乎穿透了面前的玻璃，望向了更远的地方。赤狐眨了眨冰蓝色的眼眸，神情严肃，似乎在思考着什么，或许它想到了与林枫的初次相遇，或许在透过阿尔卑斯山思念着什么人。于是赤狐就这样安静地站着，从清晨一直望到了傍晚，直到两个女孩再次出现……

　　"林枫，今天的数学作业可太难了，你快教教……"玛雅边抱怨边打开了宿舍门，当她与赤狐两眼对视的那一刻，她手中的饮料杯都掉了！

　　"你，你，你居然醒了！"玛雅像是看到怪物似的指着赤狐。

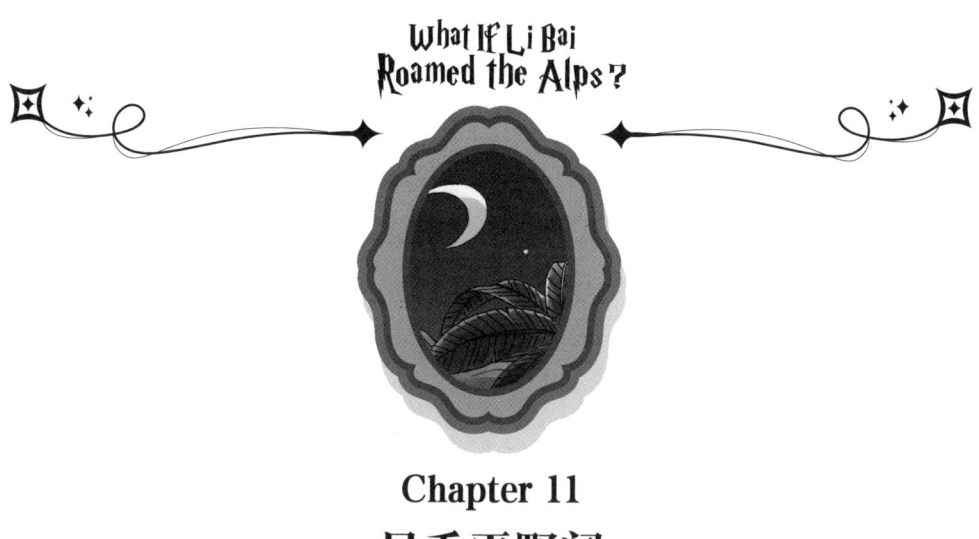

Chapter 11
星垂平野阔

"你还好吗？有没有哪里不太舒服啊？"玛雅又惊又喜，完全不知道该怎么办。

赤狐淡淡地瞥了一眼有些聒噪的玛雅，随后打了个哈欠，继续趴在窗前，看着远处模糊不清的阿尔卑斯山。

"玛雅，我回来……了。"刚推开宿舍门的林枫显然也吃了一惊，赤狐居然苏醒了！

林枫的脸上露出了难以掩饰的喜悦，只见她一个箭步冲上前，将赤狐紧紧地抱在了怀中："真是太好了，赤狐你终于醒了！谢谢你之前帮忙找回了丢失的小牛！"

"哎呀，抱就抱嘛，你别用脸蹭我！"赤狐挣扎着，随后轻轻地

挣脱了林枫的怀抱。

"你真的会说话？刚开始听林枫说，我还不信呢！"玛雅愣住了，用看怪物似的眼睛盯着赤狐。

"那是当然了，我可是阿尔卑斯山的守护神……"赤狐骄傲地用爪子拍了拍胸膛，随后悄悄补充了一句，"身边的使者迪安。"

"阿尔卑斯山的守护神是谁？"

"对了，我的诗集是不是被你拿了？还有图书馆的窃书案，也和你有关系吧？"

"这两个月的气候那么反常，迪安，你是不是知道什么信息？"

"还有，为什么跳级考试后你一直跟着我呢？你是不是有事情要找我？"

……

当得知赤狐的身份后，林枫和玛雅连珠炮般问了一长串的问题。迪安只得挥舞着爪子大叫道："停停停！林枫，我确实有事情要找你，现在请跟我去一个地方。"迪安将褐色的爪子搭在了林枫的手上，似乎有许多话想对她说。

迪安轻轻地抬起头，用它那双深邃的眼眸注视着林枫，随后它的周身开始散发出淡淡的火红光芒。只见它轻轻挥动着爪子，紧接着一个银白色的光环逐渐在半空中形成。林枫和玛雅目不转睛地盯着那个银白色的光环，内心无比惊讶。

"请跟我来。"迪安用清澈的眼睛示意着二人，随后轻轻一跃就跳进了光环之中。

林枫和玛雅对视了一眼，像是下定了决心似的一起走进了那道银白色光环中。

随着她们的脚步慢慢穿过光环，她们感觉周围的世界逐渐变得模糊起来。当两人走到光环尽头之时，她们诧异地发现自己已经不在宿舍里了，而是来到了一个静谧的山谷中！

"这是哪里？"玛雅惊讶地捂住了嘴巴，瑟瑟的寒风让她不禁打起了冷战。

"跟我来，我告诉你们藏在阿尔卑斯山深处的秘密。"迪安摇了摇尾巴，奋力地向山谷深处奔去。

两人追随着赤狐的脚步来到了一个极其隐秘的山洞——这个山洞的洞口被一层薄薄的冰晶覆盖着，闪耀着圣洁的光芒。拨开那层冰晶，迪安轻盈地跃入山洞，林枫她们也跟着进入了一个晶莹剔透的世界。

此时，在洞口内的墙壁和天花板上，镶嵌着无数天然的水晶石，地上还凌乱地散落着许多水晶碎片，虽然已经入夜，但整个山洞仍如白昼般明亮。

山洞的正中央有一个巨大的水晶，里面似乎还冰封着一个女人。她面目安详，显然已经沉沉睡去，皮肤也是如此洁净，宛若最精致光滑的陶瓷。女人的长发如同星河般垂落，微微泛着银白色的光辉，与洞内水晶的光芒交相辉映。赤狐走到水晶面前，它的目光中透露着忧伤，又似乎充满着思念。

"迪安，她是谁啊？"林枫轻轻地问道。

"我觉得她就是阿尔卑斯山的守护神吧，可她为什么会被冰封在水晶里啊？"玛雅好奇地打量着那个女人。

"没错，她就是达奴女神[①]，也是这片净土的守护者。"迪安抬了抬爪子，语气中充满着敬意，"是她一直用神力维护着大地的平衡与秩序，也是她一直默默守护着阿尔卑斯山，可是一切的和平却在那个夜晚被打破了。"迪安悲伤地低下了头，发出了微微的叹息。

"在那个夜晚，不知为何山洞中的守护结界全部崩坏了，达奴女神耗尽了神力也没能将它们修复，同时她也被冰晶封存了起来。大地失去结界保护是件很危险的事情，不仅会对阿尔卑斯地区的生态有影响，长此以往地球也会危在旦夕！"

"怪不得最近的天气那么诡异，又是雷阵雨又是暴风雪的，原来是因为守护结界被破坏了啊！"林枫恍然大悟。

"结界破碎了，再修好不就行了？"玛雅并没有意识到事情的严重性。

迪安叹了口气，摇了摇头说道："哪有这么容易！那晚我也不幸受了重伤，女神命我下山去寻找可以帮忙修复结界的人。而林枫，我觉得你就是那个人。"

"我吗？"林枫有些诧异，"可是我并没有什么神力，也不会魔法啊，该怎么帮你呢？"

迪安的眼中闪烁着希冀，它转头望向林枫，声音中带着一丝神秘："在你们的世界中，诗人能将情感与智慧浓缩进诗歌里。我也曾听达奴女神说过，因为她很喜欢诗歌，尤其钟爱中国唐朝的诗歌，

---

① 在凯尔特神话体系中，达奴（Danu）是一位地母女神，被视为是大地、自然以及万物生机与活力的源头化身 。她象征着肥沃的土地和无尽的生命力，是凯尔特人尊崇的重要神祇之一 。

所以她将守护结界的秘密留给了古今中外世界各国的诗人，特别是中国的诗人们，结界就是由诗人们与女神共同守护着。虽然我并不怎么懂诗歌，也不知道该怎么让结界显形，但那天我偶然路过教学楼的时候，竟听见了你在和别人对中国古诗，所以我认为你也许能帮我探究守护结界的秘密！"

迪安的话验证了林枫一直以来的猜想与推论，怪不得她一直感觉在与安德烈对诗后，总有一道灼热的目光在盯着自己，而且当她看向窗外时，还能注意到有一道模糊的火红之影匆匆闪过。自那以后，她总感觉那道影子在跟着自己，有时是在通往十一年级教学楼的路上，有时是在回寝室必经的草丛之中，甚至那道影子还跟随自己去了格施塔德小镇，原来影子的主人是赤狐迪安！

"等等，水晶后面好像还藏着东西！"玛雅的目光落在了封存女神的巨大水晶的后面，她在水晶的阴影中似乎隐约看到了模糊的轮廓。

林枫和玛雅互相对视了一眼，果然在水晶的拐角处藏着一大摞书，而林枫一眼就认出了自己丢失已久的另外一本诗集："迪安，果然是你偷走了我的书！"林枫的语气中有些不满，要知道这本诗集她可是找了好久。

"哎呀，真是不好意思。"迪安将爪子按在那本诗集上，略带歉意地说道，"我记得我拿了你两本诗集，可是另一本不小心被我弄丢了。"

"没事，那本诗集我已经在草丛中捡到了。"林枫摸了摸迪安的脑袋，她还记得那天去找克里斯老师签字的路上，她发现了尾随而来的赤狐，要不是在追逐中迪安丢失了诗集，林枫还没办法推断出

谁是真正的窃书贼呢！

"啊，图书馆丢失的书原来都在这里！"玛雅的目光从那些书籍上扫过，她惊讶地发现，这些书都是古今中外的诗集，果然如之前所推断的那样，赤狐迪安就是窃书贼！

"咳咳，我这不是也在努力寻找修复结界的方法吗？"迪安明显有些尴尬了，只好小声解释道，"总之，为了找到修复的办法，我只能从古今中外的诗集中寻找线索了。林枫，你有什么想法吗？"

"一般来说，修复结界都需要什么咒语或者指令吧。"玛雅故作神秘地念了一串稀奇古怪的咒语，但是山洞内并没反应。

"既然达奴女神说线索藏在各国的诗人中，尤其是中国的诗人中，那么诗歌确实是关键。"林枫说着拿起了一本李白的诗集，随口念了几句，"君不见，黄河之水天上来，奔流到海不复回。君不见，高堂明镜悲白发，朝如青丝暮成雪。人生得意须尽欢，莫使金樽空对月……"

这是李白写的《将进酒》，是李白沿用乐府古题创作的一首七言歌行，人生快事莫若置酒会友，满腔不合时宜，借酒兴诗情，这也是林枫最喜欢的一首诗。可是当林枫念完后，迪安也晕晕乎乎地快睡着了，它赶忙挥挥爪子："不对，不对，这首诗不能修复结界！"

"那就换杜甫的诗歌。"林枫又拿了一本诗集，毕竟他们有着"诗仙"与"诗圣"的美誉，说不定有奇效，于是她又摇头晃脑地念了起来，"八月秋高风怒号，卷我屋上三重茅。茅飞渡江洒江郊，高者挂罥长林梢，下者飘转沉塘坳……"

《茅屋为秋风所破歌》是杜甫旅居四川成都草堂期间创作的一首

歌行体古诗，此诗朗朗上口，也是林枫在上海时语文课上必背的诗歌，林枫过去经常在清早温习朗诵着。这首诗讲述的是杜甫的茅屋被秋风所破，以致全家遭雨淋的惨痛经历，可是他并未抱怨生活带来的不公，而是为天下所有深居陋室的百姓们担心，可以说是杜诗中的典范之作。

"还是让我来吧，先试试莎士比亚的十四行诗吧！"玛雅陶醉地吟诵了起来，"Shall I compare thee to a summer's day?/Thou art more lovely and more temperate. （我可将你比作夏日晴光？ / 你却更温柔，更显妍芳。）"她的声音柔和而富有磁性，每一个词都像在空气中跃动的音符，充满了浓浓的诗意。

威廉·莎士比亚被誉为"人类文学奥林匹斯山上的宙斯"，还曾被誉为"英国戏剧之父"。而十四行诗最初流行于意大利，音韵优美，以歌颂爱情、表现人文主义思想为主要内容。在莎士比亚的十四行诗中，还能读出诗人对美的永恒追求以及对时间流逝的感慨。

"不对，不对，你们说得都不行！"山洞依旧没有任何反应，迪安又摇了摇头。

"好吧，那我再换一首华兹华斯的《咏水仙》！"玛雅想了想，"I wandered lonely as a cloud./That floats on high o'er vales and hills,/When all at once I saw a crowd,/A host ,of golden daffodils. （我独自漫游，/ 恰似云儿高悬天际，漫过山峦沟谷，闲然却默默无语；/ 忽有一群金色水仙，/ 迎面在我眼中绽放。）"这如潺潺溪流的声音顿时让山洞的气氛变得宁静而悠远了起来。

玛雅的偶像之一是威廉·华兹华斯，他是英国浪漫主义文学的

代表人物之一。他的诗歌常常赞美自然，不仅如此，在诗歌中还反映了他对社会和人类情感的深刻思考。诗人鼓励人们去感受生活中的美好，去珍惜那些简单而纯粹的事物。

"这首也不是，要不你们再换换？"迪安又摇了摇头。

"停停停，我觉得念诗并不是修复结界的方法。"当林枫又拿起一本诗集时，玛雅赶忙叫住了她，"这里的诗集有二十多本呢，得到猴年马月才能念完，要不我们还是想想其他办法吧！"

林枫无奈地放下了手中的诗集，轻轻地叹了口气，除了念诗，她似乎想不到其他有效修复结界的办法了。山洞内气氛沉重而静默，只见林枫、玛雅和迪安围坐在一块儿，两人的脸上写满了失望与挫败，就连迪安也耷拉下了脑袋。除了念出有名的诗句，她们好像还想不到其他更好的方法，可山洞却丝毫没有动静，事情似乎进入了死局，希望也在一点点流逝着。

迪安静静地蜷缩在水晶旁，它的眼神中闪烁着复杂的光芒，心中充满了无尽的自责——它曾是女神身边的使者，原本一直协助女神守护山洞里的结界，可如今结界崩坏，大家怎么努力都找不到修复的办法，难道就要任由这场大灾难发生吗？

"林枫，我们明天再继续尝试吧？明天还要上课。"天色已晚，玛雅劝说道。

林枫叹了口气，跟随玛雅走出了山洞，此时她的心情也不怎么好，虽然今天没能顺利修复结界，可是她并不愿意轻易放弃。夜风轻拂着林枫的脸颊，带来了一丝凉意，随后她的目光被眼前的景象所吸引——

　　此时夜幕降临，一轮明亮的圆月高悬天空，皎洁的光芒如同银色的瀑布倾泻而下，照亮了整个阿尔卑斯山脉，也照亮了山谷间的平原。月光洒在无垠的大地上，给万物染上了一层淡淡的银色光辉。此时清冷的月光与点点的星光相互辉映着，汇聚成了更为璀璨的银河。夜幕之上的银河静静流淌着，犹如一条银色的河流横跨天际，光辉银白而神秘。

　　微风拂过平原，仿佛大地微微的鼾声，万物在星光下泛着银色的光泽，如同波光粼粼的湖面。远处山脉的轮廓在夜色中若隐若现，林枫的视线追随着平原的线条一直延伸到了地平线之外，她感到自己仿佛站在世界的边缘，面前是一片广袤无垠的天地。

　　"星垂平野阔，月涌大江流……"望着这广袤无边的平原，林枫不由得轻轻地吟起了一句诗。

　　林枫的声音在夜风中回荡着，似乎触动了某种神秘的力量。随着最后一个字的悄然落下，一种微妙的光芒忽然在身后的洞内弥漫开来。林枫、玛雅和迪安同时惊讶地发现，那些散落了一地的水晶碎片突然现出强烈的光芒。

　　随后水晶碎片的光芒逐渐汇聚，最后竟形成了一道道光束，光束迅速在空中交织着，最后变成了一个绿树纹路的古老图腾。图腾逐渐扩大，直到覆盖了整个山洞的顶部。几乎在刹那间，整个山洞突然被耀眼的光芒填满，当光芒消散后，他们看到一些水晶碎片已经重新组合在一起，形成了一个完整的结界，它在山洞的中央散发着柔和的光芒。

　　"其中一个守护结界被修复了！"赤狐迪安惊叫道。

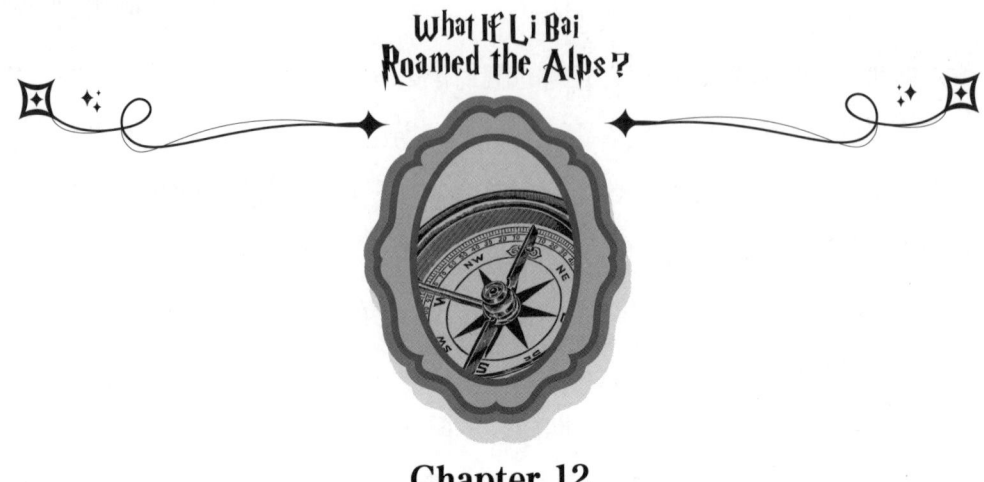

Chapter 12
星辰罗盘与记忆

"结界被修复了？"林枫一头雾水，此刻洞内的光芒已经散去，与之前的光景别无二致。

然而当林枫转头的那一瞬间，那些散落在地上的水晶碎片竟像被赋予了生命似的，缓缓地飘向了山洞顶端。紧接着，水晶碎片在空中旋转、融合、交错，最终交织成了一个闪烁着的星系图案。而在那星团中，为首的星辰特别明亮，瞬间让周围的星辰黯然失色，其圣洁的光芒似乎要穿透整个山洞。

"你们看，那是北斗七星！"玛雅发出一阵惊呼。

"七星曲折如斗，故称'北斗'。在中国古代神话传说中，北斗七星是天地秩序的制定者……"林枫喃喃自语道。

　　大家都被眼前的奇幻景象深深吸引住了，突然间，那颗最明亮的星辰竟从星系图案中分离了出来，只见它在空中划出一道优美的弧线后，悠悠地向她们飘了过来！林枫赶忙伸出双手接过那颗发光的星辰，她感到从手心中传来了一股温暖而神秘的力量。林枫低头一看，只见那颗星辰轻轻旋转着，最后竟化作了一个古老的罗盘。

　　这个罗盘是古铜色的，表面的光泽在星光的照耀下显得格外神秘，它的边缘镌刻着黄道十二宫，周围还有一些看不太懂的古文字符号。罗盘中心镶嵌了一个圆形的水晶，它透明而清澈，里面隐约可见星辰的光辉。林枫记得黄道十二宫是阿拉伯占星术术语，起源于巴比伦。古巴比伦人对这些星座进行了长期观测，通过观测定出了黄道，又把黄道分成十二等份，每等份三十度，称为一段。

　　"这是达奴女神的星辰罗盘！"迪安惊讶地跳到林枫的肩上细细打量着，"达奴女神曾经说过，星辰罗盘是守护结界的核心。"可是下一秒迪安便意识到了不对劲，因为罗盘上的十二宫并非完全亮起的，现在只是零星亮了几个。

　　"迪安，有一件事情我需要确认一下。"林枫望向迪安说道，"刚才你说其中一个结界被修复了，也就是说守护结界不止一个，对吗？"

　　"是的，据我所知一共有五个结界，刚才我们修复的应该是'阔之结界'，口诀应该就是那句'星随平野阔'了！"迪安解释道，"让剩下的结界显形肯定需要相应的口诀，口诀应该就藏在诗集里，而且之后四个结界的修复难度只会递增。"迪安犯了愁，世界上的诗词歌赋千千万，要想找到正确的口诀可不容易。

"那我们对着罗盘将所有的诗歌都念一遍,不就能修复结界了?"玛雅说道,"可是我们刚才试的时候都不成功,怎么林枫随口念了一句就成功了?"

林枫摇了摇头,觉得修复结界应该不只是单纯地念诗那么简单,可能还需要和达奴女神创立结界之时的心境有所呼应,而她刚才看到眼前之景忍不住吟出的唐诗,只是恰巧与女神的心境呼应了。这次是意外发现了口诀,要想再找到其他四个口诀,可能就没那么幸运了。随后,只见林枫随手拨弄起了罗盘,当她将手指放在亮起的星宿图案上时,不可思议的一幕发生了——只见罗盘的中心刹那间射出一道亮光,紧接着林枫感觉头脑一阵眩晕,周围的空间忽然发生了扭曲,四周充斥着光怪陆离的光。当她再次站稳脚跟时,发现自己竟站在了雪山之巅!

"我的天,这又是哪里?难道我们穿越了!"玛雅紧张地左顾右盼。

"这是阿尔卑斯山的顶端!"迪安警惕地环顾四周,"好像是星辰罗盘带我们过来的!"

脚下是洁白辽阔的雪原,四周是绵延起伏的山峦,头顶上闪烁着繁星,这一切都预示着这是一个晴夜。而在不远处,一个少女的身影显得格外引人注目,只见她身着一袭长裙,裙摆随着山风轻轻飘扬,宛若夜空中最柔和的云彩。那长裙是深邃的蓝色,宛若即将入夜的天空,上面绣着的银色星宿也随之闪烁,少女的面庞在这片灿烂星空下也显得格外动人。更重要的是,少女的手中握着一根银白色的神杖,其顶端镶嵌的宝石在夜空中熠熠生辉。

"达奴女神?"林枫试着呼唤道,可是那位长裙少女却置若罔闻。

"不对,她不是达奴女神……"迪安疑惑地用爪子揉了揉眼睛,"准确来说,她不是现在的达奴女神。"

少女站在雪山之巅,清澈的目光穿透了夜空,只见她久久凝视着无垠的星空与广袤的平原,那星宿闪烁的长裙似乎与夜色融为一体。少女口中念念有词,似乎在吟咏着古老而神秘的韵文。虽然不知韵文何意,但林枫的心中仍泛起了一阵感动。

她的声音还在寂静的夜空中回荡着,随着古老韵文的吟咏,只见一道银白之光从神杖中涌出。这道光芒迅速扩散开来,进而形成了一道晶莹的守护屏障,只见它覆盖了整个阿尔卑斯山脉,将山脉中的每一座山峰、每一片森林、每一条河流都笼罩在内。

"在这无尽的宇宙中,万物不过是极其微小的存在。然而,正是这些微小的存在,才构成了这个世界的伟大,我想用我的神力守护这些微小的存在。"少女莞尔一笑,话语像暖流般淌入了林枫的心中,"眼前之景正如中国唐朝诗圣的'星垂平野阔,月涌大江流'。这样一来阔之结界就创建好了,再去别的地方看看吧。"

话音刚落,少女犹如融于平原中的飘雪一般,恍然间消失了。林枫目瞪口呆地看着眼前梦幻的一幕,恍惚许久才开口道:"刚才难道是达奴女神创建阔之结界的过程?"

然而疑惑还没被解答,熟悉的眩晕感又向林枫袭来,雪山之巅像花瓣般纷纷凋零着,周围的景物也迅速地变换着。当林枫再次睁开眼睛时,那座巍峨的雪山,那些璀璨的星辰,那片辽阔的平原,连带着那个长裙少女都在一瞬间消失了。林枫发现自己仍然站在山

洞中，周围是熟悉的岩石和苔藓，只有手中的星辰罗盘在微微发亮，似乎在提醒着刚才的一切都是真实发生过的。

"刚才的一切，都是一场梦吗？"玛雅轻声问道，语气中带着一丝不确定。

"达奴女神将自己的记忆寄存在了星辰罗盘里，我猜她想借此告诉我们守护结界的秘密。"林枫用手指轻轻触摸着古铜色的罗盘，感受着表面那温暖而坚实的触感。她闭上眼睛深吸了一口气，试图将刚才在幻境中的经历铭刻在记忆中。

"林枫，那你知道该怎么修复守护结界了吗？"迪安迫不及待地问道。

"我在离开山洞的那一刻，看到了辽阔的平原与浩瀚的星河，心有所感才想到了杜甫在《旅夜书怀》中的诗句。"林枫回忆道，"而在女神的记忆中，她触景生情吟咏的韵文化作了阔之结界。"

望着点点的繁星，林枫陷入了沉思：《旅夜书怀》是杜甫晚年创作的诗句，当时正是他流离失所、漂泊不定的时候，那时杜甫的心境不仅充满对个人遭遇的感慨，更是对国家命运的担忧。在那个夜晚，想必杜甫也是独自一人，或许坐在某个简陋的旅舍中，或许躺在荒野的某个角落，面对着无边的夜色和辽阔的星空，他的心中只有不断涌动着的孤独和无奈。

可是在仰望辽阔星空的那一瞬间，杜甫的心灵也会为眼前的壮阔而深深触动，心中的孤寂也得到了片刻的释放。那一刻，杜甫的灵魂仿佛与平原、星空、江河融为了一体，思绪随着星光飘向了那从未踏足的遥远之地——他的内心是渴望自由的，渴望摆脱束缚着他的世俗枷锁，渴望在广阔的天地间找到一片属于自己的宁静之地；他的内心也是澎湃的，他看到了月光下波光粼粼的大江，感受到了江水的奔腾和生命的活力。于是心中涌现出一股力量，哪怕前途坎坷，他也将无畏前行。

"诗歌是能够传情达意的，它能表达我们的心境。在女神的记忆中，她通过吟咏古老韵文成功创立了结界，那是因为诗句中蕴含的情感与她的心境产生了共鸣。所以我想只有在心境与自然之景相互交融的状况下，结界才能被完全修复。"林枫得出了结论，虽然千百年间人们的语言与表达方式发生了很大的变化，各国的语言也不相通，但人类表达的情感是不会随着时间而流失殆尽的，情感始终是亘古不变的存在。

"呜呜，林枫你说得太好了，修复守护结界的任务就交给你了！"迪安的眼睛亮晶晶的，用毛茸茸的爪子擦着眼泪。只要罗盘上的十二宫完全被点亮，就代表着结界修复成功。

"迪安，你这个使者当得不称职啊，还不如请林枫来当。"玛雅调侃道。

"那没办法的嘛！我又没学过诗文，哪像你们懂那么多。"迪安委屈地说道。

"可是我们并不知道修复结界需要多少诗句。"林枫微微皱眉，"迪安，我的诗歌积累有限，我能不能请个帮手？毕竟众人拾柴火焰高嘛！"

"请帮手？你要请谁？"迪安有些为难地摇了摇尾巴，"可是我不想让守护结界的秘密被更多人知道，以免引起不必要的麻烦。"

"迪安，既然你能把我们从宿舍带到阿尔卑斯山，那你能不能施展神力把我带到中国的盛唐呢？"林枫灵机一动，想到了一个好点子。

"什么？你想去唐朝请帮手，为什么啊？"玛雅和迪安不约而同地惊呼，这个想法也太天马行空了！

"我从小在中国长大，但对中国的古典诗歌也只是略知皮毛。刚才我随口吟咏了杜甫的诗歌，就修复了阔之结界，更多的是运气。如你所说，要修复其他四个结界的难度会逐渐增加，我们要完全契合达奴女神的心境可能会有困难，所以我想借助一下中国古代诗人的力量，他们对诗歌的感受更加敏锐，说不定能帮我们修复结界呢。而盛唐时期是则诗歌最繁荣的时候，长安城才子如云，诗才辈出！"林枫有些兴奋地伸手比画着。

诗仙李白泼墨成章，绣口一吐就是整个盛唐；诗圣杜甫忧国忧民，其诗句沉郁顿挫、饱含深意；诗佛王维诗章浑然天成，清新秀丽；白居易诗行深入浅出，写尽社会人生百态……但凡能请到他们其中一个，那修复结界岂不是分分钟的事情！

听了林枫的描述，迪安有些心动了："我承认这是个好主意，但由于我之前受了重伤，时空之门开启的时间很有限，而且只能一个人进去。如果不能在有限的时间里离开，恐怕你就再也回不来了！"

"没关系，时间到了你提醒我一下，我立马就带人出来。"此刻林枫激动得心怦怦直跳，她决定放手赌一把，将诗仙李白请回来当自己的帮手！

迪安点了点头，随即闭上了眼睛，在星辰的照耀下，它的身体泛起了火红色的光芒。随着神力的逐渐施展，空气中的能量开始波动，形成了一种微妙的共鸣。林枫和玛雅目不转睛地看着这一幕，她们的内心也充满了期待和紧张。

这时迪安缓缓张开了双眼，然后轻轻地挥动着前爪，似乎在空中绘制着什么神秘的图案。随着迪安的动作，点点光芒开始在空中凝聚，逐渐形成了一个闪烁的光门。光门的边缘散发着柔和的光辉，仿佛是通往另一个时空的神秘通道。

"林枫，时空大门已经打开了，你快进去！"迪安微微喘着气，"时间到了我会喊你，一定要出来！"

"林枫，你一定要小心啊！"玛雅担忧地说道。

"放心吧，我一定会将李白带回来的！"林枫没有犹豫，只见她迈步走向了那道光门，身影也在光芒中逐渐变得模糊。

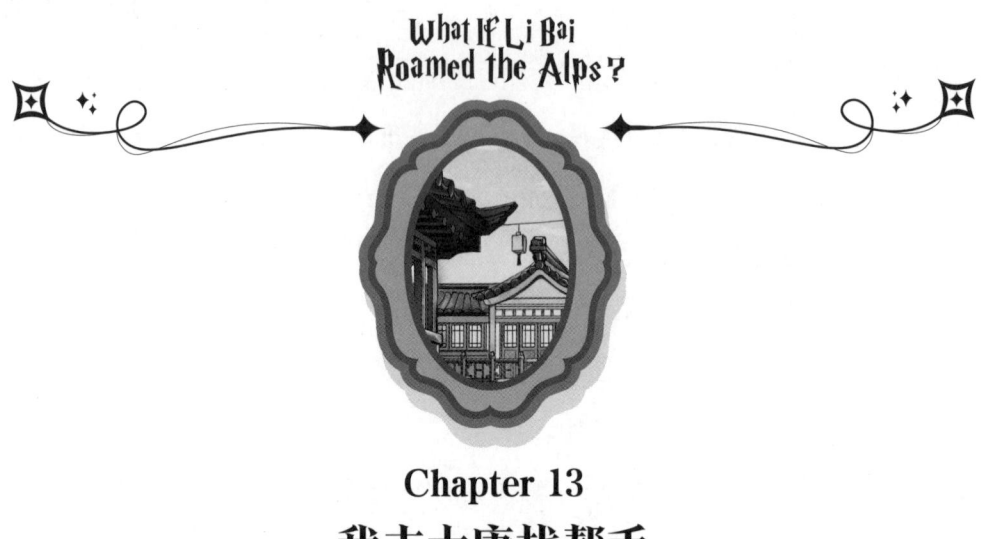

Chapter 13
我去大唐找帮手

越过时空之门，当林枫再次睁开眼睛的时候，她发现自己置身于一个热闹非凡的街市之中，这里的一切都与她熟悉的现代世界不同——街市上人声鼎沸，商贩们的叫卖声此起彼伏，小贩的摊前摆满了马蹄糕、肉包子、桂花拉糕等各类美食，不远处还有肉的香味扑鼻而来，那些是刚出蒸笼的肉包子，薄皮裹着肉汁，诱人至极。店门前还有几个成年人正围坐在一张小桌旁，他们手中举着酒杯，一边喝酒，一边在高声谈论着，笑声与谈话声交织在一起，好生热闹！

再看看四周，只见女子们的发髻高高盘起，中间插着精美的发簪，她们穿着色彩鲜艳的长裙，裙摆随着步伐轻轻摇曳着，脚下

的绣花鞋则是增添了几分古典美。而男子们则是穿着长袍，腰间系着宽大的腰带，头戴乌纱幞头，走起路来风度翩翩。林枫看着自己的 T 恤和牛仔裤，她感觉这些现代的装束在唐朝的街市上显得格外突兀。

"我居然真的回到了唐朝？"林枫揉了揉眼睛，她甚至不敢相信这是真实发生的。

一切都是那么新奇，林枫好想在这热闹的街市里逛逛，但现在最紧急的任务是找到李白，将他带回阿尔卑斯山地区帮忙！

于是林枫单刀直入地问路边的小贩："您好，请问您知道李白住在哪里吗？"

"你找李白？"只见商贩很不耐烦地瞪了林枫一眼，"李白年少时曾在京城闲逛，如今早已四方云游去了，我怎知他在哪里？"

"啊？"林枫有些失望了，但她还不死心地追问道，"那你知道王维、杜甫、白居易、贺知章在哪里吗？能找到他们其中一个也行！"

"不知道，不知道！"商贩不耐烦地摇了摇头，"我只是个卖东西的，又不是参加科举考试的书生，哪知道这些诗人在哪儿啊？你到底买不买东西啊，不买赶紧走！"商贩说着，像驱赶苍蝇那样将林枫赶走了。

科举考试？林枫眼前一亮，科举制度是中国古代通过考试选拔官吏的制度，开创于隋朝，唐代的科举考试一般在京都长安举行。虽然李白还在云游四方，其他诗人也不知去处，但史书上记载，很多大诗人都曾在长安城参加过科举考试，也曾于长安留诗万篇。俗话说"经游天下遍，却到长安城"，长安城也是唐朝的文化中心，说

不定去那里就能打听到诗人们的下落呢！

于是林枫环顾四周，终于在街市的角落看到了一辆停靠在路边的马车，此刻马夫正在热情地招揽乘客。林枫走上前询问道："您好，请问您能送我去长安城吗？"

"你这身衣服真奇怪。"马夫像看怪物似的打量了一眼林枫，"这里的街市距长安城有近十里的路，你至少得给我二两银子。"

"二两银子？"林枫傻眼了，自己来得太匆忙，身上什么也没带，而且在现代社会大家都用手机支付，哪里能搞来银两？

"没钱还坐什么马车，去去去！"车夫又下达了逐客令。

"等等啊！"林枫急得抓耳挠腮，不经意间碰到了微微摇晃的耳环。

林枫摸了摸这对精致的耳环，这是她在格施塔德小镇的一家饰品店里买的，当时玛雅帮她挑选了好久，最后才相中了这对耳环。它们的样式简单而优雅，下面坠着两颗漂亮的小珠子。

于是，林枫狠狠心，将耳环递给了马夫："我身上确实没有二两银子，但我可以用这对耳环作为车费，您看可以吗？"

车夫接过耳环，他的眼睛立刻亮了起来。在阳光的照耀下，耳环泛着银色的光泽，上面的两颗明珠洁白细滑，看上去比上好的珠宝还要亮堂。要知道，在唐朝，金银珠宝属于极其贵重的物品。

于是车夫赶忙换上了笑容："够了，够了。请上车吧，我这就带你去长安城。"林枫松了一口气，她感激地向车夫点了点头，随后小心翼翼地登上了马车。随着一声鞭响，车轮飞速滚动着，一路驶出了街市，向着长安城的方向前进了。

车窗外，周边的景色犹如一幅流动的画卷，在林枫的眼前徐徐展开，远处连绵起伏的山脉在天际线上勾勒出一道道柔和的轮廓，山脚下有潺潺流过的小溪，悦耳动听；田野上，农夫们正在辛勤地耕作着，他们的身影在金色的阳光下显得格外卖力；河岸边，几位渔夫正在收拢渔网，他们的动作熟练从容，看着渔网中跃动着的银色鱼儿，渔夫们也满意地笑了……

林枫在马车上颠簸了许久，兜兜转转终于抵达了气派的长安城——这是唐朝的政治中心，更是中国历史上建都朝代最多、影响力最大的都城。这座古城的城墙巍峨壮观，城门上刻着"长安"二字，显得庄重而古朴。随着马车缓缓驶入城门，林枫的心跳也不禁加速了起来。

"好了，长安城到了，再往前就是皇家圣地了。"车夫停下了马车，示意林枫下车。

"原来这就是长安的皇城！"林枫不由得感慨道，以前她只在电视剧里看到过。只见高耸的城门上悬挂着"皇城"二字的牌匾，而城门两侧站着一排身穿铠甲的守卫士兵，他们的身影显得格外威武。

林枫刚一下马车，就被皇城外一阵喧闹声吸引住了。只见一群人围在城墙跟前，不知在议论着什么，他们之中有胡子花白的老者，也有和林枫年纪差不多的青年人。这些人或站或蹲，有的踮起脚尖，有的伸长脖子，似乎在努力地张望什么。他们的眼神中都充满了渴望与紧张，似乎等待着命运的裁决。在好奇心的驱使下，林枫走进人群，想要一探究竟。

"您好，请问大家都在看什么呀？"林枫向一位看起来较为和蔼

的中年人问道。

中年人转过头，满脸都写着紧张："你不知道吗？今天可是科举考试的发榜日，大家都在这里看金榜呢，真不知道这次是谁中了状元！"

中年人的话音刚落，只听人群中突然爆发出一阵激动的欢呼声，紧接着，所有人的目光都转到了一个方向。只见一位两鬓斑白的老者站在榜单前，他的脸上洋溢着无比夸张的笑容，只见那人双手高高举起，用力挥舞着，声音中满是激动和自豪："啊，我中了，我中了！我是这次的状元！"

"天哪，原来他是第一名！"一个少年不可思议地捂住了嘴巴。

"有志者事竟成，看样子他的年龄得有五旬了。"一位年轻的书生眼中满是赞叹。

"恭喜状元，恭喜状元！"就连小孩子都来凑热闹了。

这位老者欣喜若狂的声音在人群中回荡，他的成功仿佛点燃了现场的气氛。榜单放出后，只见有人赞叹，有人哀伤，更多人是深深地不甘心……要知道唐代每年能参加省试的只有一两千人，而成功晋级的一般不到三十人，之后能顺利杀出重围、参加殿试的人少之又少，何况是高中状元了。

林枫看着这盛大的场面，心中不由得暗想道：现在要找到李白、杜甫他们犹如大海捞针，短时间内不一定能找到。那位老者肯定见多识广，诗词储备极多！如果能请他来帮忙修复其中的某个结界，说不定很快就能修好！于是林枫走上前去，想和那位中榜的老者搭话。

"老先生，请问您……"然而当林枫刚想开口邀请老者的时候，突然有一堆人众星捧月般地簇拥到了老者身边，导致她根本没有接近的机会。

"状元，请问您家住何处呀？有机会我去拜访您！"一位青年人毕恭毕敬地说道。

"老当益壮，前途无量，恭喜恭喜啊！"另一个书生说道，眼中满是羡慕。

"哎，哎，您别走呀，我还有事请您帮忙呢！"此时状元周围的人越聚越多，林枫尝试着挤过人群，但每一次都被周围人的热情所阻挡。

不巧的是，老者也在众人的簇拥与欢呼声中移动着，他的身影很快就消失在人群之中。林枫沮丧地叹了口气："完了，这下不仅没找到大诗人，连状元也跟丢了，这下可该怎么办啊！"

发榜结束后，人群开始逐渐散去，人们的喧嚣声渐渐平息。林枫站在人群中，看着人们三三两两地离开，心中更加沮丧了。她原本希望在这些考生中找到能够帮助她修复结界的帮手，但显然这次长安之旅并未给她满意的答案。

林枫叹了口气，这次的任务更加艰巨了！可就在林枫准备离开的时候，她的目光无意中落在一个比自己年龄稍大一些的少年身上。这个少年独自一人蹲在街角，他的脸上带着一丝忧郁，手中举着一个酒葫芦，时不时地闷喝上一口。

发榜之日总归是几家欢喜几家愁，想必这位少年是落榜之人吧！林枫的心中不由得涌起了一阵同情，她注意到少年的衣着虽然朴素，

但眼神中却透露出一种不凡的气质，似乎隐藏着某种深沉的情怀与强烈的渴望，但是落榜对于一个有才之人来说，打击是巨大的。

"明月，就让我和我的影子共敬你一杯。"少年举着酒葫芦，对着天空中的太阳，轻轻地敬了一杯。

这人该不会喝醉了吧？现在大白天的，哪有月亮？但是下一秒林枫反应过来了，那位少年口中吟诵的诗句，与李白《月下独酌》中的"举杯邀明月，对影成三人"有着异曲同工之妙。

"你看起来心情不太好，需要什么帮助吗？"林枫不忍心见少年这样低落下去，主动走上前沟通着。

"哼，哼！我才不想当官呢！"少年又闷喝了一口葫芦里的酒，"云游四方，闲云野鹤的生活那才叫好。"

云游四方？闲云野鹤？林枫的内心咯噔了一下，突然涌现出一个大胆的猜测——这位少年的气质非凡，他的眉宇中透露出一种不羁和深邃，他会不会就是少年时代的李白呢？

林枫正想与眼前的少年深入交谈，迪安的声音忽然飘了出来："林枫，林枫，我只能支撑一分钟了，你再不回来的话，时空大门就要关上了！"说完林枫的面前出现了一扇泛着金光的大门。

"好的，好的，我已经找到帮手了。"林枫赶忙回答道，"以防万一，我最后再确认一下他的身份！"

少年还在喝着闷酒，但眼看时间已经来不及了！于是林枫决定赌一把，只见她抓起少年的衣袖问道："我再问你一个问题，你叫什么名字？"

少年一脸疑惑，晕晕乎乎地说道："名字？我叫李……李白！"

　　"好了，那就是你了。"天哪，踏破铁鞋无觅处，得来全不费功夫，面前这个少年居然真的是李白！林枫欣喜若狂，还没征得"李白"的同意，就一把将醉醺醺的少年推进了时空之门，自己随后也跟了过去。

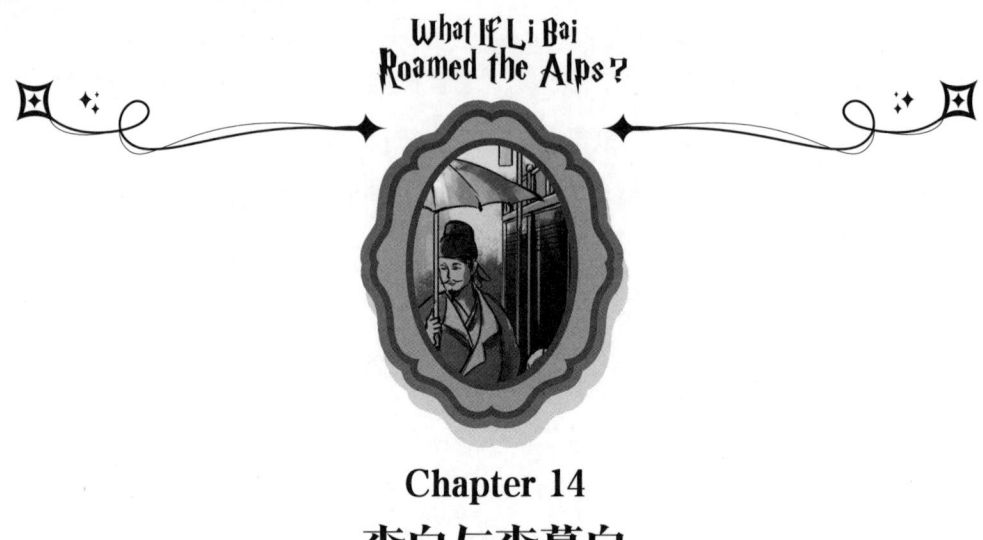

Chapter 14
李白与李慕白

　　"林枫，你可算回来了！再不回来你就要永远留在唐朝了！"林枫前脚刚踏出时空之门，玛雅就率先跑了过去。

　　"林枫，你把李白带回来了，对吗？"迪安好奇地摇了摇尾巴。

　　"那是当然！"林枫无比得意地拍了拍胸膛，随后拉着那个晕晕乎乎的少年介绍道，"我穿越到了唐朝后，乘着马车来到了长安城。那天刚好是发榜之日，于是我就在皇城偶遇了少年时期的李白，就是他啦！"

　　"哇，林枫你立功了！原来这个人就是李白，但感觉比我们大不了多少啊？"玛雅半信半疑地打量着少年，毕竟谁都不知道李白长什么模样。

这时，山洞外有一股寒风吹进来，少年打了个哆嗦，脸上因为喝酒产生的红晕渐渐褪去，酒也醒了一大半。他看了看林枫，又看了看洞外白雪皑皑的平原，脸上露出了难以置信的神色："我的天，我这是来到了哪里？这里是传说中的西域吗？"

"嘿！这里是瑞士，我叫玛雅！"见"李白"稍微清醒了一些，玛雅迫不及待地做起了自我介绍。

不过"李白"可听不懂玛雅叽里咕噜的英文，反而还被吓了一大跳，于是他紧张地指着玛雅问道："你们是胡……胡人？"

玛雅无辜地眨了眨眼睛，疑惑地望向林枫："林枫，'胡胡人'是什么啊？我怎么听不懂他在说什么。"

"胡人是中国古代对北方边地及西域各民族的称呼，唉，现在这个不重要。"林枫有些头疼地揉了揉额头，他忘记了"李白"听不懂英文，看来日后交流又是个困难事。林枫叹了口气，只好先当起了玛雅和"李白"的翻译官。

"李白，你听我说。"见"李白"一脸错愕，林枫走上前安慰他道，"这里是阿尔卑斯山，我希望你能用诗歌来帮我们修复结界。"

"是的，必须把这个罗盘上的黄道十二宫全部点亮，守护结界才能完全修复好。"迪安将星辰罗盘拿出来展示给少年，"只有吟诵出与景色相互契合的诗句，罗盘才能被点亮。听说你是诗仙李白，对你来说肯定不成问题。"拥有时空转换能力的赤狐迪安，语言转换能力也不在话下。

"李白？"少年的眼中流露出了一丝困惑与惊异，"谁说我叫李白的？我叫李慕白啊！"

"什么？你居然不是李白！"林枫瞪大了眼睛，"那你刚才干吗说自己是李白？完了，这下完了！"没想到搞半天自己拉错了人，大名鼎鼎的诗仙李白变成了落榜考生李慕白！一阵绝望之感向林枫袭来，顿时她觉得天都要塌了。

"什么啊！我刚一直说自己叫李慕白，是你自己没听清楚，把我拉到了这个奇怪的地方！"李慕白觉得自己更委屈了，他看着茫茫的雪原不知所措。

"停停停，都别生气嘛！"玛雅这时站了出来，"这都半夜了，我们还是先回寝室休息吧，明天再说。"

"不行，你们快把我送回家，我才不要待在这里！"李慕白嚷嚷道。

"你先在这里住上一晚，之后我们再想办法好不好？"林枫无奈地安慰道。

此时夜幕降临，阿尔卑斯山的山洞也笼上了一层宁静。月光透过洞口的缝隙洒在洞内的地面上，形成了一道道银色的光斑。洞外寒风呼啸，给山峰披上一分寒意。此时林枫的心情低落到了极点——迪安好不容易耗尽灵力打开了时空之门，自己却把事情搞砸了！这个落榜书生还能帮他们修复守护结界吗？

"好吧，我送你们回去。这点灵力我还是有的。"说着迪安周身泛起银光，将众人传送回了宿舍。

回到宿舍后，李慕白在寝室里不安地走动着，虽然归家心切，但他的目光确实被那些现代家具吸引住了："我的天啊，这就是你们住的地方？和我们那里的客栈完全不一样！"

"那当然了，现在是 2024 年。你生活的朝代是唐朝，已经过去很久了。"林枫耐心给李慕白解释道。

"好了，好了，明天的烦恼留给明天，今天就赶紧休息吧。"玛雅打了个哈欠。

可是寝室只有两张床，林枫只好拿出了一床被子，放到了地板上说道："李慕白，今天你就睡在我的床上吧，我打个地铺，随便将就一下。"

"不可不可，还是我睡地上吧。"李慕白摇了摇头，自顾自地躺在了地铺上。

夜幕低垂，星辰在深邃的夜空中显得格外明亮，它们像是不知疲倦的守夜人，不断闪烁着光芒。夜色更深了，远处的阿尔卑斯山峰在星光的映照下显得更加雄伟，万物都沉浸在一片静谧之中。

"林枫，你睡着了吗？"李慕白轻轻地问道。

"没有，我只是在发愁守护结界该怎么修复。"林枫翻了个身，苦恼地叹了口气。

"你愿意听我说个故事吗？"李慕白的目光穿过夜空，他的眼神中透露出一丝忧郁，仿佛在回忆着过去的岁月，"我出身于书香门第，自幼便被父亲严格管教，他是一位极其严厉的学者，同时也是朝廷中的官员。家父希望我未来成为一位博学多才的士人，这样才能高中状元，承继家业。因此我大部分的时间都在书斋中度过，吟诵着'四书五经'，学写着诗词歌赋。"

"你是说你不喜欢读书吗？"林枫侧过身询问道。

"我并不是不喜欢读书，只是不喜欢那种拘束的生活。"李慕白

的声音透露着一丝无奈，"我饱读诗书，最爱李白的诗篇。我认为他的诗句中充满了自由与对自然的热爱。与其困于书斋之中，我更渴望能够像他一样，游历四方，赏遍大好河山，用自己的眼睛亲自去丈量这个世界。"

李慕白的眼睛亮晶晶的，他的目光似乎穿越了时空，落在了那些只能在书页上读到的壮丽山河上——他读过李白的《将进酒》："君不见黄河之水天上来，奔流到海不复回。"那气势磅礴的黄河，奔腾不息的江水，总能让他心潮澎湃；他读过《庐山谣寄卢侍御虚舟》，那句"庐山秀出南斗傍，屏风九叠云锦张"，让他联想到秀美的庐山以及云雾缭绕的山峰，令他不由得身临其境，心驰神往；他还读过《早发白帝城》的"朝辞白帝彩云间，千里江陵一日还"，他也想看看那彩云缭绕的白帝城，以及一日之内可达千里之外的江陵……

"原来是这样。"林枫不由得有些同情了，虽然自己的年龄不大，但小时候总是跟着父母旅游，因此也见识了许多名山大川，"我看你也参加了科举考试，你心情不好是因为落榜了吗？"

"我并不看重什么功名利禄。"李慕白摇了摇头，"这不是我第一次参加科举考试了，父亲一直希望我能高中状元，他认为这是光宗耀祖的唯一途径。所以，父亲终日将我关在书房，逼我学习，逼我参加科举考试。我也不想辜负父亲的期望，可是每次都名落孙山，大概我的文章还不够火候吧。"

"你父亲也太严厉了，俗话说'读万卷书不如行万里路'。当你见得多了，文章自然就能写好。"林枫越来越同情李慕白了，但显然李慕白并不是个例，他是科举时代大多数书生的缩影。

"真不知道这次该怎么和父亲交代了，短暂的逃避也许是件好事，来到这里反而让我松了一口气。"李慕白调笑道，"放心，我还是愿意帮你们修复守护结界的。我的才学虽然比不得李白，但肚子里还是有墨水的。"

"谢谢你，李慕白。"林枫听后安心地笑了。

困意向两人席卷而来，夜色中林枫和李慕白的对话也渐渐飘散了。第二天，当阳光透过窗帘的缝隙，轻轻地洒入房间时，林枫被自然光唤醒了。她发现李慕白还在床上沉睡，少年的面容在晨光中显得格外宁静。而迪安因为灵力的消耗，似乎也在呼呼酣睡中。

"早上好啊，林枫。"玛雅打了个哈欠，"又是忙碌的一天，今天我的课还挺多的。"

"今天上课的时候，我去找一下安德烈吧！"林枫想了想，"总不能让李慕白一直待在我们寝室，看看安德烈有没有办法让他安顿下来。"

早晨第一节课是世界历史，林枫对这门课程充满了期待，因为教授这门课程的维森特老师是一位非常儒雅的男子，在他的课堂上总能学到非常多的知识。只见维森特老师走进了教室，他的步伐从容，脸上带着温和的微笑。今天他身穿一件深色的西装，领带也打得一丝不苟，整个人散发出一种学者气质。

维森特老师走上讲台轻轻地敲了敲桌子，示意大家安静下来。随着教室里的声音渐渐平息，他开始了今天的课程。

"大家好，今天我们来谈谈中国的唐朝。这是一个辉煌的时代，

它的政治、经济和文化在中国古代都达到了前所未有的高度。"

维森特老师站在讲台上侃侃而谈，他的声音如同一股清泉滋润着同学们的心田。他讲到了唐朝的工艺制品，讲到了其开明的政治制度，还讲了黎民百姓的生活面貌，当讲到唐朝璀璨的艺术文化时，大家都听得入迷了……林枫坐在教室里，她的目光紧紧地锁定在维森特老师身上，全神贯注地聆听着。林枫的笔记本上密密麻麻地记录着知识点，她甚至不想放过任何一处细节。

离下课还有一刻钟的时候，维森特老师拍了拍手："好了，关于这节课大家还有什么要提问的吗？"

"老师，我还有问题。"林枫站起身说道，"您前面谈到了唐朝的科举选拔制度，我想知道从普通的书生到成为皇帝身边的臣子，需要经历哪些过程？"

"这确实是个好问题。"维森特老师点点头，用那铿锵有力的声音讲解道，"在唐朝，科举制度的核心是选拔人才，也是天下书生改变命运的唯一途径，因此无数的读书人投入了大量的时间和精力，大家希望能够通过考试获得一官半职……"

"其实乡试是科举的第一关，通常在地方举行，通过者才能参加更高一级的会试。而会试则是在京城举行，考生们需要在几天内完成多篇文章，这不仅考验他们的知识储备，还考验他们的体力和心理素质。最后一关则是殿试，考生们需要在皇帝面前展示自己的才华，这是决定他们命运的关键时刻。"

听着维森特老师的讲解，林枫感觉自己再次穿越了时空，她似乎目睹了那些读书人为了科举考试而奋斗的场景。李慕白虽然总在殿试前被刷，但在此之前他也击败了千百名的竞争者，想到这儿林枫忽然对他多了几分佩服，不过当下最要紧的是，她必须让李慕白尽快适应现代生活。于是下课后，林枫找到了安德烈："安德烈，我有事找你。"

"啊？什么事情啊？"安德烈一脸疑惑地望着林枫。

林枫一股脑地将昨天在阿尔卑斯山遭遇的一切告诉了安德烈，并且询问道："安德烈，你有没有办法安排李慕白入学？"

"等等，我没听错吧？你居然回到了唐朝，还带回来了一个唐朝书生！"安德烈瞪大了眼睛，根本不相信林枫的话。

"没错，他就是李慕白，目前就住在我的寝室里。"林枫点点头。

"好吧，那今天下课后我去你们寝室看看再说，刚好我也会些中文，和李慕白交流起来应该没什么问题。"安德烈还是半信半疑地看着林枫，不过他也伸出了援手，"刚好我的宿舍还有一个空床位，可以先让李慕白住在我这里。"

"真的吗？那太谢谢你了。"林枫感激地望着安德烈。

"至于入学的话，这件事还是有些困难的。"安德烈思考了一会儿，"不过也不是完全没有可能……"安德烈灵机一动，紧接着一个巧妙的法子浮现在了他的心头，他决定去碰碰运气。

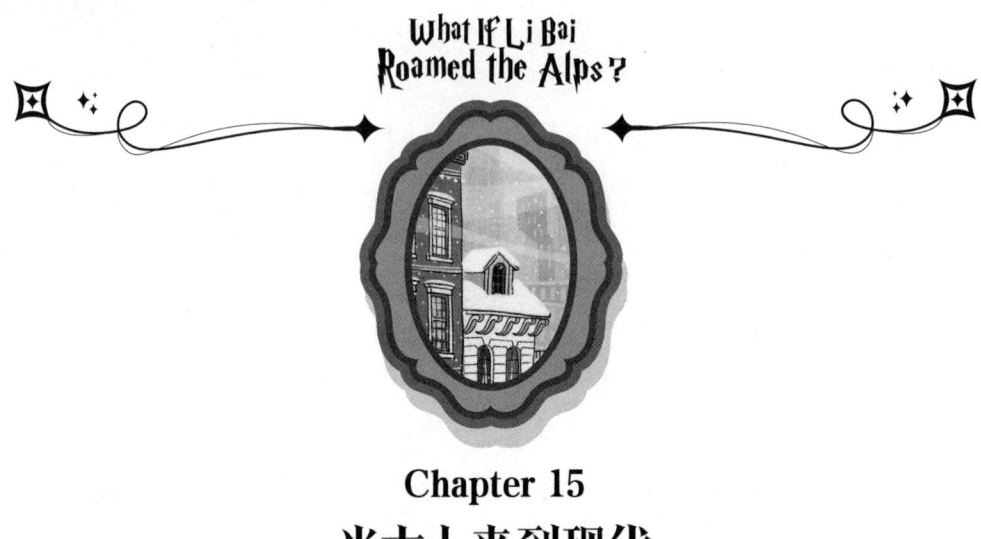

Chapter 15
当古人来到现代

　　莱恩学校其实有一条特别的规定制度，那就是允许本地学生通过兼职的方式来获得旁听课程的资格。这个规定不仅为学生提供了学习机会，还鼓励大家通过实践来增强自己的技能和经验。于是刚一下课，安德烈就迅速收拾好自己的东西匆匆走出了教室，他决定要去拜访一个老熟人。

　　不一会儿，安德烈就来到了食堂，不过他可不是来吃饭的，他要找的人在后厨。刚一推门，只见一个身材魁梧、头戴着白色厨师帽的男人正忙着工作，此时他正在给学生们准备可口的午餐。那人的头发已经花白，不过鬓角总是修理得整整齐齐，虽然脸上已经布满了岁月的痕迹，但并没有掩盖他那温和的气质。他的双手异常灵巧，无论是切菜还是烹饪，都显得游刃有余。

"汤姆大叔，您好呀！"安德烈率先打了声招呼。

"哎呀！这不是安德烈吗？找我有什么事情啊？"汤姆大叔停下了手中的工作，笑着望向他。

安德烈和汤姆大叔的关系非常好，因为汤姆大叔之前也在大使馆工作过，和安德烈的父亲是无话不谈的好友。所以从安德烈入学的第一天，汤姆大叔就对他照顾有加，每当他遇到困难时，汤姆大叔总能出谋划策。

"我记得前几天您说有一位工读生离职了，所以后厨是不是还缺少一个人手？"安德烈问道。

"确实是这样，我们缺少一个洗碗与做清洁的员工。"汤姆大叔叹了口气，"最近大家的工作量也增加了，我还挺发愁的。"

"那太好了！"安德烈激动地握住了汤姆大叔的手，"我认识一个特别会刷碗的人，他的手脚特别麻利，我觉得他非常适合这里的工作，还请您给他一个机会！"

"哎呀，那可真是帮了大忙了！"汤姆大叔点了点头，"如果真是那样，就让他明天来试试吧，合适的话我会给他一个兼职的机会。"

见汤姆大叔答应，安德烈迫不及待地想把这个消息告诉林枫：如果李慕白真的能胜任这份兼职工作，不仅生存问题得以解决，还获得了一个可以旁听学习的机会！

"林枫，我帮李慕白找到了一份兼职，他明天就可以去试试！"安德烈兴冲冲地将他和汤姆大叔的谈话告诉了林枫。

"真是太好了，李慕白一定会很高兴的。有了这份工作，他很快

就能和我们一起上课了，回宿舍我就去告诉他！"林枫听了这个消息也无比激动。

然而此刻的李慕白还在宿舍昏睡，一整年的备考让他身心俱疲，今天好不容易能睡个安稳觉。迪安也蜷缩在林枫的枕边尚未苏醒，因为打开时空大门真是一件极其消耗灵力的事情！

不知过了多久，当阳光铺满整个宿舍的时候，李慕白终于从床上坐起来了，只见他揉了揉惺忪的睡眼，慌张地发现林枫已经不在宿舍了。不过他注意到了桌上放着的一张便条和地图，上面是林枫的留言：

"李慕白，我和玛雅先去上课了，餐桌上有面包和牛奶，还有很多小零食，你可以先吃点东西。如果感觉无聊，也可以先去校园转转。"

李慕白的肚子咕咕作响，他走到餐桌前，果然找到了林枫为他准备的早餐。他拿起面包看了看——松软的面包散发着诱人的香气。李慕白深深地吸了一口气，面包的香气让他感到既新奇又满足。

"没想到我真的来到了未来，这一切真的不是梦！"李慕白再次感慨道。

李慕白小心翼翼地咬了一口面包，那酥甜的口感和淡淡的香气不由让李慕白的心中泛起了一股思念之情："这面包，倒有些像我们街巷里卖的胡饼。只是这胡饼更加细腻，口感也更加丰富。"

胡饼是一种常见的面食，通常是由面粉、水和盐混合制成，有时烙饼的厨子还会加入芝麻或葱花增加风味。李慕白去长安城赶考时，总会在街边的小摊上买几样这种简单又好吃的小食。

李慕白又喝了一口牛奶，那丝滑的口感和浓郁的奶香让他再次赞叹道："此地牛奶的味道真好！"在唐朝，由于受到技术和运输条件的限制，牛奶并不是常见之物，只有达官贵人才能享用，所以李慕白对牛奶是只听过见过，但还没喝过。李慕白细细品着，牛奶的香味在他的唇齿之间萦绕着。

"李慕白，大早上的你在干吗呢？"迪安打了个哈欠，从林枫的床上跳了下来，"昨天灵力消耗太多了，睡了好久才醒来，林枫她们呢？"

"林枫和玛雅去上课了。"李慕白吃完早餐准备出门了，"迪安，我想先去校园转转，顺便去找她们。"

"啊？你一个人能行吗？"迪安有点担心，"林枫在十一年级，找她可能要……"

"放心吧，林枫给了我学校的地图。"李慕白兴冲冲地推开宿舍的门，踏出了在这个新世界的第一步。

"去找林枫是要坐校车的，李慕白能行吗？"迪安的心中犯起嘀咕，不过它也没想那么多，轻轻一跃又窝到了林枫的枕边，它决定继续为自己疗伤。

李慕白走出宿舍，外面的世界充满了未知的味道，每一处都让他感到新奇——

在中午课间休息时，学生们匆匆忙忙地穿梭在校园的小径上，他们有的背着书包，有的手里拿着一杯棕色的液体，每个人的脸上都洋溢着青春的朝气。继续向前走，李慕白的目光瞬间被高大的图书馆所吸引，这些高耸的现代建筑与他熟悉的唐朝建筑风格截然不

同，它们的线条简洁、构造奇特，墙上还遍布着一块块透明的东西，那透明的幕墙反射着阳光，显得格外耀眼。李慕白眯着眼睛，似乎有些不适应。

"真是太奇妙了，世间之奇伟皆在于此。"李慕白仰头观赏着高耸的建筑，脖子都快酸了。

但是现在最重要的是去寻找林枫，李慕白记得临出门前，迪安说她在十一年级，于是他拦住了一个过路的同学，小心翼翼地询问着："您好，您知道十一年级在哪儿吗？"

过路的同学听不懂中文，脸上充满了疑惑，但还礼貌性地回了一句："How can I help you？"

李慕白一听就愣在了原地，昨天玛雅似乎也说过这种"胡人话"，林枫给自己解释说那好像是一种叫"英语"的语言……李慕白只好开口又问了一遍，然后在心中唉声叹气道：真糟糕，没有林枫当翻译，问个路都不方便！

过路的同学们都急着去上课，匆匆从李慕白身边跑开了。李慕白不甘心，于是又用同样的方式问了一个过路的女生，可那个女生是德国人，一口德语更是让李慕白感觉头晕目眩的。问路没问明白，反而让自己迷路了，李慕白感到十分懊恼。

"这一切真是太奇怪了！"李慕白叹了口气，他感觉自己对世界的认知被刷新了好几遍，"这些人长得都不太一样，肤色与发型各异，说的话也听不懂，这下该如何是好？"

李慕白东走西看，转眼间就到了中午。当他还在苦苦问路，试着找到林枫时，注意力突然被一座飘着诱人食物香气的建筑吸引了，李慕白的心中顿时涌起了一股熟悉的感觉。原来在唐朝，每当他路过街巷中的酒肆时，总会不自觉地往里面瞄一眼，毕竟那里是人们聚集饮酒、品尝美食的地方。

"没想到这里也有酒肆，不错不错，进去小酌一杯。"一想到能喝到甜滋滋的果酒，李慕白的心情也明朗了起来，于是大步迈进了食堂。

可当李慕白看到宽敞明亮的厅堂以及整齐排列的餐桌时，他的心中不禁有些困惑：这里的酒肆怎么这么大？而且那些食物怎么这么奇怪，都是他没见过的。

李慕白摸了摸自己口袋里的几两碎银，接着找到一张桌子坐下，然后像在寻常酒肆那样拍了拍桌子，大声喊道："来人哪，来一盏葡萄酒！"李慕白洪亮的声音在食堂中回荡着，吸引了许多用餐学生的注意。

只见大家转头看向李慕白，脸上露出惊讶和不解的表情，有的人甚至像看怪物似的盯着他。

"他在喊什么？这里可是食堂，大呼小叫的真不好。"

"他的穿着好奇怪啊，是在玩角色扮演吗？"

"不知道他是哪个年级的，要不我们去问问？"

李慕白并没听懂他们在说什么，只是感到了一阵尴尬，他的脸微微泛红，低下了头，周围的学生们投来的目光让他感到很不自在。可就在他不知所措的时候，食堂管理员汤姆大叔走了过来，他的出现就像一股温暖的春风化解了李慕白的尴尬。

"同学，你是想吃点什么吗？"

李慕白一愣，不过下一秒他就意识到这位和蔼的大叔是来帮自己的。他拼命地点头，像是抓住了救命稻草似的。

嗯？难道这小子不会讲英文吗？看着神态窘迫的李慕白，汤姆大叔有些疑惑，虽然自己也接触过中国文化，但他并不会讲中文。于是汤姆大叔开始用肢体语言比画着，只见他指了指食堂餐区的饭食，又指了指自己，示意李慕白可以跟自己去拿些饭吃。

看着手在空中胡乱比画着的汤姆大叔，李慕白一下会意了："哦！原来这个大叔才是店小二，他一定是来给我推荐菜品的！"

于是李慕白跟着汤姆大叔来到餐区，这里大部分食物都让他感到新奇：有香喷喷的炒饭、炸至金黄的酥油饼、外焦里嫩的煎鱼套餐，自助餐区还有各类蔬菜沙拉与果汁饮料……菜品琳琅满目，应有尽有。李慕白不知所措地张大了嘴巴，在唐朝，这些精致的美食都是奉给王公贵族的，寻常百姓家怎么能吃得起这些东西？

"这些是西域胡人的美食吗？闻所未闻，必须得尝尝了！"李慕白最终选择了西餐区的一盘煎鱼套餐。

当他看着很多女孩子因为减肥而选择了蔬菜沙拉，李慕白不理解地皱了皱眉头：为什么她们都选择吃菜？难道是因为买不起肉吗？果然无论哪里都有贫富之分！

看着李慕白小心拘谨的样子，汤姆大叔笑着说道："没关系，不够的话你还能再点一份。"

李慕白并不知道汤姆大叔在说些什么，可当他看到大叔笑容可掬的样子，他也大胆了许多，便学着旁边学生的样子，用杯子接了一杯冰凉的柠檬水。在李慕白迫不及待地将果汁一饮而尽后，柑橘味的香气顿时在他的口腔中弥漫开来，这是他第一次尝到那么好喝的东西！

挑选完餐品后，李慕白摸了摸口袋中为数不多的银两，向汤姆大叔询问道："请问这些需要付您多少银两？"

"都选好了吗？那快回去吃吧，记得不要浪费！"汤姆大叔回答得驴唇不对马嘴，随后掏出了饭卡准备付钱。

李慕白仍旧猜不到大叔的意思，只好无奈地摇了摇头作罢：这些食物看起来那么精致，肯定特别贵，他可不想白占别人便宜！于是李慕白咬了咬牙，从口袋中摸出了自己的全部银两，郑重地放在了汤姆大叔的手中："这些是我父亲给我进城赶考用的银两，您收下吧。"

"哎，一顿饭钱而已，这些东西我不能收的！"汤姆大叔从没见过银子，但他能隐约觉察到这大概是什么贵重之物，于是便将全部的银子重新塞回李慕白手中。

在几番推脱之下，李慕白还是收回了碎银，他的内心十分感动：这家的店小二人还挺好的，今日就算是我李慕白欠了个人情，滴水之恩定当涌泉相报。

李慕白再次回到餐桌前，此时那道黄金煎鱼在灯光下闪烁着诱人的光泽，米饭的香气也扑鼻而来，面前的美食让他垂涎欲滴。李慕白再也忍不住了，只见他拿起筷子，小心翼翼地夹起一块煎鱼送入口中。那酥脆的鱼皮在口中碎裂，浓郁的鲜香和奇特的酱汁瞬间充满了味蕾。李慕白感动地闭上眼睛，感觉自己置身于唐朝的宫廷之中，享受着皇家贵族的待遇，这感觉真是飘飘欲仙。

汤姆大叔开始有些奇怪，他看到李慕白一副要哭的样子，赶忙慌张地问道："孩子，你怎么了？哪里不舒服吗？"

"真是称得上绝品佳肴、玉盘珍馐，不枉我李慕白来这一趟！"李慕白擦了擦眼泪。

"这小伙子挺有意思，该不会是个演员吧？"汤姆大叔莫名其妙地挠了挠头。

李慕白将餐盘中的食物一扫而空后，再次起身向汤姆大叔道谢，然后匆匆离开了食堂。走在偌大的校园中，李慕白四处张望着，试图在人群中寻找那个熟悉的身影。可是在这来来往往的人群中却不见林枫的半分身影，李慕白的心中顿时泛起了孤独的涟漪：真不知道林枫去了哪里？外面的世界千奇百怪，要不还是回宿舍等她吧！

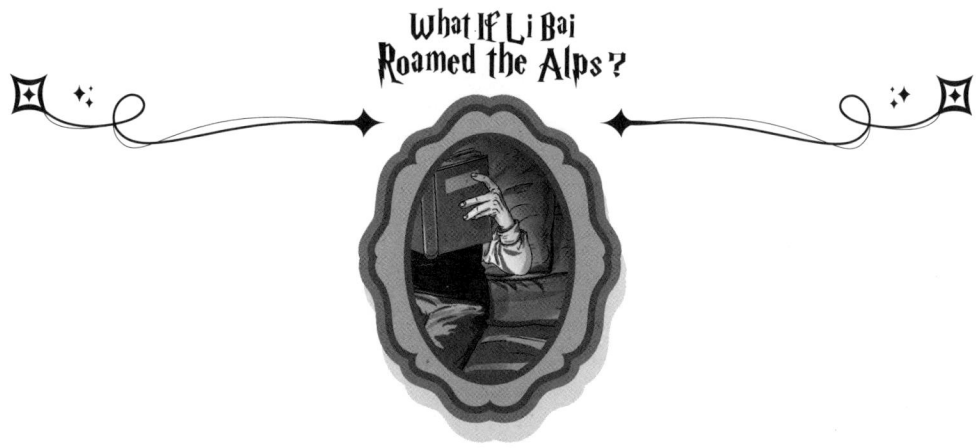

Chapter 16
发愤图强的李慕白

随着傍晚的来临，校园里的喧嚣逐渐平息了下来，忙碌的一天终于接近尾声。在结束课程和校队活动之后，玛雅和林枫相继回到了宿舍。宿舍的灯光温暖而柔和，为这个宁静的秋夜增添了一丝温馨。

当林枫轻轻推开宿舍的门时，她看到李慕白正坐在书桌前，手中捧着一本诗集，专注地阅读着。他的眉头微微皱起，似乎在思考书中的内容。书页在灯光下泛着淡淡的黄光，映照出李慕白认真的面庞。

李慕白的目光在那些诗句间反复游走着，他从李白的豪放不羁读到杜甫的深沉忧国，最后又读到了风格迥异的后世诗文，每一首

诗歌都让他产生深深的共鸣。李慕白感慨，原来世界很大，王朝始终也是交替更迭的，不过即便是这样，唐朝也是浩瀚历史中的惊鸿一瞥。

"这些诗篇真是千古绝唱。"李慕白自言自语道，声音中带着敬仰，"世界上好的诗句千千万，但能留存下来的仅是少数，我也可以做到吗？"李慕白的心中不由得感慨万千，他想到了自己所处的时代，想到了那些伟大的诗人，也想到了自己的梦想和追求。

"虽然我不能和这些伟大的诗人相比，但我也希望能够在这世间留下自己的诗篇。在这里也许我能找到属于自己的声音。"李慕白摇头晃脑地长叹一声，"路漫漫其修远兮，吾将上下而求索。"

"李慕白，你不会一整天都在宿舍里看书吧？"林枫轻声问道。

"啊？你们什么时候回来的？"李慕白激动地站了起来，似乎有一肚子的话想和林枫倾诉。

"嘿，他一大早就出去了，到了下午这小子才失魂落魄地回来。"蜷缩在床上的迪安打了个哈欠，又继续去睡了。

"林枫，这里的人都好奇怪，不仅叽里咕噜地说着我听不懂的语言，还有很多奇奇怪怪的东西，比如四个轮子的怪物，还有每个人都拿着一个发亮的小方块，耳朵里还塞着两个圆圆的东西……"李慕白越说越激动，自己与这个时代实在是格格不入。

"哈哈！"听着李慕白一板一眼地形容着，林枫和玛雅都捂着肚子大笑。

"四个轮子的怪物是校车，是用来接送学生上下课用的。"玛雅解释道。

"至于那个小方块和耳朵里圆圆的东西，应该就是手机和耳机喽。"林枫晃了晃手中发亮的手机，"戴上耳机就可以听音乐，可方便了。"

"还有啊，你听不懂的话应该是英语，那是一种国际通用语言，也是我们日常交流使用的语言。"

"好吧，好吧，确实和我们那里很不一样。"李慕白无奈地耸了耸肩，"那该怎么办呢？难道我每天都得闷在这间屋子里了？"

见李慕白有些沮丧，林枫决定先把开心的消息告诉他，于是她故作神秘地说道："慕白啊，我托安德烈给你找到了一份特别好的工作，你只要好好干，就能拿到旁听的名额，到时候就能和我们一起上课了！对了，从明天起，你可以住进安德烈的寝室，那里还有空的床位。"

"能和你们一起上学了？"李慕白一听眼睛都亮了，"所以让我干什么呢？我作诗写文，样样都行！"李慕白生命中的大部分时光都是在书斋里度过的，他巴不得多去接触些新鲜的事物。

"是去后厨洗碗，顺便清洁一下餐桌！怎么样，简单吧？"林枫公布了答案。

"啊，居然是去洗碗啊？"李慕白失望极了，觉得这工作对自己来说太大材小用了。

林枫拍了拍李慕白的肩膀安慰道："陆游曾说过，'纸上得来终觉浅，绝知此事要躬行'，只有认真体验生活才能写出好文章！"

"好吧，我会好好干的！"李慕白觉得林枫说得有道理。

"现在宿舍和旁听问题都解决了，别忘了还有一个最重要的问

题！"玛雅插了一句，"他现在没办法和同学们交流，上课的内容更是天书了，所以李慕白得从零开始学习英文！"

"对啊，不会英文可是个大事，这下可麻烦了。"林枫点点头。

"哼，什么文我不会？"李慕白一听就不服气了，"骈文、诗文我都会，那种叽叽咕咕的语言我很快就能学会！"

"可这些都不是英文。"林枫摇了摇头，她从书架上抽出了一本教材，"英文和中文一样，它是我们日常交流用的语言，你先看看就知道啦！"

李慕白接过课本，目光落在了那些密密麻麻的字母上，他的眉头不禁皱了起来——这到底是什么文字！这些字母不就和歪歪扭扭爬行的虫子一样吗？

"这些虫子一样的东西就是英文吗？说起来还叽叽咕咕的！"李慕白合上课本，放在了桌上，"这可怎么办？我都快看晕了！"

"对呀！这就是英文。比如'苹果'用英文来说就是'apple'，你可以跟我念一下。"林枫拿起桌上放的一颗红苹果说道。

"阿婆，苹果是阿婆？为什么不是阿公呢？这又是为何？"李慕白似懂非懂地瞪大了眼睛，决定打破砂锅问到底。

"什么阿公阿婆的，不是这样的。"林枫不知道怎么解释，于是把教材又塞到李慕白的怀里，"总之，你要用一个月学完这本教材里的全部内容！"

"林枫，一个月是不是有点太苛刻了？"玛雅小声地说道，"精通一门语言可不是一件容易事。"

"那有什么困难的！我李慕白两岁就学写字，四岁能作诗，七岁能写骈文，八岁就开始备考科举了，父亲也说将来我会有一番大成就。"李慕白的眼神中满是得意，他觉得学习英语更是小菜一碟。

"没想到你还是个语言天才！"林枫有些惊讶，"那除了日常打工外，以后每天晚上我和玛雅都会来教你学英语。"

说干就干！为了攻克这门"叽里咕噜"的外语，李慕白决心拿出十二分的毅力！不过当他刚捧起英语书的时候，门口却响起了敲门声——

"林枫你在吗？我来接李慕白回寝室了！"

"安德烈你来得正是时候，我们刚才还提起你呢！"

林枫打开门后，安德烈就迫不及待地进来了，紧接着他就用发现新大陆似的好奇目光上下打量着李慕白——素雅的儒士服、薄如蝉翼的乌纱帽①，再加上那与生俱来的温文尔雅的书生气，安德烈意识到，原来他就是唐朝的赶考书生！

"你好，我叫安德烈，从今天起，我们就是室友了。"安德烈亲切地用中文打着招呼。

"幸会幸会，在下李慕白！"经历了一整天无法和人沟通的苦闷，听到安德烈用中文讲话时，李慕白的眼睛都放光了。

"好！那这个月我们先把这套教材学完，这样你就能用英语与我们日常交流了。"林枫说着将一沓厚厚的书放在了李慕白的手上。

"没问题！"李慕白自信地握紧了拳头。

为了尽快适应这里的生活，李慕白开始了他的英语学习之路，

---

① 指唐朝人戴的幞头，一种起源于汉代的纱罗软巾。由于幞头所用纱罗通常为青黑色，因此也被俗称为"乌纱帽"。

他决心要像备考科举考试那样全力以赴。天刚一亮，李慕白就起来学习英语了。只见他一遍又一遍地朗读着单词和短语，努力模仿着正确的发音。他甚至在宿舍的墙上贴满了英文单词卡片，以便随时复习和记忆。

"拿……不拿拿，banana！"

"三个人围着吃？sandwich！"

"butter是名词'黄油'，fly是动词'飞行'。"李慕白烦躁地挠了挠头，"可是黄油和飞行放在一起怎么变成了蝴蝶呢？真是奇怪！"

"李慕白，你怎么五点就醒了，你还让不让人睡觉了？"就连一向脾气好的安德烈都开始忍不住抱怨了起来，自从李慕白搬到他的寝室，他就没睡个安稳觉。

"三更灯火五更鸡，正是男儿读书时。黑发不知勤学早，白首方悔读书迟。这时不学习，何时才学？"李慕白摇头晃脑地回敬了一句。

"爱迪生说得真对啊，天才是99%的努力加1%的灵感。"安德烈打了个哈欠，随后也拿起了从图书馆借来的唐诗集，"算啦，我也起来读读诗吧，反正也睡不着。"

唐朝古人在学英语，瑞士人却在学中文，这场面倒还挺有意思的。安德烈看着专心致志的李慕白不由在心中调侃道。

转眼到了工作时间，李慕白便去学校后厨帮忙了，自从有了那次在食堂的巧妙相遇，汤姆大叔对李慕白也变得格外照顾。李慕白工作认真麻利，待人谦逊有礼，因此大家都很喜欢这个新人，也很乐于帮助他提高英文水平。在结束一天的工作后，李慕白便披星戴月地回到林枫的寝室，开始在她和玛雅的指导下学习新章节。

"昨天的默写得了满分，我们开始新的课程吧！"李慕白的身影在灯光下显得格外专注，手中的笔在纸上飞快地记录着，他想记牢每一个新学的单词和语法。

"李慕白的进步可真大，感觉他很快就能用英文进行日常沟通了。"玛雅感慨道。

林枫则是坐在自己的床上，手中捧着一本书，但她的眼睛却不时地从书页上移开，落在李慕白的身上。此时的李慕白正在想：战国有苏秦锥刺股，东晋有祖逖闻鸡起舞，西汉有匡衡凿壁借光，各朝各代都有刻苦读书成才的名人，看来我也要更加努力才是！

日子一天天过去，一个月后，李慕白的英语水平有了显著的提高。他的发音变得更加准确，词汇量也在不断增加。不仅如此，他还能流利地用英语进行日常对话，甚至还能理解一些复杂的句子。这一个月里安德烈也没闲着，他积极地为李慕白争取到了旁听的名额，从此李慕白成为了莱恩学校的一员。

"恭喜你，李慕白！以后我们就是同学了！"在拿到旁听名额的那一天，林枫不由得激动地向他贺喜。

"这还多亏了你们的帮助。"李慕白不好意思地笑笑，"多学习一门语言也挺有意思的。"

"林枫，别忘了你答应过我的事情。"迪安幽怨地看了她一眼，"这都一个多月了，星辰罗盘还没动静。"

"哎呀，李慕白可是林枫请来的得力干将，凡事不能太操之过急嘛！"玛雅耸耸肩，"不过最近还挺无聊的，真希望快点下雪啊。"

　　说巧不巧，就在十一月初的一个午后，第一场雪降临了。初雪洋洋洒洒地落下，不一会儿就把外面世界装扮成了银白色，呼啸的寒风也带来了几分冬日的气息。"嘶，没想到降温后真的下雪了。"林枫打了个寒战，只见一片片洁白的雪花从天而降，它们在空中轻盈地飘舞着，像是天使的羽毛。

　　"赏雪、作画、吟诗、煮茶，都是冬日的乐事。"李慕白也被悠然飘落的雪花所吸引，他不禁伸出手去接着，感受雪花在指尖融化的瞬间。

　　"乐事？"林枫忽然想到了什么，一个好主意浮上了心头，"慕白，你想不想尝试一件比赏雪更有意思的事情？"

What If Li Bai Roamed the Alps?

Chapter 17
冰川雪原滑雪记

"冬日除了赏雪画梅，还有什么乐事？"李慕白的眼中闪烁着不解。

"还有滑雪啊！"林枫兴奋地比画道，"我们明天先去租雪具，然后再等上几周，就可以去滑雪了！"

李慕白似懂非懂地点了点头，他似乎在莱恩学校的学生手册上看到过"滑雪"这个词，书上说滑雪是一项能在雪地上进行的运动，人们会穿着特制的滑雪服，脚踩滑雪板，手拿滑雪杖，在雪地上滑行。初雪的降临也意味着滑雪季的到来，滑雪季大约有三个月的时间，每天下午下课后，大家都会在学校附近滑雪，同时莱恩学校也会给每一位学生发放滑雪场的通行门票，让大家尽情去各大场地畅

享滑雪。

"不错，不错！李慕白，就让我来当你的滑雪教练吧！"玛雅毛遂自荐道。

"滑雪也是我的强项。"林枫有些不服气，不过她最终还是没拗过玛雅，只好妥协了，"好吧，好吧，那玛雅你带李慕白入门吧！"

说起滑雪，玛雅的脸上总会浮现起自信的神色——她第一次穿上雪板的时候还只是个蹒跚学步的小孩，也许是对滑雪有着天生的热爱，玛雅的父母给她专门请了一位滑雪教练。不久之后，玛雅不仅很快就学会了如何在雪地上滑行，甚至还能滑下一些简单的坡道。所以教练常常夸赞说她有极高的滑雪天赋，从此，成为职业的滑雪者便成了玛雅一直以来的梦想。

磨刀不误砍柴工，学习滑雪的第一步是准备好齐全的雪具！为了给即将到来的雪上冒险做好充足的准备，林枫和玛雅带着李慕白来到了学校专门租借雪具的地方。屋内墙上挂满了各种品牌的雪板、雪鞋以及雪杖，琳琅满目，李慕白不禁有些眼花缭乱，而负责租借雪具的是高年级的生活老师安娜。

"你们好啊！今天是来租借雪具的吗？"安娜老师热情地跟他们打着招呼。

"安娜老师好！李慕白是初学者，所以我们想给他租借一些适合初学者的雪具。"林枫解释道，随后将李慕白推到了前面。

"这些雪具太酷了，不过我有自己专门的滑雪具，这次就不租了。"玛雅得意极了，"身为一个立志成为滑雪运动员的人，我要告诉你们，好的装备能让你事半功倍。"

"好的，那你们跟我来。"安娜老师点了点头，开始向他们推荐适合初学者的雪板和雪鞋，并耐心地为李慕白介绍着头盔、手套、护目镜等安全装备的知识。

在林枫和玛雅挑选雪具的时候，安德烈也过来了，虽然最近学生会的工作有些忙碌，但他可不想错过滑雪季里的初次滑雪。

"你们看这个。"在挑选雪具的过程中，安德烈向大家展示了一张雪原的宣传照，那里是一片位于高海拔地区的滑雪胜地。

"是冰川！"林枫惊呼道，"这是冰山雪原，海拔在三千米以上，它是瑞士的滑雪胜地之一，这里的雪质非常棒，风景也很好！"

"是的，那边的雪道也非常多样，从初学者到专业级的滑雪者都能找到适合自己的雪道，下个月咱们可以一起去！"安德烈微笑道。

看着安德烈手机中的照片，还有租借室里的各类滑雪用品，李慕白有些发愁了——在唐朝他可没有体验过什么滑雪运动，所以这里的每一件装备都显得那么专业，那么陌生。

玛雅似乎看出了李慕白的担心，于是安慰似的拍了拍他的肩膀："放心吧，我来当你的教练，有我这个滑雪天才在旁边指导，你很快就能上手的。"

一个月的时间转眼而过，在这一个月里，天空似乎特别慷慨，断断续续地落着雪，很快大地便披上了一层厚厚的洁白外衣。这些纷纷扬扬的雪花，像是天空在为即将到来的滑雪季举行一场盛大欢迎仪式。

终于，约定去冰山高原滑雪的日子到了，大家兴致勃勃地踏上了前往冰川雪原的旅程。林枫本来也想带上迪安一同滑雪，但是迪

安摇头拒绝了，它说为了开启时空之门，自己几乎耗尽了所有灵力，只想窝在寝室静静休养。巴士在蜿蜒的山路上盘旋，最终停在了冰川雪原的入口处。大家下车后，出现在他们面前的是一个全新的世界，眼前的景象让他们惊叹不已。冬季的冰川雪原如同洁白的仙境，高耸的山峰被厚厚的雪覆盖，远远望去，闪耀着银色的光芒。远处，一条条雪道如同丝带般蜿蜒而下，似乎等待着勇者去征服。

"这里就是冰川雪原！"李慕白站在雪地上，深深地吸了一口清新的空气，他感到自己的心境随着这片广阔的雪域而变得开阔起来，眼中闪烁着对即将到来的冒险的渴望，"所以我们要怎么滑雪？"

"李慕白你看，我们要先坐缆车到山顶，然后再从高处滑下去。"安德烈指着不远处缓缓驶向山顶的缆车说道。

李慕白呆望着头顶上缓缓移动的缆车，那些悬挂在钢索之上的缆车好似一艘艘在天空游荡的小船，静静地在云端之上航行着。缆车的外观是流线型的设计，银色的车身在阳光下闪耀着金属的光泽，缆车的车窗是透明的，可以清晰地看到里面准备登山滑雪的游客。

"犹豫什么呢？快走啦！"玛雅催促道，将还在愣神的李慕白拉到了缆车入口。

缆车开始缓慢上升，透过窗户他们看到下方的滑雪场逐渐变小，而远处的山峰和冰川却越来越近。阳光透过云层洒在雪地上，反射出耀眼的光芒，整个世界仿佛被一层金色的光辉所笼罩。

缆车越来越高，望着不远处银白色的顶峰，李慕白的心中不由打起了退堂鼓："等等啊！那地方也太高了点吧，我们往下滑不会摔倒吗？"

"只要掌握动作要领就没事，学习滑雪的第一课就是克服内心的恐惧，放心吧，肯定没问题！"林枫安慰道。

虽然嘴上说着没事，但当李慕白真正站在雪原之上时，他的双腿已经忍不住颤抖了起来。从这么高的地方滑下去不会有危险吧？万一摔倒了可怎么办！四周都是白茫茫的积雪，这让李慕白的紧张又加深了一层。为了缓解紧张感，玛雅只好从最基础的理论开始说起："滑雪安全第一，所以我们要将雪板正确地固定在你的靴子上，这样可以保证你在滑行时雪板不会脱落。"

"好的，没问题。"李慕白点了点头，他仔细地听着玛雅的指导，同时检查了自己的雪板。

"接下来才是重头戏！"玛雅清了清嗓子，"接着我们要学会如何控制速度，在刚开始滑行时，你可以稍微弯曲膝盖，让身体的重心保持在两脚之间。这样一来，你就能更好地控制方向和速度了，你看！"玛雅演示了如何在雪地上站立和移动，李慕白模仿着她的动作，也慢慢尝试了起来。

"看好了，我和安德烈再给你做个示范！"话音刚落，只见安德烈和林枫已经向下坡冲了出去，他们的身影在雪道上划出了一道道优美的弧线，两人的动作收放自如，自信而熟练，像极了在雪原中为了追逐猎物而迅猛驰骋的猎豹。李慕白站在雪道的边缘，看着两人流畅的动作，他的内心不由自主地涌起了一股冲动，或许自己也能像他们一样自由滑行！

"最后一步就是……"

"我滑下去了，救命啊！"玛雅的话还没说完，李慕白没控制好

力度竟一不小心向下滑了下去!

"喂!李慕白,你快刹车啊!"玛雅大喊道。

不怕不怕,我要按照玛雅说的那样做!李慕白深吸了一口气,开始调整着滑雪姿势。起初他还有些紧张,但随着速度的逐渐增加,李慕白也渐渐开始享受这种在雪地上滑行的感觉。风在耳边呼啸,空气也变得凛冽了起来,但李慕白却感到浑身的血液在沸腾,胸中有着前所未有的畅快,于是他在心中兴奋地呐喊道:"原来这就是滑雪!这就是自由!"

可是情况渐渐开始不对劲了,只见李慕白越滑越远,当他试图减速停下来的时候,却发现自己根本不知道如何刹车!身后的玛雅见情况不对,赶忙抄起雪板朝着李慕白追了过去,同时大声地指导道:"刹车,快刹车!李慕白,赶紧将雪板的后端稍稍分开,形成 V字形,这样可以增加摩擦力,帮忙减速!"

"你说什么?我听不清!"玛雅的话在寒风中消散了,李慕白的脸色比苦瓜还苦,此时他感觉自己驾上了一匹脱缰的疯狂野马,根本不知道怎样才能停下这场闹剧!李慕白的滑行速度越来越快,他感觉自己的心脏都要跳出来了,驾驭雪板的双脚也不停地扭动着、乱晃着,那不听话的雪板在雪地上画出了一道道不规则的痕迹。

"李慕白,稳住啊!"玛雅急得在他耳边大叫道,"保持身体的平衡,不要慌张!把雪板摆成 V字形!"

李慕白这下终于听清了玛雅的话,只见他努力地控制住自己的身体,但显然现在的滑行速度已经超出了他的控制范围!当李慕白尝试将雪板后端分开时,动作又慌乱了起来,玛雅见状,赶忙冲上前去拉住了李慕白的衣袖，试图减缓他的速度，可是，李慕白最终也没办法保持平衡，身体前倾倒下去，一头栽进雪地里，整个人摔了个"狗啃泥"！

"我再也不滑雪了，我要回家！"李慕白狼狈地从雪地里爬了起来，他的雪板歪斜在一旁，只见他哭丧着脸，眼中的泪花不断在打转。可是男儿有泪不轻弹，他只好用力地将泪花甩去。

见李慕白差点儿哭了，玛雅只好轻声安慰道："俗话说，失败乃成功之母，滑雪并不是一天两天就能学成的。"

看着受挫的李慕白，玛雅的记忆有些被触动了，她的心似乎回到了遥远的过去，回忆起了那些在雪地上跌跌撞撞的日子。

"慕白，你知道吗？我第一次滑雪的时候，几乎每一步都会摔倒。我记得我曾经非常沮丧，不明白为什么我总是做不到。我甚至想过放弃。"玛雅讲起了自己学习滑雪的场景，那些艰难的开始和无数次的摔倒。

玛雅继续说道："但是我爸爸总是鼓励我，他告诉我，每一次摔倒都是学习的机会。即便摔得伤痕累累，他也让我爬起来，继续尝试。起初我并不理解他的意思，觉得他是在故意让我受苦。"

李慕白静静地听着，他也想起了自己曾经习字写诗的场景，他的眼神中流露出深深的共鸣。

"但是，随着时间的推移，我开始明白了父亲的用意。在一次次的摔跤中，我学会了如何控制雪板，学会了如何在雪地上找到平衡；在一次次意外中，我也学会了如何在摔倒后迅速站起来，以及如何在雪地上保持冷静。总之，这就是我全部的滑雪秘籍！慕白，摔倒

并不可怕，重要的是你如何面对它。每一次摔倒，都是让你变得更强大的机会！"玛雅莞尔一笑。

每个人都有第一次的尝试，正是因为在每一次摔跤的时候，玛雅都会站起来继续练习，她才能像风一般在雪原中自由滑行。最终在不断的失败中，一颗名为梦想的种子也生根发芽了，玛雅决定要成为世界上最厉害的滑雪者。

李慕白静静地坐在雪地上思考着玛雅的话，他回想起了自己在书房里，面对着白纸砚台，笔尖在纸上写诗的场景。写诗大概和滑雪一样，每一次的尝试可能都会伴随着失败，但正是有了这些失败，才让李慕白学会了如何写诗著文。

"好，那我再来一次！"李慕白拍了拍身上的积雪，他决定乘坐缆车回到顶峰，再次放手一搏！

"这才是我的徒弟嘛！"看李慕白振作了起来，玛雅得意地点了点头。

此时林枫和安德烈已经开始滑第二圈了，两人在缆车口笑着和李慕白招招手，示意他一起滑雪。美好的时光转瞬即逝，随着太阳开始逐渐西沉，天空染上了淡淡的橙红色，大家这才意识到他们已经在冰川雪原待了整整一下午，是时候该返程了。

在路上，林枫问李慕白："初次学滑雪，你感觉怎么样啊？"

"嗯……其实我还是没有学会滑雪。"李慕白苦笑着摇了摇头，"不过，在玛雅的帮助下，我已经体会到了滑雪的乐趣，每一次的尝试和摔跤好像都有收获。"

"学会滑雪不是一蹴而就的，你需要更多的时间和耐心去练习。"安德烈鼓励道，"不过今天你已经迈出了第一步，接下来只需要不断累积经验就好了！"

大巴车缓缓地前行着，李慕白的目光落在了窗外的雪原之上。此时，夕阳的余晖洒在冰山雪原上，给这片白色的天地披上了一层金色的外衣。正当大家准备闭目休息的时候，林枫的手机忽然响了起来。

"嗯，是谁给我发来的短信？"林枫好奇地打开了手机，一条新消息弹了出来——

亲爱的孩子，你在莱恩学校的生活还愉快吗？我们已经结束了环球旅行，回到了瑞士山区。转眼间，圣诞节即将来临，我和爷爷为你准备了不少礼物，就等你亲自打开了。山区的空气清新而宁静，夜晚的星空十分璀璨，相信你会喜欢的。

真希望能与你一起度过圣诞，我们可以在炉火旁讲讲故事，或者一起在雪地里散步。当然，也欢迎你带朋友一起回来玩！

这是来自林枫奶奶的短信，林枫的心中暖暖的，她似乎听见了爷爷奶奶在耳边的轻声细语，那声音饱含着家的温馨与关心，同时也讲述着对林枫的思念。

"我的爷爷奶奶回瑞士了，我们在萨安山区有一栋度假木屋，他们邀请我一起过圣诞节，你们去吗？"林枫有些惊喜，爷爷奶奶的度假木屋是她从小到大回忆最多的地方之一。

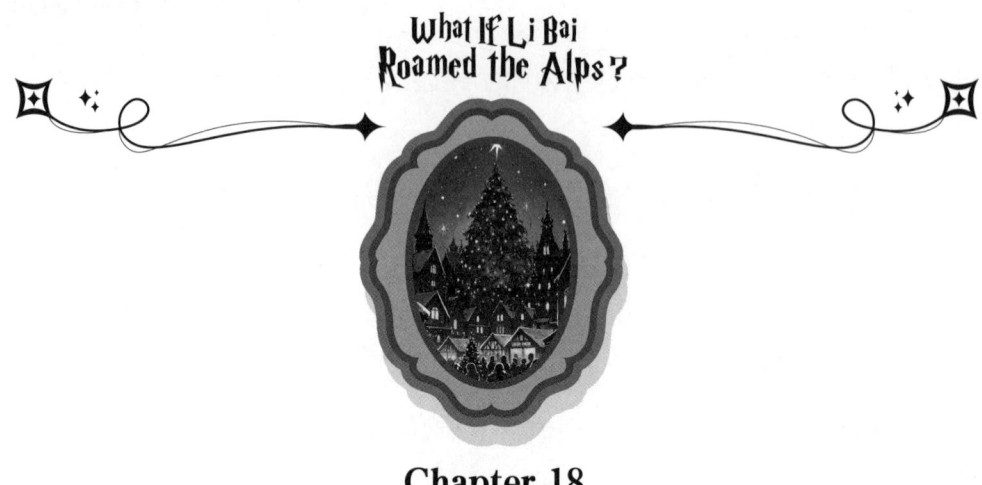

Chapter 18
萨安的圣诞市集

"真的吗？那太好了。我还没在瑞士过过圣诞节呢！"玛雅赶忙答应了。

"那也加我一个吧！"安德烈无奈地笑了笑，"我的父母似乎在外出差，圣诞节也不能回瑞士陪我了。"

"我当然也要去，但我只知道重阳节、端午节，圣诞节闻所未闻，那是什么节日啊？"李慕白疑惑极了。

"圣诞节是西方传统里的一个重要的节日。"林枫耐心地解释道，"在这一天，人们会装饰圣诞树、交换礼物，还会准备丰盛的晚餐，比如美国会有烤火鸡和圣诞布丁，更重要的是我们会和家人一起庆祝，这个节日对西方来说，就像中国的春节一样。"

林枫回到寝室后，她做的第一件事情就是给奶奶回消息，她的手指在手机键盘上轻轻跳跃："奶奶，谢谢你邀请我去过圣诞节！今年的圣诞节，我确实想带几个朋友回家和我们一起庆祝。"

林枫思索了一会儿，继续写道："大家都是我在学校的好朋友，他们是玛雅、安德烈和李慕白。大家都很喜欢中国文化，我想带伙伴们一起来！"

然而林枫的信息还没发完，一旁睡醒的迪安就不满地挥了挥爪子抗议着："林枫，那我呢？我呢？"

林枫并没有说话，她有些尴尬地笑了笑，虽然迪安反复强调自己不会在爷爷奶奶面前开口说话，但她还是不太放心。要是被人发现了迪安的秘密，恐怕爷爷奶奶也会吓一大跳！

"好了好了，我已经有主意了，放心吧，绝不会让爷爷奶奶发现！"迪安一下猜到了她的心思。

"迪安，你想干什么？"林枫轻声问道。

迪安轻轻地摇了摇尾巴，随后灵巧地跳到了林枫的肩膀上，紧接着它化作了一道柔和的红光。等光芒消散后，林枫发现脖子上多了一条狐狸项链。林枫感到一阵温暖的光芒环绕着自己，迪安的声音从项链里响了起来：

"哼！要不是我受了重伤，还会施展更厉害的魔法呢！这是心灵感应的法术，我们能用意念进行交流！"

"真不错，这样就能成功隐藏身份了！"林枫满意地笑笑，"好了，咱们早点睡觉吧，奶奶说她明天开车来接我们！"

"好耶，圣诞假期终于到来了！咱们有整整两周的假呢！"玛雅

满怀期待地躺进了被窝里。

第二天早晨，闹铃声刚一响起，林枫就迫不及待地从床上起来了，她和奶奶约好了在学校大门口见。

"林枫，你看我穿这件衣服好看吗？"玛雅一早就起来洗漱了，她翻了好几套漂亮衣服出来，但不知道要选哪一套。

"别纠结了，你穿什么都好看。"林枫夸赞道。

当两人走出宿舍楼时，她们看到安德烈和李慕白已经在门口等待了，安德烈还准备了给林枫爷爷奶奶的礼物。"我的奶奶开车来接我们，一会儿就到了，她说到时候我们可以先去逛逛圣诞市集。"林枫兴奋地说道，她不停张望着。

"太好了，我最喜欢逛圣诞市集了！"玛雅变得期待了起来。

"圣诞市集是什么？听起来好像是卖东西的地方。"李慕白也被这个话题吸引了。

"每年圣诞节的前几周，人们就会在广场或者城市中心开设出临时的市场，方便人们采购圣诞节的过节物品，就好像中国过年也要置办年货一样。在市集里，你会看到各种各样的摊位，到时候去了你就知道了。"安德烈笑着解释道，他之前在圣诞节时去过很多不同城市的市集。

在众人的交谈与欢笑中，远处一辆白色的休旅车向着林枫他们驶来。奶奶摇下了窗户，亲切地招呼道："孩子们，我在这里！"

在晨光之下，林枫觉得奶奶的身影显得格外亲切，虽然奶奶的头发已经花白，但脸上的笑容依旧温和，岁月在她的眼角留下了时光的痕迹，可她的眼神却格外明媚。

"您好，我是林枫的室友玛雅。"玛雅礼貌地打着招呼。

"我是安德烈，是林枫的同班同学。能和您一起过圣诞，我真的很开心。"安德烈微笑着自我介绍。

"我是李慕白，是林枫的好朋友。"李慕白显得有些不好意思。

"欢迎你们！"奶奶微笑着回应道，"孩子们，都先上车吧！"

当招呼着朋友们坐上车后，林枫却发现爷爷不在车内，于是她问道："奶奶，怎么不见爷爷呀？"林枫的爷爷也是个喜欢过节的人，每年都会带着大家一起装饰圣诞树。

"你爷爷正在家里忙活呢，说是要做一顿豪华的圣诞大餐，想给你们一个惊喜。我们可以先去萨安市集逛逛，买棵圣诞树回家装饰。"车辆缓缓启动，向着市集的方向驶去。

"奶奶，我告诉你，林枫可厉害了！"在开往市集的路上，玛雅说起了学校里的事情，"刚一开学，林枫在数学课上就秒杀了全场，就连老师都看得目瞪口呆……"紧接着她就开始讲述起林枫如何解出压轴难题，又如何从九年级跳到了十一年级。

"哪有她说得那么夸张，"林枫耸了耸肩膀说，"要说学霸，其实安德烈和李慕白的成绩都不错，而且李慕白还会写诗呢！"

"承让承让，路漫漫其修远兮，吾将上下而求索。"李慕白被夸得有些不好意思了。

在前往市集的路上，林枫也分享了她在学校的一些趣事，包括她和安德烈、李慕白的日常学习生活，还有中间发生的一些小插曲。林枫脖子上的狐狸项链一摇一晃，似乎也表达着喜悦。奶奶一边开车，一边微笑着听着他们的对话。不久后，他们就到了圣诞市集。

"这里就是萨安最大的圣诞市集了，每年到这个时候都会非常热闹。"奶奶的声音带着一丝自豪。

"原来这就是圣诞市集，人声鼎沸，甚是热闹！"望着闪烁的灯光，李慕白不由张开手臂感慨道。

"不错，我们一起进去逛逛吧。"跟随着奶奶的脚步，大家一起走进了这个充满圣诞氛围的市集。

市集里的摊位一个接一个，每个摊位都被装饰得五彩缤纷，放眼望去满是圣诞元素，让人应接不暇。不仅如此，一些摊位上挂满了彩灯和圣诞花环，还有一些摆放着各式各样的圣诞装饰品，有大大小小的圣诞球、漂亮的灯串、可爱的圣诞老人玩偶和雪人摆件。林枫甚至看到了一个正在售卖传统木制玩具的摊位，李慕白东看看西看看，那神情不亚于来到了魔法世界。

"我们先挑选一棵圣诞树，然后再买一些圣诞饰品用来装饰。"奶奶说道。

"装饰圣诞树可是我最喜欢的环节了！"林枫开心极了，她希望今天能够找到一棵最完美的圣诞树。

"圣诞节为什么要装饰圣诞树啊？"李慕白问道。

"因为在凯尔特文化中，杉树是九种神木之一。古代凯尔特人的祭司，还会用常绿的树枝装饰他们的庙宇，以作为永生的象征，渐渐地，在圣诞节装饰圣诞树便成了他们文化中重要的活动传统。"奶奶解释道。林枫的奶奶退休前可是大学里的历史教授，大家都没有想到圣诞树竟然是古老的欧洲文明多神崇拜的遗迹。

"原来是这样，受教了。"李慕白点点头，随即目光就被一棵高大的圣诞树吸引了，那棵松树枝叶茂密，散发着松木独有的淡淡清香。他不禁用手轻轻触摸着树干，感受着树皮的纹理。

李慕白越看越喜欢："孔子有云，'岁寒，然后知松柏之后凋也。'即便是在寒冬，松树仍旧凌寒不倒，你看这棵松树多么青翠！"

"与中国的松柏不同，一般用来做圣诞树的松树是冷杉属品种。"林枫也比较满意，"这棵松树挺拔蓬松，我们就挑它好了。"

"李慕白的眼光很不错。"奶奶夸赞道，"圣诞树有了，接下来是挑一些能挂在树上的圣诞饰品，你们看，那里有很多五颜六色的圣诞球。"

顺着奶奶的目光望去，大家都被那些做工精美的圣诞球吸引，纷纷露出了惊叹的表情。安德烈挑选了几个带有雪花图案的彩球和小铃铛，他赞叹道："这些彩球上印了冬天的元素，真的很适合作为装饰。"

李慕白双眼放光，一口气拿了好几个。

林枫和玛雅则被一些闪闪发光的装饰品吸引，她们挑选了一些金色的星星和小天使挂坠，只见玛雅得意地将它们举了起来："如果能把这些东西全部挂起来，说不定圣诞树看起来就像星星一样闪耀了。"

"我还买了一些好吃的巧克力，到时候我们可以把这些巧克力也挂在树上。"奶奶笑笑，忽然想到了一件昔日趣事，"记得以前林枫回瑞士过圣诞节的时候，进门的第一件事情就是跑去拿挂在圣诞树上的巧克力。"

"奶奶，那都是我小时候的事情了！"见奶奶揭自己的短，林枫

有些不满地嘟囔着。

买完圣诞树的装饰品后，大家的心情格外愉快。这次买的东西可不少，也不知道圣诞树会被装扮成什么样子呢！市集逛得差不多了，在回家之前，奶奶提议可以分头逛逛萨安的小吃摊位，在这一年一度的盛大市集中，有不少美食在等着他们，几人约好半小时后在奶奶的车前集合。

林枫首先被一家卖热红酒的小摊吸引，那个摊位上摆着一排排冒着热气的红酒杯，杯中装着加入了香料和水果的红酒，散发着诱人的香气。林枫刚想伸手拿一杯时，迪安的声音在她的脑海中响起，迪安用心灵感应说道："喝了热红酒，身子肯定很暖和。林枫，我们买上一杯吧！"

"嗯？狐狸能喝红酒吗？"林枫多买了一杯热红酒，当她将杯子靠近项链时，下一秒杯中的热红酒消失了，仿佛被项链吸收了一样。

"嘿嘿，真好喝！林枫，我还要吃那个！"在路过瑞士烤香肠小摊时，诱人的香味又让迪安着了迷。

"好好好，给你买。"林枫无奈地又付了钱。

"你看那边的巧克力和枫糖浆也不错，要知道我们狐狸最喜欢吃甜食了，买买买！"迪安逐渐理直气壮了起来。

真是只贪吃的狐狸，可别越吃越肥了！林枫在心里白了迪安一眼，但还是心软买下了巧克力和枫糖浆。即便迪安吃饱了也还是不知足，临走前还让林枫买了姜饼、小蛋糕、糖果之类的零食小吃带回家。

"迪安，你该不会想把圣诞市集都吃个遍吧？"林枫揉了揉微微发响的肚子,光给迪安买了,自己还什么也没吃呢!

"我都憋在项链里一天了,你总不能让我一直饿着吧。"迪安也委屈地嘟囔着。

随着时间一点点流逝,萨安圣诞市集的灯光逐渐亮起,整个市集看起来更加璀璨。林枫和朋友们在奶奶的车前集合了,现在是时候回家了。只见李慕白和安德烈一起抱着圣诞树,玛雅和林枫拿着圣诞饰品,每个人的脸上都带着满足的笑容。

奶奶已经提前打开了车内的暖气,向大家招呼道:"今天大家玩得开心吗?我们该回家了。"待大家都上车后,车辆便缓缓向远处驶去,车窗外市集的灯光和人群逐渐远去,取而代之的是乡间小路两旁的树木和远处的山峦。

"对了,林枫,奶奶家具体在哪里呀?"玛雅好奇地问道。

"小屋坐落在海拔一千一百米的平原上。"林枫解释道,"位置就在萨安和格施塔德的中间,离这里很近的!"

果然不一会儿,车就缓缓驶入了奶奶家门前的小道,一股熟悉的温馨感向林枫涌来。林枫一直觉得奶奶家就像一个温暖的港湾,永远静静地等待着她回来。

"好了,孩子们下车了。"奶奶停好了车,一座瑞士阿尔卑斯山区传统风格的木屋出现在了大家的眼前。

那是一座原木色的小屋,放眼望去与阿尔卑斯山平原恰到好处地融为了一体,它的两边屋顶非常自然地对称着,像小山坡一样向两边倾斜、延展。而阿尔卑斯山高原的森林都是耐久的硬木,房屋用的木材也是就地取材,加工后成了非常优良的建材。木屋顶部也

覆盖着厚重的木材，它们紧密地排列在一起，像一道坚固的屏障，抵御着冬季的严寒和积雪。对了，在屋顶的边缘装饰着精致的木雕，这些木雕在灯光下显得格外生动，在门檐上还挂着一个古铜色的大牛铃。

李慕白仔细观察着眼前的房屋，他瞬间就被这种独特的建筑风格所吸引："这里简直宛若仙境，木屋也那么精致！"

林枫给大家解释道："这是一栋典型的阿尔卑斯山山区传统风格的建筑，被称为'chelet（传统木屋）'。我们在格施塔德小镇上看到的都是比较大型的木屋，而我们家的木屋是一百年前我奶奶的姨婆盖的，所以这栋木屋叫作'埃里卡木屋'——就是用我奶奶姨婆的名字埃里卡命名的。在这片山区，所有的建筑都没有门牌号码，每一栋木屋都有自己的名字。它们不仅美观，而且非常坚固，能抵御山区的严寒和大雪。"

就在大家感慨之时，爷爷从屋子里走了出来，只见他穿着一件舒适的羊毛衫和一条宽松的裤子，脸上的笑容那么亲切和熟悉，爷爷笑着说道：

"孩子们快进来吧，让我们一起欢度圣诞！"

Chapter 19
月是故乡明

进到小屋后，奶奶吩咐李慕白和安德烈将今天买的圣诞树放在窗边。爷爷满意地接过圣诞饰品，随后招呼道："孩子们，喝杯姜茶暖暖身子吧！"

这是李慕白第一次来别人家做客，他走进客厅，目光立马就被桌子上的装饰品所吸引——那里摆放着一个在马厩中哭泣的小婴儿，旁边有牛、驴，还站着一个牧羊人，在小婴儿的身边还有天使环绕祝福着，一切都显得那么神圣和宁静。

"好了，孩子们，我们一起装饰圣诞树吧！"奶奶将从萨安市集买到的圣诞饰品放在了客厅的桌面上。

说起装饰圣诞树，这可是每年圣诞节林枫最喜欢的环节！林

枫还记得小时候和妈妈一起装扮圣诞树的场景，因为自己过于"贪心"，什么颜色的圣诞球都想一股脑地挂上去，最后搞得整棵圣诞树都变成五彩斑斓的了，一回忆起这件事林枫就忍不住发笑。

"我想用红色的圣诞球来装饰！"玛雅率先拿起了一个红球，"我感觉红色会让圣诞树看起来更加喜庆，不过蓝色的圣诞球也很漂亮……"一时间她陷入了纠结中。

"圣诞节本来就是西方的节日，还是按照传统来装扮会更好一些。"安德烈提议道。

李慕白则是拿起了一个金色的圣诞球，他用手指轻轻抚摸着球面上的花纹："我感觉金色的圣诞球也很有节日的感觉，它们会反射出灯光，让圣诞树看起来更加华丽。"

"既然这样的话，为什么我们不创造一棵融合了东西方风格的独特圣诞树呢？"林枫的眼睛中闪烁着创意的火花，她兴奋地比画道，"我们来自不同的地方，可以各自装饰一部分。"

"听起来太有意思了，我赞成！"玛雅双眼放光，觉得这是个绝妙的主意。

大家开始忙碌了起来，奶奶也从储藏室中找出了中国结、小红灯笼等装饰。玛雅和安德烈挑选了一些冷色系的圣诞球作为装饰，而林枫选择将中国结挂上树丫，那抹鲜红在绿色的枝叶中显得格外醒目。当然李慕白也没闲着，他竟然现场用红纸剪出了瑞龙与祥凤，将它们挂在了树梢上，为圣诞树增添了一种神秘的东方韵味。最后奶奶将水晶球挂在了圣诞树的顶端，她满意地点了点头。

"大功告成，这下圣诞树应该装饰好了吧？"李慕白拍了拍手，无比得意地看着自己的杰作，那精美的剪纸在灯光下栩栩如生。

"还差最后一步呢，蜡烛也是圣诞树上的重要装饰！"说着奶奶又拿出了蜡烛架，架子上面都是银白色的蜡烛，她决定用这些蜡烛来做圣诞树最后的点缀，"烛光象征着希望与光明，同时能在新的一年带来好运。"

"没错，蜡烛点亮后可漂亮了。"林枫感慨道，当圣诞树装饰完毕后，蜡烛的银白色与圣诞树的绿色枝叶相得益彰，竟营造出了一种冬日仙境的氛围。安德烈小心地将枝丫上的蜡烛全部点燃，烛光一亮，整棵圣诞树变得熠熠生辉。点点银光四起，仿佛是夜空中闪烁着的明亮之星。

林枫和朋友们围坐在圣诞树下，大家的心中充满了喜悦与期待。圣诞树上的烛辉闪烁着，壁炉里的火光跳跃着，为这圣诞之夜带来了祝福与温暖。在这个特别的平安夜里，他们的内心充满了温暖与满足。爷爷站起身，高兴地拍了拍手："好了，接下来就该享用圣诞晚餐了！"

大家跟随着林枫的爷爷走向餐厅，餐厅里已经摆满了丰盛的晚餐，有瑞士烤香肠、烧土豆与烟熏烤肉，为了招待林枫的朋友们，爷爷特意还准备了林枫最爱吃的巧克力慕斯和各式各样的甜点，他还贴心地给大家倒了几杯葡萄汁。

"让我们为这个美好的夜晚干杯，也为即将到来的新年干杯！"爷爷举起了手中的酒杯。

"干杯！"大家齐声回应道，他们的杯子在空中轻轻碰撞着，发出了清脆的声响。

举杯庆祝后，大家开始享用这丰盛的圣诞晚餐。李慕白的内心忽然涌起了一股深深的感动，这是他在现代度过的第一个圣诞节，他从未想过自己会在异国他乡与朋友们共庆佳节，看着大家的笑容，听到大家的笑声，李慕白感到了一种前所未有的归属感和幸福。

圣诞佳宴过后，林枫和大家一起围坐在温暖的客厅里，他们谈论着白天在市集发生的趣事。而李慕白的目光却无意间落在了窗外，此时正是圆月当空，明亮的繁星似乎与皎洁的月光融为一体，星光在夜空中汇聚成一道银白色的长河。李慕白瞬间就被窗外的景象所吸引了，他觉得自己久困于书斋之中，并没有真正好好欣赏过头顶上浩瀚的星空。

见李慕白望着窗外的风景入了迷，于是林枫提议道："对了，我家门口是个平原，观星视野非常棒，我们不如去外面看看星星吧！"林枫的话音刚落，她脖子上的项链也轻轻晃了晃，迪安似乎也在兴致勃勃地附和着。

"太好了，我还是第一次在瑞士的山谷中赏星呢。"安德烈也将期待的视线投向了窗外。

"英国的大雾天居多，还有很多光污染，所以很难有机会看到这么明亮的星空。"玛雅满眼都是憧憬，迫不及待地向门口走去。

头顶是星河灿烂的天空，脚下是苍茫无际的平原。林枫带着大家漫步其中，平原在夜色的笼罩下显得宁静而辽阔，仿佛延伸到了世界的尽头。远处的山峦轮廓在夜色中若隐若现，与天际线融为一色。月光皎洁，如同一抹银白的轻纱，柔和地铺在了大地之上。星河横跨天际，向他们倾泻而下，仿佛在与无尽的黑暗抗衡，又像在对旅客们诉说着宇宙的奥秘和时间的永恒。

"星汉灿烂，若出其里。这星空是如此浩瀚！"玛雅不禁吟咏了一句林枫教给她的古诗，然后张开了手臂，似乎想把满天的星河揽入怀中。

"星星近在眼前，仿佛触手可及，这倒有些'危楼高百尺，手可摘星辰'的意味了。"安德烈也被银河的壮丽所震撼，心中涌起了一股难以言喻的情感。

林枫默不作声地欣赏着星空，刹那间，她忽然感到心灵似乎与宇宙的广阔相连，她仿佛能够感受到银河的呼吸，感受到星辰们古老的低语。林枫闭上眼睛，深深地吸了一口气，思绪不由得随着星光飘向远方——她想起了那天站在阿尔卑斯山雪原之上眺望到的风景，星光与雪色交织，星辰仿佛唾手可得。星垂平野阔，月涌大江流。在那片银装素裹的广阔天地中，她与达奴女神都曾仰望过同一片浩瀚的星空。

在月光的辉映下，林枫注意到李慕白的神情似乎有些忧郁。他的目光凝视着夜空中那轮皎洁的圆月，眼神中流露出一丝淡淡的哀愁。林枫走到李慕白的身边，轻轻地问道："慕白，你怎么了？"

李慕白转过头，眼中闪烁着不易察觉的泪光："没什么，看到天上的圆月，我不禁有些想家了。"在夜风中，李慕白的声音有些低沉。

"我听说在古诗中，月亮不仅仅是无数文人墨客吟咏的自然之物，其实还承载了许多文化内涵和情感寄托。"安德烈闭上了眼睛，脑海里浮现出无数有关月亮的诗句，随后他的心情也跟着有些低落

了起来——圣诞节原本应该是与家人团聚的节日，可是爸爸妈妈却有公务在身，没办法赶回瑞士过节。虽然他与朋友们共度了一个难忘的圣诞节，但内心还是不免泛起了思念。

"你们别这样……"就连一向活泼的玛雅也忍不住有些伤感了，"虽然早上和父母用视频通话问候过了，但现在被你们这么一说，我也开始想念英国了。"

这时空气变得静默了起来，似乎只能听到夜风划过发梢的声音，大家都不再说话，只是静静地望着夜空上的那轮明月，陷入了各自的遐思。李慕白的思念是跨越时空的，唐朝的山川河流在他眼前涌现，同时他也想念着唐朝的爹娘；虽然这里是瑞士，但安德烈却思念着身在异乡的父母，不知圣诞夜他们是怎么过的；玛雅也是第一次在异国他乡过节，每逢佳节倍思亲，此时她多么希望能与家人团聚……

"在中国文化中，月亮的圆缺变化，也常常被用来比喻人生的离合悲欢。月亮的明亮和皎洁，常常被诗人用来比喻对家乡的深刻记忆和对亲人的深切思念。无论诗人身处何方，月亮总能唤起他们对故乡的回忆、对家人的思念。"林枫率先打破了沉默。她望着天上的皎皎明月，月光带来了一丝凉意，却也点亮了心中的思念，她的思绪不由得飘向了远方……

此时远在中国的爸爸妈妈在做什么呢？是否也同样度过了一个温馨的圣诞之夜呢？他们是不是和我一样，此刻正对着夜空中的明月思念着我呢？那一瞬间，林枫忽然明白了古诗中的思乡之情，那是古今中外都能体会到的情感，是一种无论距离有多远都无法割舍的深切思念与牵挂。月亮，便是联络这亘古不变爱意的桥梁。夜风吹动着林枫的发丝，她的心中充满了对家人的思念。

"露从今夜白，月是故乡明……"林枫喃喃自语道，诗句在风中轻轻回响着，触动了她内心最柔软的部分。

然而林枫的话音刚落，那枚放在口袋里的星辰罗盘忽然悬浮了起来，似乎被一股无形的力量托了起来。罗盘在夜空中缓缓旋转，发出柔和的光芒，紧接着罗盘上的几个星宿开始亮了起来，星宿上的光芒与夜空中的星星交相辉映，似乎在回应着林枫内心的情感。

"林枫你看，星辰罗盘发光了，就和上次一样！"玛雅明白这是结界被修复的征兆。

"原来这就是星辰罗盘，这光芒中似乎蕴含着神力！"安德烈不可思议地睁大了眼睛，李慕白也惊讶得说不出话，两人的心中充满了好奇与敬畏。

"太好了！星辰罗盘上的星宿又点亮了一部分，看来是时候修复月之结界了！"迪安突然从项链中现身了，它目不转睛地盯着悬浮的星辰罗盘喊道。

"趁现在，我要施法修复月之结界！"

只见迪安轻盈一跃，飞向了悬空的罗盘，它的毛发在月光之下泛起了火红的光芒。光辉越发耀眼，迪安开始在空中舞动，它闭上眼睛陶醉其中，似乎在吸收着月之光华；同时它的动作优雅而轻柔，像是在施展着古老神秘的魔法。随着它的起舞，银白色的月光似乎也开始震动，林枫感到有一股看不见的力量注入了星辰罗盘中。迪安身上的火光达到了顶点，同时，一道银白色的光芒从罗盘的中心

喷射而出，那光芒直冲夜空，在空中形成了一个巨大的光环，环中似乎有无数星辰在闪烁，一瞬间夜晚宛如白昼。

"月之结界被修复了！"林枫和朋友们呆呆地望着眼前不可思议的一幕，心中的震撼无以言表。

当月之结界修复成功后，星辰罗盘的光芒逐渐减弱，最终又缓缓地降回了林枫的手心中。迪安也落在了林枫的肩膀上，亲昵地蹭了蹭她的脸庞。林枫轻轻抚摸着罗盘上被点亮的星宿，她感到了一种莫名的平静与安心，随后便将星辰罗盘重新放回了口袋中。

"刚才那句诗歌就是修复月之结界的关键咒语？"林枫有些疑惑。

"没错！就是那句'露从今夜白，月是故乡明'！"迪安兴奋地挥了挥爪子，"今夜你们立大功了！"

林枫记得这是杜甫在《月夜忆舍弟》中书写的诗句，那是一个战乱频繁的年代，杜甫流离失所，远离故土。当时正值白露时节，在戍楼鼓声和孤雁哀鸣的映衬之下，他站在异乡的故土上遥望着天际的那轮明月，心中涌起了无限的乡愁，他思念生死未卜的亲人，思念杳无音信的好友。月光似乎穿透了时空，将他带回了那片熟悉的故土，他多么希望能再次回到家乡，与亲友相聚共赏这轮明月。

夜风渐渐地凉了起来，林枫决定用一种特别的方式来收尾，于是她开口轻轻地吟唱了起来：

"明月几时有？把酒问青天。不知天上宫阙，今夕是何年。人有悲欢离合，月有阴晴圆缺，此事古难全。但愿人长久，千里共婵娟。"

　　林枫的歌声在夜空中回荡着，她的歌声如同夜风中的细流，温柔而纯净，每一个音符都带着对家人的思念。一曲唱毕，林枫对大家说道："虽然我们现在没办法与亲人团聚，但我相信即使远隔千里，人们心中的情谊也能相通，因为我们会欣赏同一轮明月，分享着彼此的思念与祝福。"

　　"林枫，你唱歌真好听！"安德烈夸赞道，"歌词是苏轼的《水调歌头》，据说是苏轼在中秋佳节写给弟弟的一阕词，里面承载着思念和美好祝愿。"

　　"真是千古好词！"李慕白赞叹道。

　　"好了，现在有些晚了。"林枫用眼神示意大家回屋，"明天我想带你们去附近走走，说不定还能看到黄金列车呢！"

Chapter 20
追逐黄金列车吧

　　窗外的夜色深沉而宁静，月光透过窗帘的缝隙洒在房间的地面上，像是披上了一层银纱。此时夜已深了，林枫和朋友们已经进入了梦乡。在这安宁的平安夜里，李慕白却辗转反侧，白天那些温馨的场景像电影似的在他的脑海中回放。

　　他回想起了白天和林枫一起逛萨安的圣诞市集，想起了和大家一起装扮圣诞树的场景；圣诞佳宴也是那么可口，晚上站在平原之上赏月也别有一番风趣……李慕白的内心涌进了一股前所未有的温暖，他的嘴角轻轻上扬着，感到了一种纯粹的、没有任何伪装的快乐，恍惚间他感觉自己回到了孩童时代。于是李慕白从床上坐了起来，他从怀中拿出了一个巴掌大的牛皮本，左右思索，准备用笔将心情诉诸纸上。

清晨在一片安宁中悄然到来，李慕白缓缓地睁开了眼睛。昨夜的疲倦一扫而空，取而代之的是对新一天的期待，今天便是万众期待的圣诞节了。他起身整理好床铺，然后走出房间，餐桌上已经摆满了新鲜的面包、煎蛋和热腾腾的咖啡，食物四溢的香气不禁让人馋涎欲滴。

"孩子们早上好！"奶奶微笑地打着招呼，"今天是圣诞节，晚上我们可以去教堂附近逛逛。"

"奶奶，在此之前我想带朋友们去看看黄金列车！"林枫坐了下来，津津有味地吃起煎蛋。黄金列车沿途的风景壮观，每一次回到奶奶家她都会沿着铁道线走走。

"黄金列车是什么？"李慕白问道。

"黄金列车是瑞士一条著名的旅游铁路线，它连接了瑞士好几个主要城市，比如因特拉肯、卢塞恩和蒙特勒，全程行驶五小时，有二百四十千米，沿途的景色更是美丽动人。"安德烈说道，他记得自己小时候坐过一次。

"没错，黄金列车每一站都有不同的风景。"林枫也加入了讨论，"有雪山、湖泊、森林和草地，它几乎穿越了阿尔卑斯山脉，今天我们可以沿着铁道线走一走。"

"说得我更期待了，我一定要拍好多照片！"玛雅狼吞虎咽地吃着早餐。

吃完早餐后，林枫带着玛雅、安德烈和李慕白便一起出发了。刚一离开家门，只见林枫脖子上的狐狸项链轻轻晃了几下，迪安突

然从中现身了："呼！昨夜吸收了月之光华，现在感觉浑身上下都充满了能量！"迪安抖了抖身子，愉悦地摇晃着毛茸茸的大尾巴。

"林枫，现在还有三个结界没有修复呢，你打算什么时候修复？"迪安跳上了它的肩膀。

"哎呀，月之结界是由于触动了内心的思念才被修复的，有景才有情，所以咱们才要多走走！"林枫轻轻敲了敲迪安的头。

林枫带着大家沿着平原的小径慢慢前行，脚下是柔软的积雪，踩在上面吱呀作响。而在平原的一侧有长长的铁轨穿过，那就是黄金列车经过的地方了。清晨的空气清新凉爽，让人倍感精神，今天是难得的好天气，阳光透过云层的缝隙洒在他们身上，带来了一丝温暖。

在这宽广平原的不远处，还有几座瑞士传统小屋点缀其间。在小屋的周围，可以看到居民的牛屋，牛屋里面悠闲地躺着几头奶牛，当林枫他们经过的时候，奶牛们懒散地抬起了头，用新奇的目光打量着这片平原上的访客。

"这里的风景倒是很不错，这下我的旅游相册又多了几页。"安德烈举起了相机，想要将美景记录下来。

"那是当然，我小时候经常来这里玩耍。"这个平原可是林枫的秘密乐园。

李慕白并没在意他们说什么，他走在了队伍的最前面，目光被远处的山峦吸引了。山峰在晨光中显得格外清晰，山顶上的积雪在阳光下闪烁着钻石般的光芒。李慕白感到了一种前所未有的兴奋和期待。

"林枫，你知道吗？在我小的时候，家父也曾带我在泰山脚下的平原中漫步，他告诉我要亲自征服五岳，这样才能体会到文人墨客笔下的壮阔之景。"李慕白张开手臂望着天空中飞翔的鸟，随后眼神中又闪过一丝遗憾。那是他第一次也是最后一次随父亲出游，自那以后，他的世界里便只有苦闷的书斋了。

"没关系，以后出游的机会很多。"玛雅有些怜惜地看着李慕白，"莱恩学校还会组织很多出游，下次我们一起参加！"

谈话间，忽然从远处传来了一阵低沉有力的轰鸣声。大家转头望去，只见一列黄金列车正沿着铁轨缓缓驶来。列车的车身涂着醒目的红金色，玻璃窗反射着清晨的阳光，闪烁着耀眼的光芒，它的车身上还印有"Golden Pass"字样，黄金列车与周围褐色的平原相得益彰，它仿佛是一条流动的金色条带，缓缓地向林枫他们驶来。

"是黄金列车！"林枫惊喜得叫出了声，"今天我们太幸运了，居然能看到黄金列车驶过！"

"哇，那就是著名的黄金列车吗？车身像是黄金打造的一样。"玛雅兴致勃勃地观赏着驶来的列车。

随着黄金列车的靠近，车轮与铁轨接触发出的有节奏的轰鸣声越发清晰，伴随着蒸汽机车特有的汽笛声，构成了一种独特的旋律。李慕白的目光紧紧地锁定在那列黄金列车上，它在阳光下闪烁着耀眼的光芒，仿佛是一条在山间穿梭的巨龙。列车的轰鸣声和汽笛声在空中回荡，给人一种震撼的力量感。李慕白瞬间被这列列车深深吸引，以至于他忘记了呼吸。

"那就是黄金列车……"李慕白看呆了。

下一秒，李慕白突然迈开了脚步，开始沿着铁轨奔跑起来，他想追上那列飞驰而过的列车！李慕白忽然感觉自己化作了高歌的鸟儿，他的脚步轻快而有力，脸上也露出了久违的笑容——他不再是那个久困书斋的学子，也不再是生活在白纸黑字里的囚徒，这就是自由的感觉！

"这小子突然之间怎么了，干吗要追列车啊？"迪安感到莫名其妙。

"走啦，我们也追上去！"玛雅的心情也跟着激动了起来，她拉着林枫的手，追赶疾驰的黄金列车。

"我还是第一次这么近距离地观看黄金列车，现在正是抓拍的好时机！"安德烈拿着相机跟着跑了过去，"你们等等我啊！"

追着黄金列车，每个人的脸上都洋溢着兴奋的笑容。他们在大地上肆意奔跑着，穿过辽阔的雪原，感受着拂过发梢的凉风，四人的身影在阳光下逐渐拉长，仿佛与这片平原融为一体。安德烈在奔跑的时候还不忘举起相机拍照，一口气对着那座耀眼的黄金列车拍了好几张照片。可是他们怎么能追上黄金列车呢？气喘吁吁的李慕白还是停下了脚步，当他再抬头望去时，那列黄金列车已经消失在了远方的山峦之中。

"好久都没这么奔跑过了。"林枫大口喘着粗气，迎面而来的凉风让她觉得很舒爽。

"这个世界真的很大，还有很多我没见过的风景！"李慕白张开手臂，深深地吸了一口气，"比如巍峨的高山、浩渺的江河，还有神秘的森林与雪山，我还想探索这个广阔的世界。"

　　李慕白忽然发觉缠绕在自己身上的荆棘已经灰飞烟灭，此刻他化身成了一个野心勃勃的探险家，他想见识更多的风景，他想探索世界的每一个角落，真真切切去体验生活！

　　"好了，时间不早了。"林枫看了看手表，"爷爷奶奶还在家里等着我们，咱们原路返回吧！"

　　李慕白点点头，真是不虚此行！他们不仅见到了广袤的平原，还看到了瑞士著名的黄金列车，心情别提有多么轻松愉快了。林枫和玛雅并排走在一起，两人计划着该如何度过接下来的假期。一旁的安德烈还是抱着相机爱不释手，他边走边拍着周围的景色。当林枫和朋友们回到家中后，大家仍然沉浸在快乐与兴奋之中。

　　"怎么样，你们见到黄金列车了吗？"奶奶贴心地为大家倒了一杯花茶。

　　"快若游龙，声如惊雷！远远看去如同奔腾的金色敖龙！"李慕白兴奋地比画道。

　　"你们看，我还拍了不少照片，这下离填满这本相册又近了一步。"安德烈得意地晃了晃手中的相机。

　　平安夜，大家逛了萨安市集，晚上赏星望月；圣诞节，漫步平原，追逐黄金列车。可是接下来假期还有十来天呢，到底该干些什么呢？林枫仔细思考着。此时的窗外雪花悠然飘下，她灵机一动提议道："对了，这附近有个著名的滑雪胜地，要不我们明天去滑雪吧！"

　　"啊？怎么又要滑雪！"李慕白夸张地叹了口气，上次学滑雪那"惨不忍睹"的场景还历历在目，他可不想再经历一遍了！

"我举双手赞成！"一听到滑雪，玛雅的眼睛都亮了起来，她已经迫不及待地想穿梭在冰雪之上了。

Chapter 21
雪原上的冰火异象

　　"我们明天就去附近的滑雪场玩个痛快！"林枫开始兴致勃勃地规划起行程了，重新化作项链的迪安也轻轻摇晃了几下，对这项提议表示着赞同。

　　只有李慕白的脸上闪过了一丝犹豫——虽然他已经克服了对高原的恐惧，也能比较平稳地在雪上滑行了，但上次摔得四仰八叉的场景还历历在目，无数次的摔跤和挣扎时刻让他心有余悸，他吞吞吐吐地说道："要不还是你们去滑雪吧，上次我只掌握了基本技能……"

　　"你怕什么啊，只要你一直练习滑雪，技术肯定会越来越好的！"玛雅兴高采烈地望向窗外，似乎那无垠的雪原就在她的面前。

"就是啊，刚好我也想拍一些滑雪的照片。"安德烈整理着单反相机里的照片，他准备将相片全部洗出来放进相册里。

李慕白实在招架不住大家热情的邀请，无奈之下只好答应了。第二天清早，林枫早早起来就准备好了雪具，吃过早餐之后大家便一起踏上了前往滑雪场的路程。今日的天气不错，脚下是厚厚的积雪，天上是蔚蓝的晴空。由于是圣诞假期，大家到达滑雪场的时候，场内已经有不少人了。

当林枫坐上缆车的时候，迪安从项链里现身了，只见它警惕地看了看四周，又用鼻子在空气中闻了闻。接着它跳到林枫的肩头，用若有所思的目光盯着底下滑雪的人群，它的语气忽然变得焦灼了起来："要不你们还是别下去滑雪了，我总感觉这里有些不对劲。"

"迪安你在说什么呢？我们大老远跑到这里，当然要滑雪了！"玛雅可不想错过任何一次滑雪的机会。

"放心吧，我们会看紧李慕白的，不会让他有危险的。"林枫以为迪安在担心李慕白，只好向它认真保证道。

"是啊，别担心，我们练习滑雪很多年了，不会出什么意外的。"安德烈也附和道。

"我不是这个意思，我总觉得哪里怪怪的……"迪安摇了摇头，难道是自己多心了吗？

缆车终于到达了山顶，呈现在他们面前的是一片银装素裹的世界。此时越来越多的滑雪者已经向下滑行了，他们时而快速俯冲，时而优雅转弯，当中还有不少经验丰富的滑雪高手，有的还能在雪道上做出各种高难度动作，激起了一阵阵雪雾。

"呜呼！我也来滑雪了！"玛雅兴奋地举起雪杖，迫不及待地滑了下去。

"慕白，这次我来带你慢慢滑。"安德烈向李慕白伸出了手。

厚厚的积雪在阳光下折射出刺眼的光芒，可不知为何，李慕白的心中也蔓延着一股不安的情绪，就在他准备迈出第一步时，忽然感到脚下的冰层在轻微晃动。他揉了揉眼睛，以为这是紧张带来的眩晕感，难道自己还没有完全消除滑雪的紧张感吗？

"别犹豫了，快跟我们一起滑下去吧！"安德烈催促道。

"等等我！"林枫并没有察觉到什么异常，当她正准备向下滑时，却感到了一股不同寻常的力量在阻止自己……

林枫低头一看，只见迪安正拼命地咬着自己的裤脚不放，它浑身的绒毛竖起，用警告的语气说："林枫，你不能下去，我预知到这里有危险！"

话音刚落，突然之间一阵剧烈的震动从脚下传来，整个山体都开始抖动起来。天色逐渐变得猩红，不知从哪儿飞来的渡鸦在空中嘶哑地哀鸣着。林枫感到脚下的冰层仿佛被一股神秘而不可名状的力量托起，进而猛烈晃动着。然而这股力量并非来自地底，而是从四面八方的空气中渗透出来的。不，这绝不是普通的地震！林枫惊恐地睁大了眼睛，随着震动的加剧，天空中忽然出现一片奇异的光斑，将整个山顶笼罩在了一种诡异的氛围中。

"哎呀！控制不住速度了，前面的人快让开！"

"好疼！我的腿摔坏了！"

"地震？雪崩？这是怎么回事！"

……

　　雪峰上的震动越来越猛烈，远处传来了人们痛苦的哀号，原本还在雪道上畅快滑雪的人们都摔倒在地，有的紧紧抱住自己的雪板，有的狠狠摔了个跟头，有的奋力向安全地带爬去……可是雪原之上的异样还没有停止，更加诡异的是，阳光变得更加强烈了，天地之间混乱一片，雪峰上的积雪迅速融化蒸发，覆盖在积雪之下的冰层也逐渐显露了出来，光滑的冰面让还在向下滑行的人们都摔了跟头。

　　"迪安，到底发生了什么事情？玛雅、李慕白还有安德烈还在山峰下！"由于承受不住剧烈的摇晃，林枫也一屁股坐在了地上。

　　"达奴女神的结界一直在抑制地质灾害，失去守护结界后，不仅天象异常，就连雪峰也开始崩塌了！如果再不修复结界，一切……都会乱套了！"看到这诡异的冰火天气，迪安也惊慌了起来。

　　"不行，不能让冰川再融化下去了！"

　　混乱之中，只见迪安突然跃起，向着天空飞了过去，此时它的毛发散发出了耀眼的火红之光。迪安仰头望向天空，那轮耀眼的太阳还在不停地升温，一定要赶在冰川融化之际阻止这场动乱！迪安的喉咙里蓄积着力量，它深吸一口气，随后向着太阳发出了震耳欲聋的怒吼，那声音充满了力量与威严，似乎是雪山守护神对太阳的宣战。

　　迪安的吼叫声响破天际，原本炙热的阳光突然变得柔和，像是被迪安的吼声压制了下来。随着阳光的减弱，整个雪山被柔和的光芒笼罩着。紧接着一股强大的能量从迪安的身体中迸发出来，能量在空气中扩散，形成了一道无形的屏障，将雪山以及还在滑行的人们全都保护起来。奇迹发生了！原本裸露的冰层，开始被一层新的积雪所覆盖；天空中飘起了大雪，雪花落在了山石与树木上，不一会儿雪山又恢复了它原本的洁白与宁静。

"混乱终于解除了，之前吸收的月之精华消耗得差不多了，我好累……"迪安从空中坠下，林枫赶忙伸手接过了它。

"林枫。"迪安虚弱地看了她一眼，"这种冰火天是结界消失后引发的区域混乱，如果不尽快修复结界，这种混乱现象会扩散到全世界，那时候一场巨大的灾难会真的降临。"迪安轻轻地闭上了双眼，下一秒它重新幻化成了一条狐狸项链。

"迪安……"林枫心疼地抚摸着脖子上的项链，随后抄起雪杖向着山峰之下滑去，她要去寻找玛雅、安德烈和李慕白。

希望他们都平安无事！只见林枫不停挥动着手中的雪杖，像只敏捷的鸟儿滑行在雪原之上。来到山峰之下的平坦处，林枫的目光焦急地扫过四周，苦苦寻找着三人的踪迹。在一片混乱之中，她终于找到了伙伴们！

林枫急忙朝着那三个人影滑去，可她还没来得及高兴，就看到玛雅的脸上露出痛苦的表情——她的胳膊和大腿似乎受伤了，安德烈和李慕白正紧紧地搀扶着她，两人的脸上也写满了担心。

"玛雅，你怎么了？"林枫跑到他们的身边，急切地询问道。

"没关系，只是刚才地震的时候不小心摔跤了。"玛雅勉强地笑笑，但是没能掩盖脸色的苍白。

"都怪我！"李慕白自责地叹了口气，他的脸上满是懊悔，"如果我在地震中控制好滑雪的速度，就不会连累玛雅一起摔倒了。"他的

声音中带着一丝颤抖，要不是玛雅及时出手相助，现在摔伤的人就是他了。

"不怪你，毕竟你是初学者，我们快带她回去吧！"安德烈扶起了玛雅，随后疑惑地问道，"林枫，刚才是怎么回事啊？"

"守护结界消失太久了，所以才引发了这场地震与冰火天。"林枫痛心地叹了口气，"好在迪安施法稳定住了局面，这次的伤员一定有很多。"

在了解完前因后果之后，大家的心情更加沉重了——林枫感叹山区发生灾难的频率变多了，修复结界简直迫在眉睫；而李慕白还沉浸在刚才地震的恐惧之中，他也为玛雅的舍身相救而感到自责；安德烈和玛雅也意识到了事情的严重性，这次的灾难异象可能只是蝴蝶效应，如果放任不管，恐怕会引起毁灭性的灾难！

"嘶，好疼啊……"玛雅痛苦地呻吟着，她的脸色变得异常苍白。玛雅试图站稳身子，但是每走一步，痛感就加剧一分，最终她还是倒了下去。

"玛雅！"安德烈见状，二话不说将她背了起来，"你不要勉强了，我们等会儿就去医院！"

"我现在就打电话给奶奶，让她开车来接我们回家！"林枫拿出了手机，拨通了奶奶的电话号码。

Chapter 22
日内瓦湖的怪谈

"玛雅，你感觉怎么样？"看着躺在病床上面色惨白的玛雅，林枫的心慌慌的。

"医生，她的伤严重吗？"安德烈紧皱着眉头。

"我没事的，大家别担心……啊！"即便脚踝已经做了紧急处理，可玛雅还是忍不住叫出了声。

奶奶得知几人在滑雪场出事后，就心急火燎地开车赶了过去，她带着玛雅来到了附近的医院。

"只是扭伤，并没有骨折，这几天要注意好好休息。"医生说道。

医生的话让大家悬着的心放了下来，奶奶也跟着舒了一口气："还好，还好，没有大伤。"

"不知怎么回事，这段时间的滑雪事故越来越多，连很多厉害的滑雪者都会受伤。"奶奶无奈地摇了摇头。

大概是全球变暖的缘故，前几年冬天的大雪都能没过膝盖，积雪深而厚实，很适合滑雪，那时并没有多少人受伤。而今年受到异常天气的影响，积雪下面都是光滑的冰层，一不小心就会摔上一跤。

"玛雅，对不起，要不是那时我没刹住车，你就不会受伤了。"李慕白低下头再次道歉。

"哎呀，小事小事！"玛雅无所谓地摆了摆手，"对于滑雪者来说，受伤都是家常便饭了，十岁的时候我滑雪还摔出了脑震荡，有一次去挑战高难度的雪道，还不小心摔成了骨折……"为了不让李慕白过度自责，玛雅故作轻松地调侃了起来。

林枫的目光落在了窗外飘落的雪花上，大雪仍在空中洋洋洒洒地飞舞着，但她丝毫开心不起来——圣诞假期本该是充满欢笑的好时光，却因为一场突如其来的意外事故而变得混乱不堪。

林枫回想起在雪山上发生的一切，心中五味杂陈了起来：如果我能在缆车上就察觉到滑雪场的危险，如果我能及时劝阻大家滑雪，如果我能相信迪安的话立马回家的话……是不是大家就不会遇见危险了？可是一切都已经发生了，人生也没有那么多"如果"。林枫低头紧咬着嘴唇，这次的意外是由于守护结界消失而造成的，所以为了避免这种事情再次发生，必须要尽快修复结界。

随着假期临近尾声，玛雅在奶奶的悉心照顾下逐渐好转，也能下地慢慢走路了。在开学的前一天，奶奶亲自开车把林枫他们送回了学校。

"孩子们，到学校了。"下车时奶奶不放心地叮嘱道，"虽然玛雅的伤已经好很多了，但是近期还是要避免过度运动。"

"放心吧，奶奶，我们会照顾好她的。"林枫拍了拍胸膛保证道，随后看向玛雅，"听到了吧？这一个月你还是别再滑雪了。"

"好吧，好吧，我会安心养伤的。"玛雅无奈地耸了耸肩，滑雪可是冬季全部的乐趣，她可不能保证忍得住。

"玛雅总是闲不住，林枫你可要看好她。"安德烈打趣道。

谈笑间，安德烈的手机响起了消息提示音，他打开手机后，发现是摄影社团发来的：下个月我们将组织一次摄影比赛，大家可以选择喜欢的照片合集来参赛，欢迎同学们踊跃报名，最终我们会以投票的形式选出参赛作品的前三名！

"你们快看学校的群聊，下个月摄影社团要举行比赛，你们想参加吗？"安德烈问道。

"我的天，优胜者还会获得神秘礼物！"林枫一听便来了兴致。

"摄影社？"李慕白在脑海里搜索着这个陌生的词，他在学习英语之余，听说莱恩学校有许多社团，林枫给他解释说那是由很多志同道合的人发起并成立的组织。但由于刚入学不久，李慕白还没来得及参加什么活动。

"插个题外话，那我们学校有中国诗歌社团吗？"李慕白认真地问道，他的心中忽然萌生了一些想法。

"没有，不过其他艺术类的社团倒有很多。"玛雅回答道，随后她兴冲冲地说道，"先不说这个了，不如我们组队参加这次摄影比赛吧，说不定能拿个优胜奖！"

如果李白
在阿尔卑斯山

在莱恩学校，社团比赛可以说是一个"老传统"了，它不仅给在校的同学们提供了一个展示才华和技能的机会，而且也关乎学生综合素质的评定，因此大家都特别重视社团举办的每一次比赛。虽然摄影并不是林枫的强项，但她还是想和大家一起参加。

"如果我们一起组队的话，那要选什么照片来参加比赛？"林枫想了想自己手机里存储的照片，有初入莱恩学校时拍的建筑照，也有和大家出游时拍的风景照，还有一张她抱着迪安的照片……这么多照片该怎么挑选呢？

"每次拍完照片后，我都会把它们洗出来，然后放进我的相册里。"安德烈随后掏出了自己背包里的相机，"在这次的圣诞假期里，我也拍了很多照片，你们看！"

林枫、玛雅和李慕白好奇地凑了上去。相机里有在萨安圣诞市集上拍的，那时林枫正和大家挑选着圣诞饰品，远处圣诞树上的灯光在夜色中闪烁着，就像是在童话世界里；有的照片是在小屋中，大家一起坐在圣诞树下，每个人的脸上都洋溢着笑容；最漂亮的莫过于他们一起赏星观月，虽然淡淡的乡愁浮在心间，但是那夜月光如水，繁星闪烁；最后是一张模糊的照片，那时众人正跟随着李慕白追赶黄金列车，大家畅快地在平原上奔跑着，感受着激情与自由……

虽然在滑雪场发生了混乱与意外，但是在之后的几天里，他们还干了很多事，比如在木屋里静静观雪，去广场的教堂里听音乐会等等，这一切都被爱记录的安德烈拍进了相机里。安德烈一直觉得照片是时间的印记，是记忆的重要载体，每张照片的背后都承载着一段故事，因此安德烈会认真地整理相册。每当闲暇之时，他就会翻开看看，让自己沉浸在镜头记录下来的美好回忆中。

"安德烈，我们就从这些里挑几张去参赛呗！"玛雅感慨道，"有了，要不我们把圣诞节的照片拿去参赛吧，主题就是'愉快的圣诞假期'，怎么样？"

"我赞成玛雅的想法，你认为呢？"安德烈看向林枫，"如果认真编辑整理的话，我认为我们可以拿下这次比赛的冠军。"

"安德烈，这些照片拍得确实不错，"林枫发自内心地赞美道，"但是肯定有很多人都做圣诞假期的主题，这样我们就很难在众多的作品中脱颖而出了。"

"是啊，如果说摄影比赛是一场科举考试的话，那么普通的文章一定没办法赢得高分，要想获胜，咱们就要另辟蹊径，找找其他立意。"李慕白做了一个形象的比喻。

"有道理，那你们俩有什么好主意吗？"安德烈和玛雅不解地问道。

"再拍一个备用主题！"林枫的瞳孔闪过一丝锐利的光芒，"比赛的准备时间有近一个月，而且每组的参赛选手可以提供三个主题的照片，我们为什么不多做一组？"

林枫闭上眼睛仔细想了想，这次摄影活动的规模很大，莱恩学校所有年级的学生都能参加，竞争肯定相当激烈！而且在他们讨论的时候，林枫手机的消息提示音一直在响，已经有不少"竞争对手"跳出来宣战了……

艾瑞斯说自己打算做个运动的主题，把自己攀岩爬山的照片拿

去参赛；劳拉会将她珍藏的动植物标本做成一个合集参加比赛；温蒂则是想搜集图书馆与博物馆的神话元素，做一个科普类的摄影集……林枫感觉大家的这些想法都挺不错的，毕竟扬长避短、发挥出各自的长处才是取胜的关键，于是她努力地在脑海里搜寻着灵感，到底什么样的照片才能抓人眼球呢？

"林枫，我们可以再回长安城一次吗？"李慕白忽然打断了林枫的思绪说，"长安回望绣成堆，山顶千门次第开。如果换作我的话，也许会去拍拍长安城的风景，那里有繁华的都城、宁静的园林、喧嚣的街道……"这段时间，李慕白在图书馆熟读了唐诗宋词，令他对中国文化更加自信和自豪了。

李慕白的目光中满是怀念，虽然不喜欢枯燥的书斋生活，但他却很期待每次进长安城赶考的那段路——车马劳顿，每当从家里赶到长安城时已是傍晚，不久后，当夜幕降临，长安城明晃晃的灯火一排排亮起，整座城市瞬间变得灯火辉煌。廊桥两旁的灯笼散发着柔和的光芒，它们在夜风中轻轻摇曳，远远望去像是繁星坠入人间。朱雀大街两旁都是高大的建筑，屋顶覆盖着琉璃瓦，在明灯的映照下熠熠生辉。

当李慕白穿过熙熙攘攘的街道时，他会打心底里羡慕过路的人群，那些人穿着色彩各异的衣裳，女子还会涂着圆润小巧的唇脂，手执玉扇，每个人的脸上都洋溢着幸福的欢笑。小贩们在街边叫卖着各种小吃与工艺品，长调的吆喝声与谈笑声交织在一起，回荡在街头，久久不能停歇……

"这个主意不错，要是能重新回到唐朝的话，我们可以做个唐朝

文化主题的摄影集！"安德烈眼睛一亮，举起手中的相机跃跃欲试，
"我早想体验一把穿越时空的感觉了！"

"那我想尝尝长安城的美食，听说很多古代的美食已经失传
了！"玛雅不禁咽了咽口水。

林枫觉得这是个绝佳的主意，上次太过仓促，光是摸索到长安
城就花了她大半天的时间，最后在迪安的催促下她只能匆匆回来，
还阴差阳错地将李慕白当成李白拉了回来。如果能再获得一次时空
穿梭的机会，她一定会好好逛逛这繁华气派的长安城。

"迪安，你行行好，要不再打开一次时空大门吧，让我回唐朝拍
个照？我相信做成主题展的话肯定能惊艳众人！"绞尽脑汁的林枫向
迪安投去求助的目光。

"不行，我的魔法要留着修复结界用，开启时空大门实在太耗精
力了。"迪安义正词严地拒绝道。距离那次平息滑雪场的混乱已有一
段时间了，迪安虽然吸收了月之精华，但它的精力似乎又耗尽了，
为了补充能量，大多时候它都卧在枕边睡觉。

"啊，那咋办呢？看来最后一点希望都没有了！"玛雅夸张地哀
叹了一声。

"如果实在想不出来好点子的话，我们只能选用圣诞假期主题参
赛了。"头脑风暴无果，林枫耸了耸肩膀，随后无聊地打开了手机。

她的手指在屏幕上轻轻滑动着，突然，一条新闻的醒目标题吸
引了林枫的注意："日内瓦湖传来神秘龙吟，夜晚湖面似有蛟龙出
没！"新闻中描述了日内瓦湖最近的异常现象，说是近日居住在夜晚
湖边的人时常会听到奇怪的声音，那声音低沉而悠长，仿佛是远古

巨兽的咆哮。每逢夜深人静之时，湖面上会卷起巨大的波浪，像是有什么庞然大物在水下翻腾。

有人说日内瓦湖出现了神秘的水怪，有人说可能是蛟龙现身了，甚至有人开始猜测这可能是某种未知的特异现象……林枫继续浏览着新闻，她发现越来越多的人讨论着这个怪谈，甚至在社交媒体上，关于"日内瓦湖近日怪谈"的话题已经登上了热搜榜。

"我想到了！"林枫将手机举到了大家的面前，"我们可以去一趟日内瓦湖，揭开怪谈的真实面目，这样肯定能获得最多的投票！"

"啊，这个点子倒是很不错！"玛雅兴奋地附和道，"我举双手赞成！"

"等等，让我看看。"迪安跳上了林枫的肩头，仔细盯着那则怪谈，口中喃喃自语道，"日内瓦湖？我记得达奴女神经常造访那里！"

Chapter 23
游船惊魂遇危机

"达奴女神曾经也去过日内瓦湖？她去那里干什么呢？"一听到日内瓦湖和女神有关系，林枫一下子来了精神。

"具体情况我也不太清楚，总之，那段时间女神常常会去日内瓦湖散步，有时候一去就是一整天。"迪安的眼神中露出怀念的光，"女神的行踪总是很神秘，我也不好多过问，说不定这次日内瓦湖的怪谈和守护结界有关呢。"

"既然这样的话，那我们就更得去看看了！"玛雅立马计划了起来，"周末我们可以去日内瓦湖乘坐游船，说不定真能抓拍到神秘现象！"

林枫又仔细浏览了一遍热搜上的日内瓦怪谈，一个个猜想如雨

后春笋般冒了出来：达奴女神为什么要夜里造访日内瓦湖？湖底到底隐藏着什么？种种怪异现象是否真和守护结界有关？不行，一定要去探个究竟！

"话说日内瓦湖在哪里？离我们学校远吗？"李慕白模糊记得自己曾经在瑞士旅游手册上见到过相关的宣传。

"日内瓦湖位于瑞士和法国的边境，那里的湖水清澈见底，周围是连绵的阿尔卑斯山脉，风景优美。湖的四周还有许多美丽的小镇，不少小镇以酿造葡萄酒闻名。对了，湖面上还能看见天鹅和野鸭，在湖边的山丘还能看见郁郁葱葱的森林。"安德烈绘声绘色地描述道，小时候父母带他去那里郊游过，日内瓦湖那秀丽的风景让他多年来魂牵梦萦。

"可惜这周我要处理学生会那边的事情，你们三个可以组队去探查一番。我会顺便将拍摄的圣诞主题照整理一下，你们安心去日内瓦湖取景就好。"安德烈晃了晃手中的相机。

"辛苦你了，安德烈！"

这场关于摄影比赛主题的讨论终于敲定了方案，众人也分工明确。于是在周六的清晨，采风三人组坐上了前去日内瓦湖的大巴，这次的旅程迪安自然也跟了去，为了保存灵力，它仍旧化作项链藏在林枫的胸口处。不久后，车辆在明媚的晨光中缓缓驶近了日内瓦湖畔，湖水在阳光的照耀下显得波光粼粼，像是无形的手在湖中央洒了一把碎金。远处的阿尔卑斯山脉环抱着这一汪湖泊，像极了这片宁静水域的守护神。

"快看，那边就是日内瓦湖了！"玛雅兴奋地将脸贴近车窗，此时那汪湖水离他们越来越近了，"林枫，说不定日内瓦湖深处真的栖息着水怪呢，谁不想把这么漂亮的地方霸占成家。"

林枫一下被玛雅的话给逗笑了，她也打趣道："你看慕名而来的游客这么多，要是湖底真藏着水怪的话，肯定早被人捉走了！"林枫不怎么相信新闻上的怪谈，她觉得无论是奇怪的嘶鸣声，还是夜间翻涌的湖水，不过是一些再普通不过的自然现象，人们总习惯为尚未探知的事物添上几分神秘的色彩。

"刘禹锡曾言'山不在高，有仙则名；水不在深，有龙则灵'，在中国，许多山川河流都被赋予不少佳话与传说，比如黄河之中住着上能以尾划银河、下能斩杀蚩尤夸父的应龙，再比如蓬莱仙山是修炼成仙的理想之地……"李慕白讲起了他听过的传说，同时用好奇的目光打量着那汪湖水。

"总之，不管日内瓦湖中是否隐藏着水怪，我们乘坐游艇去湖中央一探究竟就知道了。"大巴停了下来，林枫站起身说。

大巴停在了日内瓦湖附近，三人走下车后，都不由自主地深吸了一口气——湖水清新的气息扑面而来，还带着淡淡的咸腥味道，让人倍感心旷神怡。放眼望去，湖边的草地上有人或坐或躺，享受着难得的宁静时光，孩子们追逐打闹，悦耳的欢笑声回荡在空中；湖畔周围还有咖啡馆，有人正围坐在桌前一边品尝着当地的美食甜点，一边享受着湖光山色；当然也有摄影爱好者架起三脚架，捕捉着每一个瞬间。

"风景甚是好，此地不逊于西湖。"李慕白不由得兴致大发。

"这地方也太美了吧，我要赶紧取景！"玛雅并没有忘记他们此

行的目的，拿出手机一连拍了好几张。

"呼，终于恢复点灵力了！"这时林枫脖子上的项链开始发光，迪安从项链里钻了出来，它一下跳到了林枫的肩膀上，"这里就是日内瓦湖吗？可是我没感觉到有什么异常。"

"哎呀，迪安你睡醒了！"林枫欣喜地摸了摸它毛茸茸的大尾巴，然后提议道，"要不我们租个船去湖中央看看吧？"

一旁的游客观光处停靠着各式各样的船只，从传统的帆船到现代化的小快艇应有尽有，许多游客都准备租借小船去游玩。林枫走上前去，礼貌地询问道："您好，我想租一艘适合三人游玩的船，您有什么推荐吗？"

"小游艇就非常适合三人出游，我们的工作人员也会帮忙驾驶。"工作人员微笑着向林枫介绍起了不同类型的船只和对应的费用。

"林枫，我们就选这艘吧，感觉在湖中畅游肯定很酷！"玛雅拉着李慕白也凑了过来，她一眼就相中了一艘白蓝相间的小游艇。

"没问题。"林枫点了点头，将定金支付给了工作人员。

小游艇检查无误后，工作人员叮嘱三人穿上救生衣登船，游艇的引擎声响起，三人午后的环湖之旅也正式拉开了序幕。为了让大家饱览日内瓦湖的美景，工作人员特意将游艇开得很慢，今天是个难得的好晴天，视野也开阔了不少。

"现在不是冬天嘛，为什么日内瓦湖还没结冰啊？"玛雅问道，忍不住用手轻轻碰了碰冰凉的湖水。

"日内瓦湖的面积很大，冬天一般不结冰。"工作人员解释道，随后轻叹一声，"何况这几年的冬天逐渐暖和了，日内瓦湖更不会结冰了。"

大家一路闲聊着，小游艇也在湖上缓缓前行着，这时李慕白的目光被远处一道壮观的景象吸引了——只见湖面中央有一股巨大的水柱冲天而起，仿佛一条水龙在湖面上空翻腾着，周围水花四溅，水珠在阳光之下折射出彩虹般的光芒。李慕白从来都没有见过如此奇特之景，整个人激动得说不出话！

"哇，日内瓦湖里真的藏着一条水龙！"李慕白不可思议地惊呼道，眼中闪烁着兴奋之情。

林枫和玛雅相视一笑，她们知道李慕白将日内瓦著名的喷泉当作了水龙，近距离观察喷泉的机会可不多，玛雅也拿出了相机，拍了几张照片作为纪念。见李慕白疑惑不已，林枫耐心解释道："慕白，那是日内瓦喷泉，它是由水力驱动的，也是日内瓦的标志性景点之一。"

"这个喷泉可厉害了，据说它能够喷射出高达一百四十米的水柱，是世界上最高的喷泉之一，因此，每当喷泉开启时，都会吸引无数的游客前来观看！"玛雅边抓拍边补充道。

"林枫，这次我真没有感受到什么异常，要不我们回去吧？"迪安用心灵感应说道，"怪谈说不定是假的，这么平静的湖水怎么会出现大风大雨啊……"

似乎是上天有意戏弄迪安似的，它的话音刚落，天空刹那间变得阴沉了起来，原本晴朗的天空被浓墨般的乌云所覆盖！当大家还没来得及反应的时候，湖天之间已是狂风呼啸，一道道耀眼的闪电

划破天际，紧接着是震耳欲聋的雷声，墨色的浓雾开始向四周蔓延。

"这是怎么了？"林枫、李慕白和玛雅紧紧地抓住了船舷。湖面上波涛汹涌，小游艇像无根的浮木一般在风浪中摇摆不定。

"暴风雨来了，快往回走！"另一艘游艇上的人们尖叫着。

"怪事，天空怎么变暗了？"驾驶游艇的工作人员也不知所措。

"感觉暴风雨来了！"玛雅惊恐地喊道，"不可能啊，冬天怎么会有暴风雨？"

疑似远古异兽的恐怖身影、深夜居民听到的龙吟、上次在滑雪场遇见的混乱……林枫像串珠子似的将这些异象串联起来，毫无疑问，灾难的源头就是破碎的守护结界，她的心里开始慌慌不安起来，这次又会发生什么异变呢？

"你们三个抓紧船舷别动！"工作人员呼喊道，同时尽力地稳住游艇。

风浪越来越大，黑雾也越来越浓，几乎吞噬了所有的光亮。就在工作人员准备调转船头的时候，游艇的前方突然出现了一个巨大的漩涡，而漩涡中心似乎有什么东西在缓缓升了起来，那是一股强大到恐怖的能量！只见它迅速地升腾、盘旋着，甚至连周围的空气都变得扭曲了！然而就在这浓黑的雾气之中，林枫窥见了一抹幽绿色，那是一双写满愤怒、大如铜铃的眼睛！

"是你们杀了达奴女神，我要让你们偿命！"天地之间忽然响起了洪钟般的声音，这个携带着狂风的怒吼声让整个日内瓦湖都沸腾了起来。

"你误会了，我们没有杀死达奴女神！"林枫盯着那双可怕的眼睛，她的心紧张得怦怦直跳，那到底是什么东西！

"别狡辩了，我从你身上感应到了达奴女神的灵力气息，肯定是你们杀了她！"愤怒的声音越来越近，下一秒，那抹幽绿色发疯似的向林枫冲了过来！

难道是达奴女神的灵力气息？林枫一下反应过来了，右手不自觉地向右边的口袋摸去——那家伙肯定发现了星辰罗盘的存在！林枫咬了咬牙，后退了几步，她感受到了隐藏在黑雾中的杀气，但无论如何林枫都想保护好女神的星辰罗盘！

"不准伤害他们！"迪安大吼一声，挡在了林枫的面前，它的体内再次爆发出惊人的能量，耀眼的光芒形成了一个保护罩，瞬间将三人护在其中。

那道能量光束也成功驱散了浓雾带来的黑暗，林枫终于看清了"异兽"的真面目：那是一条庞大而威严的水蛇，它通体乌黑，血红色的信子"嘶嘶"地吐着，水蛇的尾巴长而有力，末端尖锐如剑，甩动之间仿佛都能撕裂空气。

这是隐藏在日内瓦湖中的水怪！

现场所有人的目光都聚焦到了天空上，有人惊叹，有人兴奋，但更多的人害怕得坐到了地上。只见那水蛇将愤恨的目光锁定在了林枫的身上——

"一定是你杀了达奴女神，我要替她报仇！"

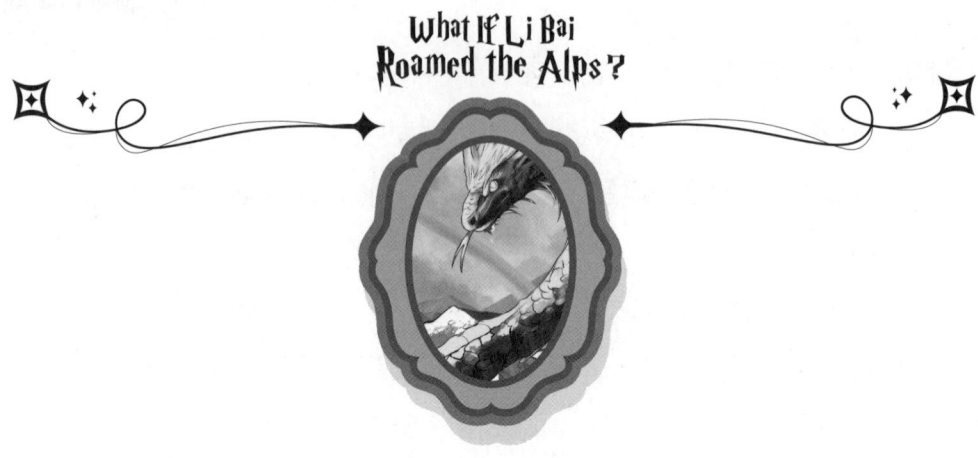

Chapter 24
女神与会写诗的蛇

"我没杀死达奴女神，她只是陷入沉睡了，我们不是你的敌人！"小游艇像浮萍一样在狂风中摇摇欲坠，面对着发狂的水蛇，林枫努力镇定下来解释道。为了获得水蛇的信任，她将散发着银光的星辰罗盘拿了出来。

"胡说，那罗盘是达奴女神的重要信物，肯定是你杀了她，然后将罗盘抢了过来！"

林枫的解释并没有平息水蛇的怒火，它愤怒的双眼变得更加炽热，只见它吐着信子，嘶吼声中充满了愤怒和痛苦。水蛇持续发威，日内瓦湖上方的天空变得更加阴沉，紧接着黑色的暴雨倾盆而下，整个日内瓦湖顿时变得浑浊不已。湖畔的树木也在狂风中摇摆着，随时会连根拔起。

"救命啊，我们的船快翻了！"狂风骤雨中有人在无助地呐喊道。

"快跑啊！"人群慌乱地四处逃窜。

眼看情况越来越糟，看来只有解除与水蛇之间的误会才能平息灾难，林枫多么想离水蛇近一些，然后将全部的真相说给它听！她松开了紧抓船舷的手，顶着暴风雨跳上了游艇的甲板。

"林枫，没用的！"玛雅赶忙将冲动的林枫拉了回来，"那条水蛇已经丧失了理智，说什么也听不进去的，我们必须想办法先让它冷静下来！"

林枫不甘地咬了咬嘴唇，这条蛰伏在湖底的水蛇也许是达奴女神的朋友，而且它已经知道女神出事了。如果不及时消除水蛇对自己的误会，恐怕会连累日内瓦湖附近的小镇遭殃！

在水蛇持续的狂怒和肆虐的暴雨中，迪安用灵力设下的防护罩也破碎了，只见它气喘吁吁地将爪子搭在林枫的手上："现在只有一种办法了，但我需要你帮忙！"

"什么办法？"林枫心领神会地张开了手心。

只见迪安的爪子在空中轻轻一挥，一道柔和的光芒在爪尖瞬间凝聚。接着它轻轻地在林枫的手心上画下了一个复杂的图案，那是一个由线条与奇特符号组成的符咒，边缘还散发着淡淡的银白光辉。

"林枫，我在你的手心上画了一种特殊的镇定符。"迪安解释道，"你得想办法将这个符咒贴到水蛇的额头上，这能让它短暂平静下来。"

"可是这个方法也太冒险了，而且林枫根本没办法接近水蛇！"

玛雅急得直跺脚。

林枫仰头望着晦暗的天空，心中忽然涌现出了一股前所未有的勇气，必须得尽快阻止发疯的水蛇！只见林枫深吸一口气，猛地从游艇上跳了出去，接着以百米冲刺的速度朝着水蛇制造的飓风冲了过去。借着飓风的强大力量，林枫瞬间被卷上了高空，她的身体在风中旋转着，顿时一股眩晕向林枫袭来，但她仍努力地保持着平衡。

"林枫跳进了飓风里，她想干什么！"李慕白惊叫道，生怕出现什么意外。

只见那飓风将林枫越吹越高，近了，更近了！马上就能靠近那条盘旋在高空的水蛇了！当飓风将她卷到与水蛇平齐的高度时，林枫看准时机奋力地伸出了手，竟然借势骑到了水蛇的背上！水蛇感受到了来袭的不速之客，不停地在空中上下翻滚着，想把林枫甩下去，奈何林枫紧紧地抱着它不放手。

"你这家伙想干什么？不要命了！"水蛇恼怒地嘶吼道，更加剧烈地在空中翻滚了起来。

"水蛇，你安静听我解释……啊！"林枫的话被狂风吹得七零八落，她只好拼命咬紧牙关，用尽全身的力量保持着平衡，此刻她的心中只有一个念头——必须尽快靠近水蛇的额头，这样她才能施展迪安画在她手心上的符咒的力量。

"林枫居然借助飓风的力量爬到了水蛇的身上，真是太不可思议了！"玛雅不由倒吸了一口凉气，这无疑是一个非常冒险的举动。

"你为什么这么坚持？明明知道可能会丧命！"见林枫如此执着，水蛇眼神中多了几分疑惑，翻腾的速度也放慢了很多。

这是个天赐的好机会！林枫迅速地调整姿势，开始向蛇头爬去。尽管水蛇还在空中猛烈翻滚着，但林枫仍然咬紧牙关，一点点挪移着。当她爬到蛇头附近时，只见林枫张开手心在水蛇的额头上轻轻一触。符咒瞬间发出了一道柔和的银白之光，那光芒迅速地扩散开来，不久便覆盖在了水蛇的全身！奇迹出现了！只见水蛇的动作突然停了下来，它的眼神中闪过了一丝惊讶，随后缓缓停止了挣扎，开始在空中平稳地飞行。

"林枫成功了，是符咒生效了！"迪安高兴地挥了挥爪子。

"水蛇，你听我说，阿尔卑斯山深处的守护结界遭到了破坏，迪安让我们帮忙修复守护结界，所以才拿走了女神的星辰罗盘。达奴女神并没有死去，她只是暂时沉睡在了水晶洞中……"

林枫慢慢地将与迪安的邂逅以及修复月之结界的事情讲给了水蛇听，她的声音如温润的春雨，一点点抚平了水蛇的怒火。起初水蛇有些半信半疑，但当林枫讲到修复守护结界的关键之时，水蛇终于放下了戒备之心。

"原来是这样，是我鲁莽了。"水蛇叹了口气，悲伤地望着日内瓦湖，"我原本是蛰居在湖底的灵兽，可自从守护结界消失后，日内瓦湖的环境也越发恶劣了，弄得我苦不堪言。"水蛇落下了一滴苦涩的眼泪，它悲哀地闭上了眼睛。

"没关系的，我会努力修复好结界，不再让你痛苦。"林枫轻轻地将脸贴到了水蛇的额头上，像是哄孩子般地轻声安慰着它。就在那一刻，林枫感觉一股温暖的光芒从水蛇的额头中传来，蛇的记忆似涓涓细流般淌入了她的脑海里，那些尘封的往事犹如古老的画卷，

在林枫的眼前缓缓展开——

　　水蛇原本是由日内瓦湖深处的灵石所化，它被碧玉似的湖水所滋润，修炼千年后才化形成了现在的模样。可当它诞生后，却发现周围并没有能与之交谈的生物，陪伴水蛇的只有无言的花草鱼虫。原本水蛇觉得一生都将会长居于湖底，直到有一天它听到了一位女子的声音——

　　"空山不见人，但闻人语响。返景入深林，复照青苔上。王维新作的这首《鹿柴》极好，空山人语，更能衬托空山之寂。人语响过，空山复归于寂静。幽暗冷色的青苔，点染上夕阳暖色的余晖，皆成妙语。"

　　这么多年过去了，那是水蛇第一次从日内瓦湖探出头。只见来人正笑语盈盈地漫步在湖边，如同品尝佳肴般回味着诗歌，此人正是达奴女神。水蛇偷偷地看着徘徊在岸边的达奴女神，看着看着竟忘记了时间。那是个夏季沉闷的傍晚，日内瓦湖周围只有那若有若无的虫鸣声，而达奴女神的嗓音像是静静流淌着的溪水，抚慰着这山间的万物，仿佛湖边的一切都是在橘色夕阳下听她吟咏的过客。那些诗歌字字珠玉，那些诗人意气风发。水蛇并不知道诗句的意思，但诗句却如一股缓缓流进心窝的暖流，不断滋养着水蛇的心灵，这也是它第一次用耳朵"品鉴"诗歌的味道。

　　"O wild West Wind, thou breath of Autumn's being,/Thou, from whose unseen presence the leaves dead/ Are driven, like ghosts from an enchanter fleeing,/Yellow, and black, and pale, and hectic red.(哦，狂野的西风，秋之灵魂的呼吸！ / 你那无形的声音，驱赶

落叶如鬼魅奔逸；/似逃离巫师的幽魂，四处惊惶；/斑驳黄与漆黑，苍白与病中的潮红。）刚刚又去拜访了雪莱，他将近日写的《西风颂》赠予了我。"第二次，达奴女神轻吟着雪莱写的诗，那清脆似银铃的曼妙之声又让水蛇好奇地探出了头。

第三次，水蛇听到的是来自古希腊的抒情诗，第四次，女神则是吟诵着不知名的古老韵文向湖畔走来，那是它从未听过的语言……往后女神每造访日内瓦湖一趟，水蛇便产生了想与之交谈的心情。听到女神吟诗的时候，水蛇每次都快活得直摇尾巴。

直到第五次，水蛇终于从湖底探出了头，鼓起勇气向女神问了好："你好，你每天都在这里做什么啊？"为了表示友好，水蛇轻轻地摇了摇尾巴。

"你是日内瓦湖里的灵兽？"达奴女神饶有兴趣地盯着水蛇，"我啊，拥有无尽穿梭时空的能力，因此认识世界上全部伟大的诗人。现在我正在筹划一项伟大的计划，你有兴趣听听吗？"

自此以后水蛇和达奴女神成了无话不谈的好友，女神教水蛇认识各个国家的文字，教它写字，教它念诗，从此水蛇便成了一条会写诗的蛇——春天，水蛇会对着湖畔的飞花吟诗；夏天，它则唱一首歌颂湖水的词；秋天，它会静静地用尾巴为落叶写上一首赋；冬天，它便会盯着飘扬的白雪雕琢着尚未完成的诗句……总之，有诗歌陪伴的四季是快乐的，水蛇每一天都期待着与达奴女神的见面，听她讲讲各国诗人新创作的诗歌。

后来，水蛇还从女神的口中知道了"星辰罗盘"的存在，那个伟大的"计划"便是与世界上所有的诗人，尤其是中国的诗人，共同设

立五个守护大地的结界，这些结界能共同维持地球生态的稳定。可是日子总是聚少离多，后来女神为了专心设立守护结界而隐居到了阿尔卑斯山的深处，水蛇悲伤不已，便于日内瓦湖中久久沉睡，它再度苏醒的那一天便是守护结界破碎之时……

"这就是我与达奴女神的故事。"水蛇又落了一滴泪，"自从守护结界消失后，我无法再感应到女神的气息了。失去结界守护的日内瓦湖，一天比一天浑浊，而且湖水的温度也在急剧升高，我已经有一个多月没办法睡个安稳觉了。"

"所以你晚上才会在湖底翻腾嘶吼，原来是睡不着觉啊！"林枫恍然大悟，终于解开了怪谈的谜题。

"罢了，这的确是一场误会，闹剧也该收场了。"水蛇再次长叹了一口气，"放心吧，我会用灵力将日内瓦湖的一切恢复原样。"

水蛇的双眼闪烁着柔和的光芒，口中开始吟唱起古老的咒语。那些浅绿色的咒语飘向湖面，让周围的环境急剧变化着——阳光驱散了浓墨般的乌云，原本被风暴破坏的树木与大地开始恢复生机，湖水也逐渐平静了下来，船上游玩的人们也安然无恙，仿佛刚才末日般的景象从未发生过似的。

接着，水蛇将目光转向了湖边的人们，自己此次的行动过于鲁莽，它知道自己不该轻易在人类的面前现身。为了不让自己真身暴露，水蛇决定再多加一道遗忘的咒语。水蛇再次低吟了起来，在咒语的作用下，附近的人们眼神渐渐变得空洞，最后陷入了酣睡之中。在沉睡中，人们会忘了刚才发生的一切，记忆中水蛇的愤怒、骇人的飓风以及汹涌的湖水都将不复存在。当人们醒来之时，他们只会记得那个平静美好的午后。

林枫轻轻地抚摸着水蛇的脑袋，感激道："谢谢你，水蛇，我一定会早日修复好结界，让日内瓦湖变回原样的。"

"拭目以待。"水蛇缓缓降落在了湖畔上。

当林枫从水蛇背上走下来时，李慕白和玛雅激动地冲了过去，他们关切地问道："林枫，你没事吧？受伤了吗？"

"没事，没事，只是受了些皮外伤。"林枫笑着指了指被擦伤的胳膊。

"奋力冲进飓风，徒手制服恶蛇，你可真勇敢！"玛雅夸赞道。

"喂！我才不是什么恶蛇，这一切只是误会！"水蛇焦急地望着林枫说。

然而，林枫刚要开口说明情况，迪安却轻巧地跳上了她的肩头："林枫，你们看天上是什么？"

Chapter 25
淡妆浓抹总相宜

"天上……天上居然有两道彩虹！"

林枫顺着迪安的目光看去，此刻的日内瓦湖上方碧空如洗，两道彩虹横跨天际，仿佛是天空的桥梁，连接着彼岸的湖水与悠悠的云端。彩虹色彩斑斓，从深邃的紫罗兰到温柔的橘黄，每一道色彩都显得那么明媚。

"双彩虹是我刚才施加的小法术，希望能得到你们的原谅。"水蛇有些羞涩地说道。

"我的天，这可是个抓拍的好机会！"玛雅赶忙举起了相机，对着上空的彩虹"咔咔"拍着照片，这景象实在是太难得了，拍出的照片肯定很好看。

　　李慕白陶醉于眼前的湖水中，湖水在雨后显得更加清澈，阳光透过云层的缝隙倾洒在湖面上，甚至能看见向上飘着的水汽。湖畔边的建筑物在雨水的洗刷下显得更加鲜艳，空气中还弥漫着淡淡的清香。天气晴朗，微风习习，日内瓦湖放晴了。

　　"此景甚美！"李慕白喃喃道。

　　"你们喜欢日内瓦湖吗？给你们再看点儿更好玩的。"水蛇说着摇了摇尾巴，然后仰起头对着天空喷出了一股清新的水柱。

　　随着水柱落下，天空飘起了细雨，雨丝轻柔地洒在湖面之上，为宁静的日内瓦湖又增添了一抹动人的色彩。霎时间，湖面上的波光与雨丝交织在一起，漾起了一圈圈涟漪，那被激荡起的一串串细小的水花，如同珍珠般晶莹剔透。这番风光让水蛇想起了曾经的日内瓦湖，只见它在湖面上空盘旋着，用它那巨大的身体在空中划出一道道优美的弧线，似乎在用自己的方式抒发着内心的喜悦。

　　湖水在微雨中更显清澈，倒映着晴朗的天空与远处山峦的轮廓，偶尔有几只水鸟掠去，它们的翅膀蜻蜓点水似的在湖面上轻盈划过，留下一道道细碎的涟漪，随即又消失在了湖面的波光之中，玛雅、林枫和李慕白都看得入了迷。

　　"水光潋滟晴方好，山色空蒙雨亦奇。欲把西湖比西子，淡妆浓抹总相宜。"林枫轻声说道，"日内瓦湖不是西湖，但它却和西湖一样，无论是淡妆还是浓抹总是那么美丽。"

　　玛雅点头表示赞同，她知道林枫引用的这句诗是苏轼赞美西湖美景而创作的，而日内瓦湖的动人风光足以与西湖相媲美。可是李慕白却从未听过这句诗："呀！这诗句真好！林枫，这是哪位大诗人

写的啊，我怎么没听过？"

"哦哦，你是唐朝的人，自然没听说过苏轼的这首诗。"林枫看着李慕白好奇的眼神，缓缓讲述道，"苏轼又号东坡居士，他是北宋时期著名的词人，他才华横溢，可以说诗、词、文、赋、书法乃至绘画都样样精通，在我心中，他的诗艺丝毫不亚于李白！"

"不过苏轼的一生充满了波折，他因直言进谏而多次遭贬谪，但是他个性爽朗乐观，每到一处，都会留下不少诗文佳作。而这首《饮湖上初晴后雨》便是他被贬杭州期间所作的诗歌，描述的是他在西湖楼阁之上饮酒赏景的情景。"林枫望着日内瓦湖，想必苏轼看到初晴的西湖时也和他们现在的感受相似吧？

苏轼笔下的西湖晴天中水波荡漾，浮光跃金；而雨天里山色朦胧，雨丝缥缈。宛若古代美女西施，无论是浓妆还是淡抹，都别有一番趣味。更重要的是，此诗也是对自己的勉励，寄寓了内心的豁达——无论是顺境还是逆境，只要保持平和的心境，总能发现生活中的美好。

林枫的话音刚落，她口袋中的罗盘忽然开始微微颤动，悬浮了起来。而那件古老的神物仿佛被某种不可见的力量所唤醒，银白色的光芒从罗盘之中透出，紧接着罗盘中的指针开始缓缓旋转，指向了日内瓦湖的中心。随着星辰罗盘越飘越高，它中央的银白色光辉也越发耀眼。

"星辰罗盘在指引我们修复守护结界！"林枫惊叫道。

"哇！我真的从星辰罗盘里嗅到了达奴女神的气息！"水蛇高兴地摇了摇尾巴，那股熟悉的气息让它久久不能平静。

像是受到什么指引，星辰罗盘飘到了日内瓦湖的正中央，此时它的光芒达到了极点，开始释放出一股更为柔和的能量。这股能量在湖面上荡漾开来，扩散成了一道道银白色的水波。光芒与湖面相互交融，逐渐形成了一个水波样的图案。

"现在可以修复破损的水之结界了，我来了！"只见迪安轻盈地从林枫的肩头腾空而起，它浑身的皮毛又染上了银月似的光辉，然后径直向着日内瓦湖的中央飞去。

迪安在湖中央的上空盘旋，下一秒它张开了嘴，从口中吐出了一团柔和的光芒，那光芒如同一颗璀璨的白星，缓缓地飘向了湖中央的星辰罗盘。罗盘似乎也感受到了迪安的能量，在迪安神力的作用下开始缓缓旋转起来，罗盘每旋转一圈，上面的十二宫星座就亮起了一点，像是重新被激活了一样。

随着星辰罗盘上的图案逐渐点亮，破损的水之结界也开始集聚，发生着变化。只见日内瓦湖的湖水也漾起点点蓝光，那些光芒逐渐汇聚成一股股能量，像小溪汇入大海般注入了星辰罗盘里。

李慕白和玛雅目不转睛地看着这神奇的一幕，迪安还在努力施展着修复结界的法术，它继续在湖面上方跳跃着，像是在进行古老而神秘的仪式。可是渐渐地，迪安感到有些力不从心了——它的身体开始微微发颤，环绕在周身的银白光芒也暗淡了许多，赤红色的皮毛也被汗水打湿了，而此时星辰罗盘上的光芒也黯淡了不少。

"糟糕了，迪安的神力好像用完了！"林枫担心地向湖中央的迪安伸出手。

"这可怎么办呢？如果迪安没灵力了，那结界岂不是就没办法修

复了？"玛雅也有些着急了。

"这件事情因我而起，就让我来吧！"只见水蛇猛地向着湖中央蹿了过去。

"水蛇，你……"迪安的呼吸变得急促了起来，施法的动作也变得缓慢了起来，它知道自己的灵力不多了。

"迪安，让我来助你一臂之力！"水蛇的眼神中充满了坚定，"这是达奴女神创下的守护结界，我也有责任保护这片日内瓦湖！"

水蛇的声音在湖面上回荡着，迪安感到周围的空气似乎也变得凛冽起来。只见水蛇张开蛇口，喷出一股强大的绿色之风，这股风力与迪安的光芒融合在一起，形成了一股更加耀眼的光芒。银白之光与绿色的能量交织相融，朝着星辰罗盘冲了过去，当能量全部注入罗盘之时，星辰罗盘又恢复了原有的光芒，上面的图案也更为迅速地亮了起来。

"结界……结界马上就修复了，只差一点点了！"眼看迪安的力量完全耗尽，水蛇将它轻轻抱进了怀里，同时源源不断地将自己的能量注入罗盘。

"交给你了，我的朋友。"迪安轻轻地叹了一口气，陷入了沉睡中。

不知过了多久，星辰罗盘的中央荡起了一圈蔚蓝色的光波，光圈越扩越大，直至笼罩了整个日内瓦湖！林枫忽然感觉耳边响起叮咚的声音，似清泉，又似悦耳的鸟鸣，仔细听来又像是空灵的竖琴，紧接着一阵风铃声过后，只见日内瓦湖的上空出现了一层透明而坚实的守护屏障，将整片湖水静静地保护了起来。

"水之结界修复完成，我们成功了！"林枫率先欢呼了起来。

"太好了，你们看湖水好像都变得更加清澈了！"玛雅和李慕白惊叹道。

精疲力竭的水蛇抱着虚弱的迪安回到了湖畔边，虽然身体疲倦，但是水蛇的眼神中却多了一丝自豪的光芒："不客气，这也算我报答达奴女神的恩情了。"

水蛇颇为满足地望向已经恢复平静的日内瓦湖，如果有机会，它希望再次与达奴女神漫步湖畔，听她吟诗，听她将美妙的韵文唱作歌曲，再听她讲讲那些发生在遥远时空的诗人们的故事……然而，下一秒水蛇的呼吸越来越沉重，它的身体也开始变得透明起来，仿佛它的身体正在逐渐消散。

"水蛇你怎么了？"林枫、玛雅以及李慕白担忧地围了过去。

可是当他们再次触碰到水蛇的身体时，众人却只搂住了一缕绿色的清风——只见那股绿色之风不舍地环绕着三人，仿佛在做最后的告别，风轻柔地拂过他们的脸颊，随后又悠悠地飘向了日内瓦湖中央。

"水蛇，你不要死啊——"玛雅忍不住哭出了声。

"为了修复结界，水蛇和迪安都将灵力耗光了……"看着怀中陷入昏迷的迪安，林枫的泪花在眼中打转。

"不用担心，我只是消耗了太多的灵力，无法再次现形了……"湖中央传来了水蛇虚弱的声音，"对不起，恐怕我需要回到湖底沉睡了。"

"水蛇，那你什么时候才能醒过来？"林枫恨不得跳进湖中问个

明白，要是自己也拥有修复结界的神力就好了，这样迪安和水蛇就不会透支自己了！

可是林枫并没有得到水蛇的回答，只见那绿色的清风缓缓地在湖面上方盘旋了一圈，随后慢慢地潜入了湖底。湖面上的波纹渐渐平息，仿佛一切都没有发生过似的。水蛇到底会沉睡多久？十年，一百年，还是上千年？林枫担心地望着波澜不惊的湖面，一种深深的无力感向她心头袭来。随后林枫擦干了眼角的泪水，目光越发坚定了起来。

短暂的离别是为了更好地相逢，她必须代替女神肩负起修复结界的职责，这样达奴女神守护的大地，她深爱着的家园——这片美丽的阿尔卑斯山脉才能恢复真正的安宁。

Chapter 26
安德烈的心事

"迪安，迪安，你醒醒啊！"

"林枫，迪安还没苏醒吗？"

林枫、玛雅和李慕白围坐在迪安的周围，众人的眼神中充满了担忧。此刻迪安的毛发失去了往日的光泽，它的呼吸微弱且缓慢，尽管大家尝试了各种方法唤醒迪安，但似乎都无济于事。自从林枫他们从日内瓦湖回来后，迪安就一直昏迷不醒，他们本以为是修复水之结界消耗过度的缘故，但直到第二天的傍晚，迪安也没有苏醒的迹象，林枫的内心更加不安了起来。

"林枫，你说迪安它怎么了？"这时宿舍的门被打开了，安德烈匆匆赶了过来。不知为何，安德烈湖蓝色的眼睛中满是疲倦，头发

也翘起了边，就连平日里打理得一丝不苟的领带现在也胡乱拧成一团，这与他平日里整洁利落的形象大相径庭。

"安德烈，我们去日内瓦湖采风拍照的时候，无意中遇见了一条与达奴女神相识的水蛇，虽然中间产生了一些误会，但最后在它的帮助下修复了水之结界……"玛雅一五一十地将在日内瓦湖的奇遇告诉了安德烈，"可是在水之结界修复后，迪安就再也没有醒过来了。"

"感觉迪安像是劳累过度，要不我们带它去宠物医院看看？"安德烈轻轻地抚摸着迪安的毛发，可是它没有任何反应。

"迪安可是达奴女神身边的守护者，应该不会有事的。再说了，去宠物医院肯定会暴露它的真身。"林枫摇了摇头，随即关切地问道，"安德烈，我怎么感觉你的精神状态不太好，这几天发生什么事情了吗？"

"没有没有。"安德烈的眼神有些躲闪，随后勉强地笑了笑，试图掩饰着什么，"我最近一直在整理参赛的相册嘛，再加上学生会也有很多事务需要处理，所以有些劳累过度了。"

"是吗？我们可是朋友，有什么事情不可以一起分担的？"林枫狐疑地看着安德烈的脸，凭直觉安德烈似乎有些心事。

"对啊，难道说是学生会发生了什么棘手的事件吗？"李慕白也询问道。

"谢谢你们的关心，我会处理好的。"安德烈飞速地换了话题，"玛雅，摄影比赛下周就到截止日期了，你可以把在日内瓦湖拍摄到的照片给我，我精选一部分去参赛。"

"好啊，我觉得咱们肯定能获得不错的名次！"玛雅自信地拍了拍胸膛，随后兴高采烈地向他展示着照片，"你看这是日内瓦湖的全景，这是湖中央的喷泉，这是我们抓拍的双道彩虹……"

玛雅兴致勃勃地给安德烈介绍着她拍摄的照片，每一张照片都记录了在日内瓦湖游玩的精彩瞬间。但是林枫发现，即便玛雅说得再怎么眉飞色舞，安德烈脸上的笑容还是非常勉强，他的眼神甚至有些飘忽不定，心思根本不在这些照片上面！安德烈到底怎么了？林枫疑惑地用余光瞟着他。

日内瓦湖的采风之旅正式结束，林枫他们的生活又回归到了日常的节奏。每天的课程与校队活动几乎占据了大部分的时间，不过让人在意的是，安德烈的行为越来越异常了——比如每当下课后，林枫想找安德烈搭话的时候，他总是匆匆忙忙地离开，说是要处理学生会的事情。

"抱歉，林枫，我还有事情，先走一步。"数学课后，安德烈又匆匆地离开了。

"安德烈，你等等啊……唉，他最近真奇怪，到底怎么了啊？"望着安德烈离开的背影，林枫疑惑地挠了挠头。

"不知道。"李慕白摇了摇头说，"每天早晨我起床的时候，就发现安德烈已经出门了，而且每天晚上他都是很晚才回来。"根据李慕白的回忆，安德烈的行为确实古怪了许多，但他并不知道安德烈最近在忙什么。

除了安德烈，还有一件事情让林枫非常挂念——那就是仍然在寝室昏睡的迪安，足足两周过去了，它一直都没有醒过来。这天校

队活动一结束，林枫就匆匆跑回了寝室，她迫不及待地想查看迪安的状况。

迪安的身体恢复了吗？它醒过来了吗？林枫怀着忐忑的心情推开了宿舍的门。可是令她失望的是，迪安依旧静静地躺在那里，没有一丝动静，甚至毛发的颜色相较之前也黯淡了几分。林枫的声音不由得哽咽了起来："迪安你醒醒啊，我们还要一起修复结界呢！"

"林枫，别太担心了……也许明天迪安就醒过来了。"玛雅看到林枫焦急的样子，鼻子不由得酸涩了起来。光这一句安慰的话，玛雅说了已经不下百遍了，大家都不知道该怎么让迪安苏醒。

现在星辰罗盘还未完全点亮，守护结界也没全部修复好，失去了迪安的帮助，仅凭他们几个还能修复守护结界吗？林枫的思绪越来越乱，她猛地晃了晃脑袋，想把担忧和杂念全部甩出去。然而就在这时，林枫的目光落在了窗外——

夜色朦胧，一轮明亮的满月悬挂于高空，月光透过云缝洒在了寝室的地板上，似乎形成了一条通往神秘世界的光路。林枫忽然回忆起了修复月之结界的那个夜晚，当时正值满月，迪安沐浴月光后施展神力修复了结界，事后它还说月光能为自己恢复能量。

"月光，月光是迪安恢复精神的关键！"林枫欣喜地叫道。

"啊？什么月光？"玛雅没反应过来。

"玛雅，我要出去一趟，带着迪安晒晒月光！"林枫将迪安小心翼翼地抱起，冲出了寝室。

林枫环顾四周，她准备寻找一个适合迪安沐浴月光的地方，最终她将目的地锁定在了图书馆旁边的花园之中——那片地带非常空旷，还设有很多长椅供大家休息，夏季里学校的园丁会栽培出许多馥郁的花朵，很多同学都会坐在花园的长椅上看书。现在是冬天，小花园的环境应该更加幽静，迪安也能够毫无遮挡地沐浴在月光之下。

林枫匆匆跑到小花园后，将迪安轻柔地放在长椅上，她还贴心地将自己的衣服盖在了迪安的身上。她将迪安高高捧起，以便迪安更好地晒到月光。果然，当月光洒在身上时，迪安的毛发泛起了微弱的火红之光。

随着时间的推移，迪安的呼吸逐渐变得深沉而有规律，毛发也变得更加洁净明亮了。林枫感觉胳膊举得有些发酸了，但她不敢发出任何声音，生怕打扰了迪安的恢复。不知过了多久，迪安的耳朵开始轻轻颤动起来，仿佛在聆听夜的低语。慢慢地，迪安睁开了眼睛，月光之下，它的身体仿佛披上了一层光洁的纱衣，神圣而美丽。

"迪安，你终于醒了！"林枫的眼中闪烁着泪光，心中充满了喜悦。

"这是哪里，我好像睡了很久？"迪安迷茫地看了看周围，又看了看林枫那挂满泪痕的双眼，"林枫，你别哭啊……"可是迪安的身体太虚弱了，当它准备站起身时，又软绵绵地倒在了林枫的怀里。

"迪安，你还需要休息！"林枫轻轻地抚摸着它的皮毛，"自从修复水之结界后，你足足睡了两个多星期。"

"可是我们还有两个结界没有修复。"迪安的声音一下低落了下来，"凭借我现在的灵力，暂时是没办法修复结界了，是我低估了修复的难度。"说着，迪安的尾巴耷拉了下来。

"没关系，你先养好身体。"林枫的眼底多了一分心疼。

当林枫正沉浸在迪安苏醒的喜悦中时，忽然一个熟悉的男声响起："林枫，你怎么会在这里？"

林枫转过头，看到安德烈正站在不远处，月光下他的身影显得有些单薄。林枫惊讶地揉了揉眼睛问道："安德烈？你大半夜不睡觉，怎么来小花园了？"回想起安德烈最近的反常行为，她感到更加疑惑了。安德烈坐到了长椅的另一边，忍不住地叹了口气。

"安德烈，你最近是不是有什么烦心事？为什么总是躲着我们？"林枫直截了当地问道。

安德烈也决定不再隐瞒，他说道："其实最近我们收到了另一所学校学生会的邀请函，说要邀请学生会的成员去马特洪峰比拼滑雪。这场比赛关乎学生会的荣誉，马虎不得，但我又刚当上会长不久，没有十足的把握能赢……"

原来维斯顿学校每年都会向莱恩学校发出一封特殊的"战书"，当然，这个战书并不是双方学校组织的正式比赛，而是两所学校的学生会成员之间的私人友谊赛。每一年比赛的内容都大不相同，大前年是长跑，前年是攀岩，去年则是游泳，而今年比赛的内容是滑雪……两所学校的比拼较量已经延续了十年之余，甚至已经成了守护双方学校学生会的"荣誉之战"，安德烈最近一直在发愁这件事情。

"那就参加呗，这有什么难的？"林枫无所谓地耸了耸肩膀。

"比赛内容不是重点。"安德烈又叹了口气，"由于天气的异常，今年山上的雪况实在太差了，受全球变暖的影响，晚上下的雪，白天温度上来了就融化成冰，滑起雪来十分危险。这几天为了练习，有两个学生会成员已经摔断了腿和胳膊，估计要休养好一阵呢，目前我们找不到合适的替补人员。"

"别忘了，我和玛雅可是滑雪高手，我们可以代替他们参加比赛啊！"林枫自告奋勇地说道。

"可是伤员是一男一女，至少要有个男生才行。而且这是我们学生会之间的秘密较量，我不想去麻烦其他同学。"安德烈摇了摇头。

"这有什么？大不了可以拉上李慕白一起参赛嘛！"林枫说道。

安德烈低下了头，他何尝没想过这个方案，但是李慕白可是滑雪初学者，很难超越维斯顿学校的那些滑雪高手。但是弃权是个更坏的选择，这样会显得莱恩学校的学生会有些临阵脱逃了。

"没事，我们明天去拜托李慕白好了，相信他会答应的。"林枫眨了眨眼睛，"再说了，我也希望李慕白能早日上手，这次比赛说不定能让他进步更快。"

"林枫，谢谢你，本身这是我们学生会的事情，到头来还是麻烦你了。"安德烈不好意思地笑了笑。

"有事尽管说，别忘了我们可是朋友！"林枫起身示意道，"迪安刚刚恢复能量，身体还很虚弱，我先带它回寝室了。"

望着林枫离开的背影，安德烈终于如释重负地松了口气。回到寝室后，林枫发现玛雅早就睡着了，于是她将迪安安顿到了温暖的小窝里，自己也爬上了床。迪安终于苏醒了，这真是一件值得庆祝的好事！林枫的神经彻底放松了下来，闭上眼睛，很快便进入了梦乡。

　　第二天一大早，林枫被玛雅的声音吵醒了，只见她举着手机兴奋地喊道："林枫快起来啊，今天会公布摄影比赛的名次！"

Chapter 27
学生会的荣耀之战

　　"群里说今天中午十二点准时在网站上公布排名，玛雅你说我们能得第几名？"听到这个消息后，林枫也激动地坐了起来。

　　他们提交完摄影作品后就一直在等待结果，因为评选是采用线上投票制，林枫、玛雅和安德烈便在社交平台上努力分享着他们拍摄的作品，还号召亲朋好友为作品投票，希望能赢得一个好名次。或许看出了玛雅的不安，林枫安慰道："没事，中午十二点就知道了，我们这么用心，肯定不差的。"

　　"要是能拿优胜奖就好了，我们先上课去吧。"玛雅低头看了一眼手机，恨不得时间马上就到十二点。

　　来到教室后，林枫发现不光是他们在意摄影比赛的结果，班上

的同学们似乎都很紧张。大家的讨论声此起彼伏，都很好奇花落谁家，有的学生甚至开始打赌，教室里弥漫着紧张又兴奋的气氛。

林枫叹了口气，她一早上都没法集中精神听课，老师的声音在空气中回荡着，但是她的心早就飘到了别处：安德烈精心整理了圣诞主题的照片，她和玛雅又去日内瓦湖拍了一组照片作为备选主题，不知道他们小组最终会赢得多少票数……

好在上午的课程很快就结束了，他们几个在寝室会合了。此时钟表差三分钟就指到了十二点，每个人都屏住了呼吸——

"马上就公布结果了，我们到底第几名啊？"安德烈不停地刷新着活动网页，他开始焦虑了。

"怎么感觉像公布科考成绩一样，弄得我也紧张了。"李慕白回忆起了发榜的心情，他的声音中带着一丝激动与颤抖。

"我觉得前三名肯定有的，我们的照片那么有故事性。"玛雅紧张得心脏怦怦直跳。

在这个紧张的时刻，就连平日里在寝室昏昏欲睡的迪安都打起了精神，只见它兴致勃勃地盯着大家。学校群里的消息提示音终于响起，林枫急忙点进了网页，她的手心都微微出汗了。

"第一名！"林枫兴奋地喊道，随后不可思议地重复了一遍，"我们居然拿到了第一名！"

"你们快看票数，我们居然领先第二名近三百票！"玛雅惊呼道，"这都离不开安德烈的精心整理，简直太棒了！"

从摄影社公布的结果来看，第一名是林枫团体创作的《日内瓦湖奇遇记》，大雨初晴后，彩虹悬挂于天空，加上水波的折射竟出现了双彩虹，不少投票人表示这是他们见过的最奇特的风景；与此同时第二名的相册集也获得了不少人的称赞，那是一组高年级学长拍摄的救助流浪动物的故事，在这组照片中，学长讲述了他参加流浪动物救助活动的经历，每一张照片都述说着感动；第三名是同班同学艾瑞斯拍摄的户外运动照，照片记录了艾瑞斯参加攀岩、跳伞等极限运动的经历，照片中的他站在山峰上挥舞着旗帜，脸上洋溢着胜利的喜悦……

"哟，你们表现得还挺不错嘛！"迪安夸赞道。

"太好了，不枉我熬夜整理参赛集。"安德烈也长舒了一口气，他感觉身上的负担一下就释放了。

当大家还为获奖的事情激动时，宿舍门口忽然传来了敲门声。见有人来了，迪安快速地蹿进了林枫的被窝，藏进柔软的棉被里。林枫打开门后，发现门外站着一个穿着翠绿色连衣裙的女孩，只见她微微前倾着身子，那绿色的裙摆也随之轻轻摇曳，宛如春天里的一抹新绿。那个女孩冲林枫笑了笑："嗨，恭喜你们团队拿了优胜，我来给你们送奖品了。"

"你是摄影社团的安妮会长。"安德烈一下就认出了她，身为学生会会长的他经常会参与各大社团的活动策划。安妮给他的印象极为深刻，这个女孩的脸上总是挂着温暖的笑容，眼睛明亮而充满活力，仿佛拥有着洞察人心的力量。

紧接着安妮将一个手提袋递给了他们，林枫打开后，惊奇地发现里面静静地躺着一张牛皮纸样的卷轴，卷轴的边缘微微向上翘起，透露着岁月与时光的痕迹。安妮解释道："社团正式的颁奖礼在下

周，但这份礼物是我个人的小心意。它是我在集市上无意中淘到的古老地图，上面记录了古代阿尔卑斯山的湖泊、山脉与河流，不过地图还有一部分已经模糊不清了……"

"谢谢你，安妮，那我们就收下了。"林枫小心地将卷轴重新放回手提袋中。

"不客气，我们还得谢谢你们投稿的作品呢，收获了不少好评。"安妮赞不绝口道，随后离开了寝室。

安妮离开后，林枫、玛雅和李慕白还沉浸在获得摄影比赛胜利奖的喜悦中，但是安德烈的脸上多了一分惆怅：他想起了下个月与维斯顿学校的滑雪比赛，那个关乎本校学生会的荣誉之战。作为学生会长，安德烈本想一个人将此事扛下，但是昨夜与林枫的谈心让他决定向朋友们开口求助。

"大家能听我说一下烦心事吗？"安德烈试探性地开口道，"其实最近我遇到了一些小麻烦……"

"什么事情啊？"玛雅问道。

安德烈深吸了一口气，转头便对上了林枫那充满信任的目光，同时他也看到了李慕白和玛雅的脸上浮现着关心。于是安德烈便将最近维斯顿学校的邀战全盘托出，并说明了学生会成员受伤的事情。

"也就是说，你要选择一男一女去代替受伤的学生会成员参加滑雪比赛，对吧？"玛雅眉毛一挑，眼神闪烁着挑战的光芒，"怎么，他们很强吗？"

安德烈重重地点了点头："没错，维斯顿学生会藏龙卧虎，还有几个已入选职业滑雪队，这次比赛，会长肯定会派高手来参加。"这才是他如此担心的真正原因，"我特意查了他们的资料，其中有个叫艾丽卡的成员还在国际滑雪赛事中获得过奖牌，而且能将滑雪技巧运用自如，轻而易举地应对高难度的赛道。"

说着，安德烈将艾丽卡滑雪的视频展示给大家，视频中艾丽卡在某次越野滑雪过程中，以极快的速度冲击着名次，她的动作优美从容，在崎岖的赛道中不断做出最佳的战术调整，甚至在结尾还以一个惊人的空中翻转动作赢得了全场的喝彩。除了她这位顶尖选手，学生会还有几位年轻的新星，他们的滑雪技巧也有着不凡的表现。

"所以我们面对的不仅仅是一场滑雪比赛，更是一次与顶尖滑雪选手的较量，咱们必须全力以赴才行。"安德烈握紧了拳头，虽然没把握取得胜利，但是不战而败也太有失学生会的风范了。

"这场比赛的结果太明显了，对手那么强大，恐怕我们输的可能性很大。"李慕白有些打退堂鼓了。

"这样才有趣！"玛雅不满地打断了李慕白，随后兴奋地看向安德烈，"我还没和职业滑雪选手较量过呢，让我成为滑雪队的女生替补吧！"

"玛雅是最合适的人选！"林枫赞同地点点头，"那么男生替补就由……"三人不约而同地看向了李慕白。

李慕白被众人锐利的目光吓到了，自己只是个刚学会滑雪的菜鸟，怎么敢与职业选手同台竞技呢？李慕白吓得直摇头，赶忙往林枫的身后躲去："不要不要，你们派我上场岂不就是蚍蜉撼大树、萤火之光与皓月争辉吗？这不是把我往火坑里推吗？绝对不行！"他实在不想在职业选手面前出糗，别人肯定会笑话自己的。

　　"站住，胆小鬼！明明之前你已经克服了恐惧，怎么现在又被打回原形了？"玛雅气得牙直痒痒，她毫不客气地拽住了李慕白的手腕，向众人打着包票，"安德烈，离滑雪比赛还有一段时间，这小子以后的课余时间归我了，我要亲自训练他！放心吧，他肯定不会拖后腿的！"

　　"不要啊！"李慕白欲哭无泪地喊道。

　　"李慕白，你就行行好，帮我一次吧，你看玛雅都要亲自训练你了。"安德烈也忍不住笑了。

　　事情告一段落之后，这场维护学生会的"荣耀之战"很快就被提上了日程——玛雅负责训练李慕白，而安德烈和林枫负责商讨与完善作战计划，确保大家能在比赛中发挥出最佳成绩。

　　"好了，时间不早了，明天就开始我们的作战计划。"在整理完资料后，林枫合上了笔记本电脑，此时窗外夜色已浓。

　　"那我和李慕白先回去了。"安德烈打了个哈欠，李慕白愁眉苦脸地和他一起离开了寝室。

　　忙活了一天，林枫和玛雅也在寝室的床上沉沉睡去，而睡了一天的迪安却在浓厚的夜色中悄然醒来。它灵巧地跳上了窗台，静静地凝视着窗外的夜空，今夜的月光并没那么明朗，可是星光却异常璀璨。

　　迪安回头望了一眼正在酣睡的林枫，眼神中透露出了一丝深邃的忧郁，虽然昨夜沐浴月光后，灵力修复了不少，可它深知自己的能力有限，恐怕无法再修复后面的结界。迪安始终没把自己的烦忧告诉林枫，准确来说，它并不知道接下来该怎么办。迪安望着夜空中那些璀璨的星光，心中似乎有了什么主意，只见它倏然跃出了窗外，跑到了林枫寝室楼下的一处空地上。

"我们灵狐族拥有一种特殊的星光占卜术，这种法术能在危急时刻为族人指路。"迪安仰头望着星空，似乎在思索着什么重大的事情，"现在我几乎失去了修复结界的灵力，不知是否能通过星辰获得指引启示？"

迪安踮起后爪，像人一般站立了起来，紧接着，它摇着尾巴跳起了族人们熟知的占星舞，它在向古老的星星献舞，向深奥的宇宙寻求帮助。迪安的舞蹈轻盈而优雅，尾巴随着舞步轻轻摇摆，身体的每一次跃动似乎都与夜空中的星辰产生了共鸣。吟唱与占星舞仍在进行着，一股神秘的气息在迪安的周围弥漫开来，迪安的内心感到一丝欣慰，于是更加卖力地跃动了起来。这支属于夜色的轻舞持续了许久，渐渐地，星光隐去，月光淡去，精疲力竭的迪安这才缓缓停下了跃动，开始合拢双爪做着最后的祈祷。

终于，随着最后一个舞步的完成，只见一道道星光从天空射下，汇聚在了迪安的额头上。法术成功了！迪安在心中暗自赞叹着，下一秒它的意识竟与浩瀚的宇宙成功链接，脑海中的星光已经变成了更为璀璨的银河，于是迪安问出了藏在心底的问题："我体内的灵力快不够用了，请您告诉我，我该如何修复阿尔卑斯山的守护结界？"

Chapter 28
达奴女神的指引

"赤狐迪安，我的守护者……"在迪安一声声苦苦的呼唤中，一个空灵的声音响起，那是达奴女神的声音。

"女神，是达奴女神！"迪安的瞳孔微张，在这浩瀚的星河之中寻觅着女神的身影，"达奴女神，您苏醒了吗？您现在在哪里？"

"我尚未苏醒，本体还在阿尔卑斯山洞深处沉睡。不过在被冰封之前，我将一部分的意识寄托在了星空之中，刚才听到你的祈祷，所以我出现了。"

达奴女神的声音在迪安耳边轻轻流淌着，那声音如淙淙的流水，又似悠扬的竖琴声，像是汇聚了世间所有悦耳的旋律。虽然只能在意念世界中重逢，但迪安也倍感亲切，它轻轻流下了眼泪。

　　"结界破碎后,我跑到山下向人类求助,遇见了一个叫林枫的女孩。她已经帮忙修复了三个守护结界,可是在修复水之结界时,我的灵力耗费过度,现在真不知道该怎么办了……"迪安静静诉说着与林枫相遇的经历,然后像个委屈的孩子一样耷拉下了脑袋,它深知自己没有尽到守护者的职责,无颜面对给予它信任的女神。

　　"守护者迪安,这不怪你。"达奴女神沉默了一会儿开口道,"在创立守护结界的时候,为了防止意外的发生,我曾经在阿尔卑斯地区的雪山之巅藏了一支神杖,这根神杖中蕴含着我的部分神力,它也许能帮上忙。"

　　"神杖?那请问它在哪里呢?"迪安的双耳竖起,眼中多了一分希望。

　　"我将那神杖藏在了一座很高的雪山之上,可是经过千万年的岁月流转,我也没办法告知你神杖的具体位置。"女神微微叹息,话语中透露着一丝无奈。

　　"阿尔卑斯地区的雪山太多了,我的力量太过渺小,该怎么寻找呢?"这无疑是大海捞针,迪安难过地低下了头。

　　"迪安,在你祈祷的时候我已在你的额头上注入了星光能量。"女神温柔的声音再次响起,"当你靠近神杖的时候,两者的能量会产生共鸣,时间不多了,去吧,我的守护者……"

　　女神的声音在迪安的耳边渐渐消散,如同晨雾于阳光下慢慢退场。"达奴女神!"迪安的内心充满着不舍,它的眼眸中闪烁着泪光,拼命地伸出爪子,试图抓住那渐行渐远的声音,但一切都是徒劳,那声音如同风中消散的轻烟,遥远而不可触及。

　　藏在雪山之巅的古老神杖能帮他们修复守护结界，迪安默默记下了这个关键信息！银河逐渐隐去，周围浩瀚的宇宙也将褪去，当迪安再次睁开眼时，发现林枫正关切地看着自己。

　　"迪安，你怎么哭了？"

　　"我……"迪安迷茫地看了一眼头顶上的天空，此时太阳已经升起，新的一天已经来临。

　　"早晨起床的时候就发现你不在寝室，找了半天原来你在这里。"林枫将迪安抱在怀中，"你一个人在干什么呢，该不会是身体又不舒服了吧？"

　　"我没事。"迪安用爪子揉了揉眼睛，这刺眼的阳光让它有些不适应，"对了，你们的滑雪比赛在哪里举行，能带上我吗？"

　　"邀请函上说比赛地点在马特洪峰，那里有很多条滑雪赛道。"

　　"林枫，往后的结界只会越来越难修复，留给我们的时间也不多了，不过昨晚达奴女神向我传递了一些信息……"于是迪安将昨夜它向女神求助的事情一一道来，"无论神杖藏在哪里，我都得将它找出来。"

　　"没关系，一起修复守护结界本身就是我们约定好的事情，等滑雪比赛结束后我们一起找找。"林枫轻声安慰道。滑雪场的事故和日内瓦湖环境的恶化都是结界破坏后的恶果，早日恢复阿尔卑斯山的生态平衡可以说是迫在眉睫。

　　"林枫，有你真好。"迪安的眼中充满着感激。

　　"放心吧，事情总会迎刃而解的。"林枫笑着说道，随后看了看远方，"今天一大早，玛雅就带着李慕白去学校附近的滑雪场训练了，我们和安德烈一起去找他们吧！"

此刻的滑雪场上，玛雅正对李慕白进行着严苛的滑雪特训，李慕白的滑雪训练计划也被安排得满满当当，几乎都没什么休息时间了。玛雅坚信，只有通过不断练习和挑战才能让李慕白真正克服内心对滑雪的恐惧，成为一名真正的滑雪高手。

"李慕白，滑雪不仅仅是速度的竞赛，也需要相应的技巧，你必须在这周学会变道转弯！"玛雅举起雪杖气势汹汹地说道，"离比赛还有不到两个星期了，马特洪峰雪场的赛道比较复杂，你必须学会灵活应对！"

"不要啊，我这刚完整滑下一圈。"李慕白气喘吁吁地坐到了雪地上，哭丧着脸抱怨道，"安德烈不是说了吗？维斯顿学校学生会还有职业滑雪手呢，我们怎么能打得过！而且滑雪并不是我的强项，为什么要以卵击石呢？"

"怎么，难道打不过就不打了吗？"玛雅眉毛一挑，一下不高兴了，"我玛雅的字典里可没有'放弃'二字，安德烈有难，我们怎能坐视不管，何况他还是咱们的朋友！"

"可是变速转弯太难学了，动不动就要摔跤！"李慕白仰天长叹，他当然知道玛雅说得在理，"天哪，这比科举考试还难熬！"李慕白翻了个白眼。唉！总不能让一个吟诗作赋的文人突然变成骁勇善战的武士吧？

正当李慕白给玛雅抱怨的时候，林枫和安德烈忽然来了，林枫问道："嘿，今天你们训练得怎么样？"

"林枫，快救救我！"李慕白像是抓住最后一根救命稻草般躲在

了她的身后,"玛雅实在是太严格了,我吃不消了!"

"哼,你们中国不是有句名言吗?叫'吃得苦中苦,方为人上人',这点苦都吃不了,怎么对抗维斯顿的学生会?"玛雅生气地将头撇了过去。

"维斯顿学生会那边有两个职业选手,李慕白又是初学者,我们临时抱佛脚也不是办法。"安德烈叹了口气,语气中满是担忧,"林枫,你说我们真能赢过职业选手吗?"

"如果硬碰硬的话,肯定不行。不过自古以少胜多、以弱制强的例子有很多。比如《三国演义》中的赤壁之战。"林枫开始讲述道,"当时曹操率领的北方大军号称有百万,而孙权和刘备的联军只有区区几万人,无论是人数还是战力方面,孙刘都不是曹操的对手。但最终孙刘联军利用火攻大败曹军,这就是以弱胜强的典型案例。"

紧接着,林枫又讲起了发生在公元前203年的垓下之战,在面对实力强大的西楚霸王项羽时,汉高祖刘邦巧妙地运用了战力追击的巧妙战略,最终在垓下围困并一举击败了项羽。最后她总结道:"虽然大象有力量,但是蚂蚁也有智慧,有时数量与实力并不是决定胜负的关键。"

"林枫,你也太厉害了,懂得可真多!"玛雅若有所思地说道,"你的意思是,我们现在正处于弱势的情况,只有运用智慧才能打败维斯顿学生会,是不是?我们西方历史里面也有著名的马拉松战役,雅典人用一万一千人的军队击败了波斯人的十万大军,以弱制强真的不是不可能的。"

"没错,就是这样!"林枫的目光变得犀利了起来,"安德烈,我看邀请函上说维斯顿学生会将派出九名成员来参加比赛，对吗？你手上有没有他们的资料？"

"有的，因为维斯顿学校最大的特色就是培养滑雪精英，所以我还根据他们上传的视频做了选手们的实力分析图。"安德烈将手机中的文档发给了林枫。

"九名选手中有两名是获过奖的职业滑雪者，会长果然派出了艾丽卡这员大将。"林枫仔细地看着选手们的实力，然后认真地分析道，"如果按照实力划分，他们之中差不多有两名顶尖滑雪者，五名实力比较突出的，还有剩下两名实力一般的……"

"林枫，你是不是想到什么办法了？"安德烈有些急切地问道。

"那你分析过我们学校学生会的实力吗？我心中确实有些想法，但也只有五成的把握。"林枫思考道，"在不违背竞技规则的前提下，咱们也许可以搏一搏。"

"我们学生会也派了相应人数参赛，不过大家的实力都比较一般，至少没有顶尖的强者。"安德烈摇了摇头，"所以你在打什么主意？"

"不急不急。"林枫的嘴角勾起神秘的微笑，"你先把双方的实力都调查清楚，然后整理好发给我，这几天先让我研究一下策略。"

"林枫，我感觉你好像军师啊！"看到林枫如此镇静自若，李慕白都有些震惊了，"要是我们都生活在唐朝，说不定你就是带兵打仗的大将军。"

"哈哈，慕白你就别贫嘴了。"林枫拍了拍李慕白的肩膀，"总之，我和安德烈负责商讨战略，你跟着玛雅专心训练，我们兵分两路，

决赛场上见。"

在之后的两周里，安德烈和林枫投身于学生会的工作，他们召开了内部会议，一起分析对比了两个学生会之间的实力差异；而玛雅则是带着李慕白进行最后的训练，在她的指导下，李慕白成功摆脱了"滑雪菜鸟"的身份，他不仅克服了对滑雪的恐惧，还能比较自如地在不同的雪道上滑行，这让玛雅对他的进步感到非常满意。

终于，与维斯顿学生会约定会面的日子到来了。安德烈带上参赛成员在校门口与林枫他们集合了，大家整理好着装便一起踏上了前往马特洪峰的旅程。

"这段时间我们做了不少特训，一定能打赢他们！"大巴上，玛雅志在必得地说道。

"林枫，你说比赛前要和对方学生会的会长谈判，这其中有什么玄机吗？"一个叫威廉的成员问道。

"暂时保密，这回我来当你们的军师，大家专注比赛就行。"林枫握紧了拳头，眼神露出锐利的光芒。

林枫抚摸着脖子上的狐狸项链，为了与林枫一起来到马特洪峰参赛，迪安还是选择藏在了项链里。不久后，大巴车缓缓停在了马特洪峰滑雪场的入口处，车门打开，一阵凛冽的山风迎面扑来。下车后，马特洪峰以其独特的姿态展现在了众人面前——

那是一座形似金字塔的高峰，山峰无比陡峭，与地面呈现出几乎垂直的状态，它高耸入云，仿佛是大自然雕塑家精心雕琢而成的艺术品。而马特洪峰的峰顶覆盖着皑皑白雪，太阳之下光芒耀眼，如同镶嵌在蓝天之下的一颗璀璨明钻。

　　"这就是阿尔卑斯山脉的标志性山峰？简直太酷了！"玛雅兴高采烈地举起相机"咔咔"拍着照。

　　"等等啊，我们居然要在那么高的地方滑雪？"李慕白心中不由一惊。

　　"好了，咱们快走吧，维斯顿学生会的会长已经在那里等着我们了。"安德烈倒是没心情欣赏马特洪峰的奇观，他看到滑雪场的入口处站着一个桀骜不驯的男生。

Chapter 29
古代兵法攻无不克

"安德烈，好久不见，我还想着莱恩学校的学生会临阵脱逃了呢！"那个桀骜的少年吹了声口哨，他的头发是不羁的火红色，像是一团燃烧的火焰，与他那冷峻的眼神形成了鲜明的对比。少年眯起眼打量着安德烈及其身后的选手，眼神中流露出了不屑。

他就是维斯顿学校的学生会会长！林枫警觉地看了他一眼，会长的名字叫雷诺兹，他不仅是维斯顿学校里的风云人物，同时还是滑雪队的领军人物，经常带领学校的滑雪队创下比赛的佳绩，这就是他如此自信的原因吧！

再看看雷诺兹会长身后的滑雪队员，正如资料上显示的，其中有两个是滑雪队的精英艾丽卡和杰森。杰森是高山滑雪的高手，而艾丽莎则无比擅长自由式滑雪，两人不仅技术精湛，而且团队协作能力极强，彼此间的默契和配合可以说是天衣无缝，两人曾在越野滑雪的项目中表现极为出色。

其余七个队员，虽然有的能力并没有那么突出，但从他们冷静的眼神中可以看出几个人都是谙熟滑雪的老手了。林枫默默观察着在场的参赛选手们，企图将他们与安德烈准备的资料对上号。

"我们怎么会临阵脱逃？"安德烈毫不示弱地与雷诺兹对视着，"告诉你，'不惧困难，守护荣耀'可是莱恩学校学生会的传统，我们不当不战而败的懦夫。"

"我们大家都知道维斯顿学校滑雪队的实力，所以我们今天能来迎战，已经足以展现我校学生会的勇气与团队精神了。"林枫认真地说道。

"哦？是吗？"雷诺兹丝毫没有把他们的话放进心里，"希望你们的实力不只是说说而已，我们现在就进滑雪场吧。"

说着，雷诺兹便带领他的组员们进入了马特洪峰的滑雪场地，安德烈带着参赛成员也紧随其后。看到马特洪峰滑雪场的那一刻，李慕白的眼睛都瞪圆了，他还是第一次见到如此壮观的滑雪场。

马特洪峰滑雪场有着绵延数千米的滑雪道，它们如同一条条银白色的巨龙，蜿蜒盘旋在山脉之间，甚至覆盖了整个山峰。山脚之下还隐约可见一大片被雪雾染白的松树。不仅如此，放眼望去，马特洪峰滑雪场的宽度和长度甚至足以容纳成千上万个滑雪者竞技，其规模之大，令人叹为观止！与其说它是一个滑雪场，不如说它是一座宏伟的冰雪王国！

"告诉你们，我们维斯顿学校的滑雪队经常来这里训练，对雪道可以说是了如指掌。"那位叫艾丽卡的队员叫嚣道，"你们拿什么和我们比？"

见艾丽卡如此咄咄逼人，李慕白有些害怕地缩了缩脑袋。再看看雷诺兹会长和其他成员，他们已经摩拳擦掌、蓄势待发了。眼见时机成熟，林枫走上前去，决定进行一番交涉："雷诺兹会长，我想和你谈谈比赛规则。"

"比赛规则？怎么，你们有什么新的玩法吗？"雷诺兹神色有些疑惑。

"如你所见，我们两所学校的选手实力相差悬殊，所以我希望能够给我们一定的制定比赛规则的权利。"林枫深吸了一口气，随后提出了诉求，"我们希望这次比赛分三组进行，并且以混合抽签的形式来确定对手，怎么样？"

"你们想分组进行比赛？可以啊，不过你们总体实力不行，赢家还会是我们。"雷诺兹转而看向自己的选手们，"三局两胜，大家觉得如何呢？"

"这算什么，我无论跟谁比都能赢。"艾丽卡不屑一顾地哼了一声。

"没问题，量他们如何折腾也赢不过我们。"滑雪健将杰森根本没把这提议放在眼里。

"就让莱恩学生会先挑选对手好了，我们还能怕他们？"其他选手也纷纷附和道。

见维斯顿学校并没把分组比赛的事情放在心里，林枫和安德烈默契地对视了一眼，他们知道计划顺利进行了。不过这个作战方案胜利的概率只有五成，在混合抽签的时候，林枫在心中默默祈祷了一把，希望计划能如愿以偿地进行。第一场的比赛选手公布了，第一场由李慕白、弗兰克对决艾丽卡和杰森！

林枫的话音刚落，全场都沉默了。要知道李慕白可是初级滑雪者，而弗兰克是安德烈的助手，他来自温暖的南方国度，也才刚接触滑雪不久，双方实力天差地别，不可能有任何获胜的希望！紧接着，维斯顿学生会的选手们爆发出了一阵大笑——

"哈哈哈，你们这不是自寻死路吗？

"一上来就选了两个最强的选手对决，太不自量力了吧！"

"艾丽卡和杰森可是获过金牌的，对付你们简直不在话下！"

雷诺兹会长更是笑得肚子都疼了，他指着李慕白和弗兰克问道："安德烈，老天都没站在你们那边，开局这两个菜鸟就对上了我们的王牌选手。"

天不遂人愿！一旁的李慕白和弗兰克捏了把冷汗，没想到他们居然是第一个出来比赛的！看着实力接近恐怖的艾丽卡和杰森，两人都不由得紧张地咽了咽口水，李慕白的腿都不自觉地开始颤抖了！

"我们相信李慕白和弗兰克！"玛雅维护着两人，"每次校队训练，弗兰克都很认真，而且李慕白是由我亲自教导的学生，他为了这场比赛，付出了不少努力。"

李慕白用感激的目光看向玛雅，他一改平日里怯懦的姿态，走到了出发点，然后学着玛雅的样子高举着雪杖宣战道："放马过来

吧，我李慕白也不是从前那个文弱的书生了！"

"我也做好了准备，会长，我会守护莱恩学生会的荣耀！"弗兰克紧紧地盯着眼前的雪道说。

"好，那我们就开始吧。"艾丽卡和杰森同时也做好了准备。

"没事的，慕白，只要你能坚持滑下整个雪道就好了，别太在意他们的实力。"林枫做着最后的叮嘱，随后耳语道，"最后，要相信我和安德烈这两位军师。"

随着比赛的哨声响起，紧张的气氛瞬间就在雪道上蔓延开来。只见艾丽卡和杰森这两位滑雪高手如同猎豹般从起点冲出，他们的动作流畅而迅速，仿佛与雪道之间有着天然的默契，两人很快就占据了比赛的优势。而李慕白和弗兰克也紧随其后，他们以最快的速度冲下了雪坡。李慕白的滑雪技术在玛雅的魔鬼训练下有了显著的提升，而弗兰克虽然同样也是滑雪新手，但他也凭借着平日在校队学习到的经验和技巧努力追赶着两人。

双方学生会的成员都助威呐喊着，可是艾丽卡与杰森像两只谙熟雪地的狐狸，轻盈而迅猛地向前冲刺着，不管李慕白和弗兰克再怎么努力追赶，他们都无法撼动这两人领先的优势。而在紧张与刺激的追赶中，李慕白感觉自己的双腿有些僵硬了，他的体力也渐渐有些不支，可现在离终点只差一小段！

不要在意对手有多强，专注眼前的赛道！只要全程滑下来就算胜利了！林枫和玛雅的话语在他的脑海中萦绕着，李慕白咬了咬牙，更加卖力地向前冲刺着，他决不能辜负这段时间的刻苦训练！

然而最终在一片欢呼声中，艾丽卡和杰森率先冲过终点，抵达了山脚，胜利毫无疑问属于他们，而李慕白和弗兰克虽然尽力追赶，最终还是以极大的差距落败。雷诺兹会长满意地放下了观看比赛的望远镜，嬉笑地看着安德烈："这一局我们赢了，想胜过艾丽卡和杰森，还差十万八千年呢！"

安德烈正想反驳，林枫却轻轻拉了拉他的袖口，低声说道："别着急，我们已经消耗了他们两员大将。"

"你以为我真看不出来你们打着什么鬼主意吗？"雷诺兹会长盛气凌人地说道，"你们想利用概率取胜，但即使艾丽卡和杰森不能上场了，我们队伍的菜鸟也比你们的高手厉害。"会长自信极了，他根本不把莱恩学生会放在眼里。

"林枫，玛雅，我尽力了，可还是输了。"回到雪道后的李慕白像个犯错的孩子低下了头，他的内心满是不甘。

"会长对不起，他们实在太强了。"弗兰克也沉重地叹了口气。

尽管第一场比赛惨败，但安德烈还是上前抱了抱他们："李慕白、弗兰克，你俩做得很好！你们用勇气维护了学生会的荣耀。"

第二轮比赛准备开始了，玛雅着急地看着两个会长抽签，她恨不得立马上场打对手个落花流水："求求下次让我上场吧！我们第一局都输了！"她最看不得雷诺兹会长那副扬扬得意的自傲德行了！

"第二局是4V4！"雷诺兹宣布了抽签结果，"我方由艾伦、阿伯特、伊桑、本雅明这几位成员上场！"

"这一局轮到我和另外三个成员上场角逐了。"安德烈深吸了一口气，挥着雪杖来到了比赛点。

没想到雷诺兹会长看穿了他的小心思，不过俗话说得好，"知己

知彼，百战百胜"。在这段日子里，林枫和安德烈对双方参赛选手做了透彻的调查与分析，即便抽签组合是随机的，但他们基本也制定出了不同的作战方案，平时也给组员们做了不少特训。

计划至少成功了五成，当双方四名选手准备好后，安德烈回头再次与林枫对视了一眼，两人的嘴角都不约而同地露出了得意的笑容，轮到我方反击了，展现特训的时候到了！敌方也不知不觉地走进了他们精心布局的计划中。

"为了莱恩学生会的荣耀，大家冲啊！"

随着比赛号角的吹响，林枫像个真正的作战指挥一般高呼着，其他观看比赛的成员也振臂高呼着，他们将现场的气氛炒得更热了——只见四位选手如同离弦之箭冲出了起点，起初比赛的局势并不明朗，双方学生会的成员们实力相当，你追我赶，难分伯仲。而现场的观众们也屏息凝神，期待着比赛的转折点。

然而到了比赛的后半段，安德烈带领的学生会成员们展现出了惊人的爆发力。原来他们在刚开始比赛的过程中积攒了足够的力量，当他们到达第一个关键的弯道时，像约定好了似的突然加速，把维斯顿学生会打了个措手不及！面对选手们的突然爆发，敌方显然没做任何准备，一个接着一个被超越了！这是安德烈在平日的特训里制定的战术，第二场比赛的策略就是"厚积薄发"！

不对劲，这比赛不对劲！回想起这四个队员的平日表现，雷诺兹会长的眉头不由得皱了起来，然后转头看向了嘴角上扬的林枫，这个自诩为军师的女孩到底在策划着什么？难道他们做过针对性训练？林枫也注意到了雷诺兹会长灼热的目光，她转头回了一个淡淡的微笑，似乎在示意着什么。

结局不出意料，莱恩学校的选手们获胜了！这次的胜利不仅仅是赢在技术上，更是平日里努力训练的证明，在场的选手们无不爆发出热烈的掌声与欢呼声。

"我们赢了维斯顿学生会！"李慕白兴奋地欢呼道。

"第二场成功拿下，看来胜负还有转机！"玛雅也振臂高呼道。

"可恶，怎么会这样！"雷诺兹会长始终想不明白，随后冷哼一声说，"哼，你们几个也别太得意，三局两胜，还有一局呢！"

"好啊，最后一场是3V3，你们的对手是我、贝拉和艾瑞斯。忘记说了，我从会走路的时候就开始滑雪了，实力可不比艾丽卡差多少。"玛雅自信地站了出来。

"你们输定了。"艾瑞斯用凌厉的目光望向三名对手，他们不由得打了个寒战。

"我和艾丽卡一样，也曾参加过比赛，虽然每次都被她甩在身后。"贝拉有些遗憾地望向了艾丽卡，随后眼神更加坚定，"但是我每一天都在锻炼自己的能力，一定不会再输给你们了。"

最后上场的两个人都是莱恩学生会隐藏的大将，毕竟压轴戏往往放在最后。至于艾瑞斯，他可是莱恩学校尽人皆知的滑雪高手，不仅如此，他还擅长各类极限运动。幸好平时训练得很充分，这下局势完全扭转了，林枫心中暗暗得意，随后似笑非笑地看着慌张的雷诺兹会长。

"别怕他们，我们第三局的选手也不弱！"雷诺兹会长嘴上叫嚣着，但他的声音明显有些颤抖了。

"会长，这局我们上场。"只见三个队员从队列中走了出来，他们的脸上不再像之前那样自信了。而据林枫调查，这三个人的实力只是中等水平，根本比不过玛雅和艾瑞斯。

"会长，贝拉和艾瑞斯实力很强的，恐怕我们……"其中一个选手有些怯懦地说。

"维斯顿学生会的字典里没有不战而败，你们给我上！"雷诺兹会长不满地训斥道。

最后一场比赛拉开了帷幕，玛雅、贝拉和艾瑞斯站在起点，他们的目光坚定，丝毫没有因为实力问题而对这场比赛有所懈怠。随着一声令下，三人闪电般地冲了出去，相较前两场紧张的你追我赶，最后这场比赛中，三人倒显得更加游刃有余了。他们利用自己的速度和技巧，巧妙地避开了一个个路障，哪怕是很复杂的转弯路道，他们也显得从容不迫。远远望去，三人的滑雪板在雪地上留下了长长的痕迹，像是艺术家的画笔在画板上肆意挥洒着，充满了力量之美。毫无悬念，胜利属于玛雅、贝拉与艾瑞斯。

"三局两胜，我们赢了。"安德烈的语调上扬，得意地看着雷诺兹会长。

"这……这不可能！我们的总体实力明明比你们强！"此时雷诺兹会长如同霜打的茄子，根本不敢相信眼前的事实。眼神中那原本自信得意的光芒消失不见了，取而代之的是不可置信的震惊。

而维斯顿学生会的成员们更蔫了，因为在比赛之前，他们根本没有把莱恩学生会放在眼里！毕竟他们队员里可是有艾丽卡和杰森这两位"大神"，怎么还会输呢？他们纷纷耷拉着脑袋，脸上写满了沮丧，滑雪服上也沾满了雪水，曾经的骄傲自满在这一刻仿佛都被无情地吞噬了。

　　"骄兵必败，轻敌是你们最大的败笔。巧用古代兵法就会攻无不克，我们平日里辛苦训练，已经研究出了不少对付你们的策略。"林枫俏皮地笑笑，随后揭开了谜底，"虽然我们只有五成把握，但是分组混合抽签是借鉴了中国古代兵法中的一招，田忌赛马的故事听过吗？"

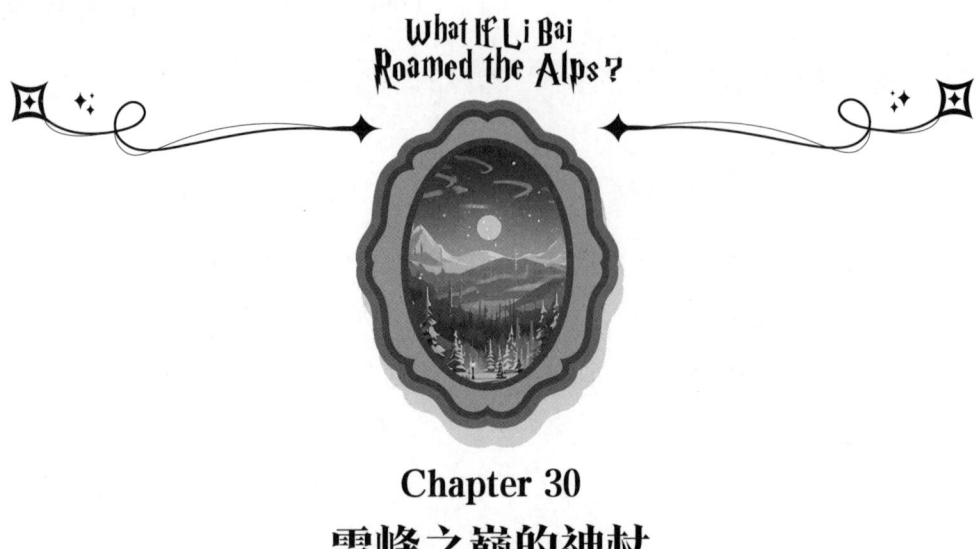

Chapter 30
雪峰之巅的神杖

"我知道你们想用概率取胜，这次是我轻敌了。但是'田忌赛马'又是什么？"雷诺兹会长的眼神中透露出困惑。

"这个策略实际上是古代兵法的一种，只要合理运用我方的长处去对战敌方的短板，就能在竞技中取得胜利。这个故事讲的是齐国的大将田忌同齐威王进行赛马比赛，他们在比赛前各下赌注，每次比赛共设三局，胜两局以上的为赢家。于是田忌用下等马对上等马，中等马对下等马，上等马对中等马这样的排列组合，最终赢得了比赛。从哲学上来讲，当事物的各部分以有序的方式结合时，整体的结果会大于各部分功能之和。"林枫得意地解释道，这可是她第一次将书本上学到的东西运用到实战中。

"但我们是混合抽签，赌概率的话，你们也只有五成获胜的把握啊？"雷诺兹会长瞪大了眼睛，还是不太相信。

这时候安德烈拿出了事先准备好的分析资料和分组图，递给了雷诺兹会长："知己知彼，百战不殆，一定的运气再加上我们平日里制定的战术，获胜的概率自然就大大提高了。"

这段时间林枫和安德烈一直在做分析评估，他们认为李慕白和弗兰克虽然拥有速度和勇气，但两人是技术上的新手，如果他们抽到与高手对决的话，一定必输无疑，但依然能用最小的代价消耗对方的实力；安德烈和其他三位选手实力处于中等，他们的滑雪技术稳定，只要对手不是王牌的话，十拿九稳能赢；玛雅、贝拉与艾瑞斯是团队中的隐藏武器，碰上王牌的获胜概率只有五成，但是碰上其他队员几乎是战无不胜。

"概率加战术就是我们研究出来制敌的好办法！"安德烈犀利地说道。

"真是太厉害了，林枫说不定上一世真是个带兵打仗的大将军。"玛雅夸赞道，其他选手也赞不绝口。

"太妙了，甘拜下风。"维斯顿学生会的选手们也不由感叹道。

"佩服佩服，原来如此。"雷诺兹会长的脸上露出了恍然大悟的表情，"一直以来我都小看莱恩学校了，今年算你们赢了。"

这场滑雪友谊赛结束后，选手们纷纷握手，有人甚至激动地鼓起掌、吹起口哨来，雷鸣般的掌声也回荡在群峰之间。站在山峰之巅，林枫的心中充满了自豪，这场胜利不仅仅属于她这个军师，更是属于学生会全体成员的，大家以努力与拼搏的姿态守护住了学生

会的荣耀。

"今天天气晴朗，不如我们一起拍个照吧！"安德烈拿出了事先放在背包中的单反相机。

在安德烈的提议下，两位学生会会长与在场所有的参赛者都聚集在了马特洪峰的山顶，准备为这场比赛留下纪念。调试固定好摄像头后，安德烈和雷诺兹站在了最前面，两个学校的参赛者分别站在了他们周围。快门声响起，所有人都露出了最灿烂的笑容，他们忘记了比赛的输赢，留在心中的只有赛后的欢喜和这宏伟的冰雪大世界。

"这场比赛确实精彩。安德烈，那我们先回去了。"合影留念后，雷诺兹会长和选手们潇洒地挥了挥手，准备离开。

"好，那我们下次再一起滑雪。"安德烈也挥手告别。

比赛的人群逐渐散去后，林枫脖子上的狐狸项链忽然发出了火红色的光芒，下一秒迪安现身了。它抖了抖身体，看上去比之前精神了许多："你们终于比赛结束了，待在项链里那么长时间，可把我憋坏了，现在能帮我寻找神杖了吧？我能感应到神杖似乎就在这片区域。"

马特洪峰是阿尔卑斯山脉中屈指可数的高峰，女神将神杖藏在这里的可能性极大。为了能更快找到神杖，林枫从背包里翻出来一样东西——那是摄影社长安妮给他们的奖品，一幅记录着阿尔卑斯山区地形的古代地图，林枫觉得应该会派上用场。

不过她环视了一下四周，有些困惑："可是，迪安，我们该如何确定神杖所在的位置呢？这片雪原这么大，我们根本无从下手。"

"是啊，电视上搜救队找人也是动用了直升机和勘察仪器。"安德烈耸了耸肩，他觉得这无疑是大海捞针。

"迪安，要是我们能飞，会魔法就好了，这样效率会提升很多。"玛雅若有所思地说道。

"嗯……魔法吗？"迪安摇了摇尾巴，随后挥爪提议道，"以我现在的灵力，最近恐怕很难打开时空之门了，但倒是可以传授给你们初级悬浮术，这是一种可以隐形飞翔的法术，学会之后便能在空中寻找神杖了。女神还把感应神杖的星光能量赐予了我，我可以把能量也分给你们。"

迪安说着便站到了四人中间，它的眼睛泛起了微光。光芒逐渐增强，迪安开始吟唱起古老的咒语，霎时间那道光芒飘向了四人的身体。林枫感到一股奇异的能量萦绕左右，她轻轻地闭上了眼睛，迪安施法的波动也与她的身体发生了共鸣。光芒越来越亮，四人感觉自己变得越来越轻盈了，再度睁开眼时，他们的双脚已经离开了地面，下一秒真的悬浮在了高空中！

"我居然会飞了，我成神仙了！"李慕白惊呼道。

"这就是悬浮术啊，迪安你应该早点教给我们！"玛雅不可思议地看着自己的手，她发现身体变得透明，甚至能透过阳光，这样飞在天上也不会被人发现了。

"事先声明，我的法术只能维持两个小时，大家要抓紧时间。"迪安也飘在了空中，它站在了林枫的脑袋上。

"事不宜迟，我们兵分两路去搜寻，玛雅和安德烈负责南北方，我和李慕白在东西方寻找，一旦发现了神杖就立马会合。"林枫将复

印的古卷轴地图分发给了大家。

"好，那有消息立马互通。"于是玛雅和安德烈向着马特洪峰的北方飞了过去。

林枫和李慕白向东方飞了去，目光不停地在雪原上搜寻着。从地图上来看，阿尔卑斯山大约有两亿五千年的历史，经过几亿年的地壳运动，这片区域的地形已经改变了不少，以前的平原变成裂谷，有些山谷倒形成了山峰。林枫努力在这茫茫的雪原中寻找着蛛丝马迹，可是时间一分一秒地过去，他们都没能发现任何有关神杖的迹象，星光能量都没有任何反应。悬浮在空中的李慕白和林枫像两只迷路的鸟雀，不知所措地乱转着。

李慕白皱着眉头，揉了揉发涩的眼睛："林枫，我们已经绕着马特洪峰转了好几圈了，可是没有任何的线索，你觉得神杖会藏在哪里呢？"

"换作是我，我应该将它藏在一个隐秘的地方，比如山洞之类的。迪安，你待在达奴女神身边最久，你觉得她会把神杖放在哪里？"林枫问道。

"女神的智慧深不可测，"迪安也毫无头绪，"而且从地图上推测，我们看到的平原在过去也许是雪峰，这就更难找了。"

"小时候，家父为了督促我学习，经常会没收一些小玩意。而我常常会将它们藏在爹爹看不见的地方，比如花丛中、桑树下，有一次我还藏在了喜欢的诗卷中……"李慕白的眼中泛着思念的光。

那个时候他刚学会读书写字，父亲十分严格，除了笔墨纸砚，他几乎接触不到任何东西，可是玩耍又是孩童的天性。于是小小的李慕白便耍起了小机灵，他会把小溪边捡来的鹅卵石藏在花丛里，也会在夏季偷偷捡透明的蝉壳放在花园的树洞中，他第一次参加科举考试时，还用手中的余钱买了一只木制飞燕，将它放进了花园中松动的砖瓦后面……因此，这方寸不大的花园便成了李慕白的秘密之地，收藏了许多过往的珍贵回忆。

"所以你想说，比起隐秘的山洞，达奴女神更有可能将神杖藏在了她喜欢的地方？"受到李慕白回忆的启发，林枫倒是有了些头绪。

"女神喜欢的地方？我想想……"迪安若有所思地看着地图，随后用爪子指了指，"其实在数亿年前，在马特洪峰的南边有一片广袤的平原，那时候天地诞生之初，有不少灵物栖居在马特洪峰。而这片平原上开满了罕见的花朵，女神经常在花海中散步，她很喜欢去那里。"迪安的眼前仿佛浮现出了那片花海的奇景。

"女神既然能将情感化作守护结界，那么我想线索可能就藏在那片平原之中！"

恰在这时，安德烈给林枫打来了电话，他的声音兴奋极了："林枫，李慕白，我们好像发现了神杖的波动，就在南方地带的一处岩石边！"

"太好了，我们马上过去！"

听到这个好消息后，林枫和李慕白对视了一眼，终于有神杖的下落了！于是两人立马使用悬浮术，飞速向安德烈所说的地方赶去。离目标越来越近时，两人感受到空气中弥漫着一股不同寻常的奇异能量。

"神杖……神杖果然在那片平原之上，感应越来越强烈了！"迪

安激动地加快了速度，同时他们也看到了在地面上挥手的玛雅和安德烈。

当林枫和李慕白安全降临后，他们发现那是一片藏在高峰之上的雪原。与被人类开发过的地带不同，眼前的这片雪原如若一片未被玷污的白色画布，纯净得令人屏息。这里处于高原地带，几乎寻觅不到人迹，处处散发着一种原始的、空灵的美感。奇异的是，在雪原的中央地带矗立着一块巨大的岩石，它孤零零地站在那里，显得十分突兀。岩石的表面覆盖着厚厚的积雪，刻在岩石上的神秘符咒却微微发光，散发出一种神秘的气息。

"巨石上传来了强烈的能量波动。"玛雅闭上眼睛将手心抵在巨石上，"我想女神的神杖应该就藏在岩石之下！"

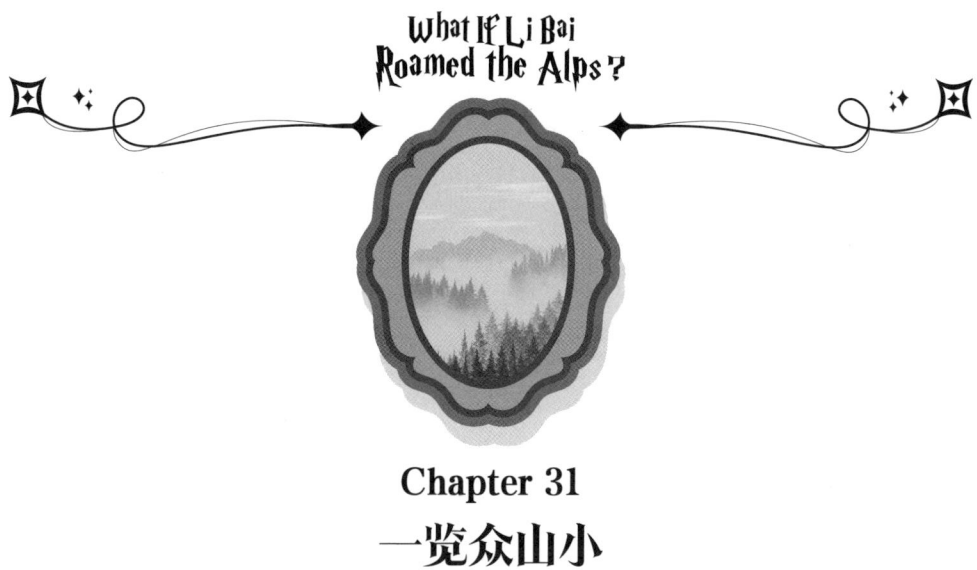

Chapter 31
一览众山小

　　"那就简单了，咱们快把岩石移开吧！"林枫将身子抵在了岩石上。

　　玛雅、安德烈和李慕白也加入，几人用力推着岩石。可是无论他们使出多大力气，岩石却如坚挺的巨人般丝毫没有动静。玛雅摇了摇头说道："这里海拔很高，岩石已经被冰牢牢冻住了，仅凭我们是没办法挪开的。"

　　"不要用蛮力，你们先把手掌贴在岩石的符文上。"迪安跳到岩石上说，"之前我将女神的感应能量分给了你们，这股能量也许是打开岩石的关键。"

　　按照迪安的指示，众人彼此对视了一眼，林枫率先伸出了手心，

轻轻地贴在了岩石表面的符文之上，其他人也紧随其后。他们闭上眼睛集中精神，试图与岩石上的神秘符咒产生共鸣——突然间，似乎是触发了什么反应，岩石开始剧烈颤动起来。林枫感觉手心热得发烫，紧接着惊人的一幕发生了，岩石竟然缓缓移开，露出了一个隐藏的小洞口。

"我们成功了！"玛雅兴奋地将手伸入洞口中，想要将神杖取出来。

"玛雅，小心！"就在大家为这神奇的一幕感到震惊时，忽然一股强烈的冲击力从洞口处传来，幸好安德烈眼疾手快地将玛雅推到了一旁。

这是怎么回事？几人惊恐地望着那道喷涌着能量的洞口，突然之间，只见一个庞然大物直冲而出——那家伙的动作迅猛有力，几乎让人措手不及，要不是安德烈推了玛雅一把，恐怕她的手臂就会被咬伤！林枫定睛一看，那家伙的身躯几乎由冰雪构成，头颅像一只巨大的狼脑袋，威风凛凛。它的牙齿锋利如刀，张开大口时甚至能看到一排排尖利的冰牙。那家伙的身体表面还覆盖着一层厚厚的雪，就像是披了一件天然的铠甲，俨然一副怪物的模样。

"这是什么东西？女神的神杖呢？"李慕白恐惧地向后退着，这雪狼可是比棕熊还大三倍。

雪狼张开了大口，似乎在积蓄着冰雪能量，只见它猛吸一口气，然后喷出了一团冰冷的气流。那股气流在空中迅速凝结，随后化成了一个巨大的冰球，向着林枫等人飞速袭来。

"大家小心，雪狼要攻击我们了！"林枫大叫着提醒，然后朝一

旁躲开。

"啊！"在林枫的提醒下，大家各自朝着不同的方向散开，很庆幸地躲过了雪狼的一轮攻击。那个冰球撞击到地面上，立刻将雪地炸裂开来，无数飞溅的冰片如同锋利的刀刃向四面划开，发出了尖锐的呼啸声。

"迪安，神杖到底在哪里啊？"眼看雪狼开始蓄积第二波光柱了，林枫更加焦急了。

"雪狼肯定是达奴女神设下的看守者，说不定神杖就在它体内，先让我看看！"迪安的双眸发光，仔细观察着雪狼。很快它发现雪狼的额头上镶嵌着一颗极其耀眼的蓝宝石，此时迪安的心中涌现出一股直觉，它感受到了女神的力量——那颗蓝宝石中或许隐藏着他们一直在寻找的神杖！

"我们得想办法把那颗蓝宝石拿下来！"迪安喊道。

雪狼的第二波攻击已经酝酿好了，只见它张开血盆大口，再次吐出冰球，向众人砸来，有了上次躲闪的经验，林枫他们有惊无险又逃过一劫！可是光是逃跑并没什么用，雪狼的攻击一波接着一波，更重要的是——如果再让它持续攻击下去，恐怕这一片平原将会塌方！

"雪狼一直在对我们发动攻击，我们没办法反击啊！它这么大！"安德烈无助地看着眼前这个庞然大物。

"新一轮攻击又来了，大家快想想办法！"雪狼攻击的频率越来越高，林枫只能带着大家东躲西藏。

雪狼是达奴女神制造出的看守者，普通的反击肯定对它无效！

但女神既然将神杖藏在这里，那肯定就有破解眼下困境的办法……在紧张的对峙中，迪安意识到仅仅凭借蛮力是无法与雪狼抗衡的。不过，它眼睛一转，似乎想到了什么主意——

"林枫，你们注意躲闪，其余的交给我！"当雪狼再次张开大口准备喷出冰球时，只见迪安一跃而起，挡在了大家的面前，同时它迅速地凝聚起了自身能量。

一瞬间，只见透明的能量场在迪安的周围回旋升起，当雪狼的冰球呼啸而来时，那股能量场竟然形成了一股小型飓风，将冰球反弹了回去！经过飓风的作用力，冰球以更快的速度与更强的力量精确无误地砸中了雪狼的狼脑袋！

"击中它了！"林枫兴奋地握紧了拳头。

"哼哼，这就叫以他山之石攻玉，打不过雪狼，那不如将它的能量全部奉还。"迪安得意地摇了摇尾巴。

不过这个冰球也足够大，雪狼被这突如其来的反击打得措手不及，它摇晃了几下身子，巨大的身躯开始失去平衡。当它往后跌倒的那一刻，额头上那颗耀眼的蓝宝石也因为受到冲击力而脱落了下来。

"林枫，趁现在将那颗蓝宝石取走！"迪安命令道。

只见林枫迅速冲向了蓝宝石，将它紧紧握在了手心中。而随着蓝宝石的脱离，雪狼的力量开始逐渐消退。由冰雪构成的身体开始逐渐融化，最终雪狼化作了一摊普通的积雪，他们胜利了！

还没来得及庆祝，那颗蓝宝石下一秒便开始在林枫的掌心颤动，并且发出了耀眼的蓝光，光芒越来越强烈，几乎让人无法直视，林枫下意识眯起了眼睛。不久后只听"啪"的一声，宝石忽然炸裂，紧接着那些光芒竟幻化成了一根神杖，轻轻地落在了林枫的手中。

那根神杖质地冰冷，杖柄上缠绕着一圈圈精致的螺纹银丝，细细看来闪烁着微光，柱上还雕刻着精细的花纹与符号，古老而神秘。而神杖的顶端镶嵌着一颗巨大的、散发着柔和光芒的蓝宝石，远远看去宛若一颗璀璨的蓝星，那是女神力量的象征。

"这就是达奴女神的神杖，我感受到了其中蕴含着的女神的能量！"林枫惊异地感叹道。

正当诧异之时，林枫感到脚下的山脉平原开始轻轻隆起升高，周围的景色不断变化着——远处出现了连绵起伏的山脉。更不可思议的是，在他们的脚下有一朵朵冰晶似的花朵绽放着，它们的花瓣如雪白的丝绸，远远望去美丽而神圣。一切都变了，仿佛有什么力量在唤醒这片沉睡的土地。

"这是两亿年前的马特洪峰，也是达奴女神曾经看到过的景象——这是神杖的力量！"直到迪安用爪子碰了碰脚下那摇曳的雪灵花，它才知道这一切不过是女神创造的幻境。

眼前的风景仍在不息地变化着，林枫看得入了迷，不由喃喃自语道："想不到远古时期的马特洪峰这么美，不仅有大片盛开的雪灵花，还有成片的山脉……"

"这次多亏了迪安教我们的悬浮术，我们才能登顶马特洪峰！"玛雅乐滋滋地看着眼前的景象，不过她的心中也有些困惑，"可是达奴女神为什么要给我们看这些呢？"

"说不定这些景象是她留给我们的提示。"安德烈的视线在群山

之中眺望着，对于一个经常出游登山的人，这景色并不让他感觉有
多么新奇。

李慕白站在这新形成的高高隆起的山峰之上，他的目光穿过飘
扬的雪花望向了远方——群山如画卷般在他的面前展开，又如波涛
般连绵起伏地铺陈开来。群山的轮廓在神杖的光辉下显得更加清晰，
李慕白感到一种前所未有的壮阔和自由，仿佛整个世界都臣服在他
的脚下。他深吸了一口气，感受着有些凛冽的寒风，此刻他的胸中
涌现出了一股强烈的情感，站在这里，他感到自己仿佛与天地融为
一体，所有的烦恼都在顷刻间消失殆尽。

李慕白忽然想起了诗人们登上顶峰、面对壮丽山河时的豪情壮
志，他想到了李白的"登高壮观天地间，大江茫茫去不还"，李白喜
欢游历名山好水，当他攀登五岳，不畏路遥去寻仙道时，登上顶峰
看见了悠悠东去的大江，感受到了驰骋于天地间的快活；他还想到
了王之涣的"白日依山尽，黄河入海流"，诗人登高望远时，看到依
傍山峦沉落的太阳，看到折而东向最终流归大海的黄河，短短二十
字气势磅礴……而最契合当下心境的倒是杜甫的那句——

"会当凌绝顶，一览众山小。"看到此景李慕白不由得轻轻地吟
诵了起来。

李慕白想起了杜甫《望岳》里的诗句，这也是杜甫独自站在泰山
之巅发出的感慨。泰山，这座伟大而巍峨的山峰，自古以来就是帝
王的封禅之地，被无数文人墨客仰慕与向往。当杜甫在顶峰放眼望
去，他感受到了无与伦比的雄伟与壮丽：群山在他的脚下匍匐，云
海在眼前翻腾，那是一种前所未有的豁达与自由，仿佛整个世界都

在他的掌控之中。

如今李慕白站在马特洪峰之上亦有此情，与经常登山的安德烈与玛雅不同，这是他第一次脱离书卷登高望远，虽然是亿万年前的幻象，但他的心中难免涌动着难以言喻的敬畏与激动。

恰在这时，林枫口袋中的星辰罗盘也飘了出来，罗盘悬浮在李慕白的面前，上面的星座图案闪闪发光，仿佛在与天空中的星辰遥相呼应着。迪安感受到了罗盘的异样，它赶忙跳到了林枫的肩头说道："山之结界有感应了！一定是刚才李慕白的诗句召唤出了星辰罗盘，林枫，请你用神杖的力量修复守护结界吧！"

"可……可是我不会用神杖啊？有什么启动口诀吗？"林枫想起了影视剧里挥动法杖的女巫，她觉得神杖肯定不会轻易被启动。

"林枫，闭上眼睛集中精神，用意念与达奴女神的神力相连接，你一定能做到的！"迪安教导道。

只见林枫举起神杖，闭上双眼，她感受到了神杖中蕴含的神力，那是一种来自遥远宇宙的古老而纯净的能量。似乎是感受到了林枫的召唤，神杖上镶嵌的那颗蓝宝石开始越发璀璨，只见一道蓝光从神杖射出，照到了星辰罗盘上，此刻林枫的呼吸渐渐平稳，她的意念犹如一条无形的纽带，将神杖的力量与星辰罗盘紧密相连。

"神杖，我命你修复山之结界！"当林枫再次睁开眼时，她的眼睛变成了湖蓝色，同时周围散发着强大的气场。这一刻她的意志与神杖的力量合为一体，心灵也与达奴女神产生了共鸣。

"我必须要想办法修复山之结界！"只见林枫轻轻挥动着神杖，随着神杖光芒的逐渐扩散，一道道柔和的光辉在山间流转，仿佛是

女神的双手在轻抚着大地。星辰罗盘上的星座又被点亮了一些，林枫能够感受到山之结界在逐渐恢复，或者说它变得更加坚固而强大了，犹如一道不可逾越的屏障，静静地守护着阿尔卑斯山脉神圣的土地与山间的生灵们。

"太好了，山之结界被修复了！"迪安感动得流下了泪水，这意味着离守护结界完全修复又近了一步。

"林枫居然能使用女神留下的神杖，这也太厉害了！"玛雅都看呆了。

当山之结界完全修复后，神杖的光芒也渐渐消散。下一秒，神杖从林枫的手中脱离，随后轻轻地旋转着，最终化作一颗蓝宝石又落在了林枫的手心。然而当林枫再度睁开眼时，一阵强烈的疲倦与眩晕向她袭来，她的身体开始摇晃，眼前的景象也变得模糊了起来。

"林枫，你怎么了？"

"林枫，林枫！"

……

林枫听到似乎有人在叫自己，她很想回应，可是意识已经模糊不清了。她试着稳住身子，可是刚才迸发的那股神力已经超出了她的极限。最终林枫的眼前一片黑暗，站不住脚，忽然晕了过去。

Chapter 32
冬天里盛开的花

　　林枫做了一个梦，但准确来说，她感觉不是梦——当她倒下的那一刻，她感觉自己的思维意识混沌不已，再度醒来时，她发现自己置身于一片虚无缥缈的星空中。一位优雅的女神缓缓向她走来，那人的面容温和而庄严，她身着瑰丽的长袍，手中拿着一根神杖，周身还环绕着柔和的光芒。

　　"达奴女神？"林枫试探性呼唤着。

　　"林枫，谢谢你。"达奴女神的声音如同天籁，她微微颔首道，"谢谢你帮我修复了四个结界，如今阿尔卑斯山地区的生态恢复了不少。"

　　林枫的心中涌入一阵温暖，目前他们已经修复了阔之结界、月

之结界、水之结界和山之结界，星辰罗盘上的黄道十二宫星座也点亮得差不多了，可是还有最后一个结界没有修复。

"我今天是来给你们一个预言。"达奴女神的语气忽然变得沉重起来，"守护结界消失太久了，我预感七天后，雪山将迎来大面积的崩塌，那时候可能会危及阿尔卑斯山地区的人类，留给大家修复结界的时间已经不多了……"女神的身影越来越模糊，像一首即将化作缥缈的歌。

"达奴女神，最后一个结界是什么呢？还有，我们该怎么阻止雪山崩塌的大灾难呢？"林枫着急地喊道。

"踏雪……"女神吐出这两个字后便消失了，周围的星空急速变幻着，最终星空的背景化作了虚无的泡沫。

踏雪是什么？还有七天后阿尔卑斯山地区将迎来雪山大崩塌？一个个重磅消息如同惊雷般击中了林枫的心脏，看来要尽快修复守护结界了。在这片混沌的意识空间之中，林枫听到有人在呼唤自己的名字——

"林枫，林枫！"

林枫终于醒了过来，她捂住了发疼的脑袋，刚才女神的话深深地烙在了她的心里。林枫下意识地看向周围——白色的病床、来回走动的医生，还有消毒水的刺鼻味道，这里很明显是医院。在她周围的是安德烈、玛雅和李慕白这三位好友，他们正一脸担忧地望着自己。

"我怎么会在这里？"林枫问道。

"林枫，你可算醒了！"玛雅激动地抱了上去，"这里是医院，之前你修复完山之结界后就晕倒了，可把我们几个吓坏了！"

"是啊，林枫你感觉怎么样？"安德烈也关切地问道。

林枫揉了揉太阳穴，努力回忆着——那天在马特洪峰与维斯顿学校比完赛后，他们合力找到了达奴女神的神杖，并且无意中触发了山之结界。然而当自己举起神杖修复结界时，她感觉自己的体力在抽离，自此晕了过去……

"先别说这个了，刚才达奴女神在梦中给了我一个预言！"林枫焦急地说道，"守护结界消失太久了，她说七天后阿尔卑斯山地区将会迎来雪山崩塌！"

"啊？"安德烈睁大了眼睛，他拿出手机看了看说，"可是老师在群里通知，下周的学校赏雪日，会组织大家集体去莱恩滑雪场的旋转餐厅聚餐，这可怎么办？"

"林枫，你不会睡迷糊了吧？"玛雅将手抚上了林枫的额头，眼神中充满担忧。

"恐怕达奴女神的预言是真的，我们还是先回寝室再说！"林枫忍着眩晕感站起身来，现在处理即将来临的大灾难最要紧。

当大家跟着林枫回到寝室后，只见林枫将脖子上的狐狸项链取了下来，并且在心中轻声召唤着迪安。像是有感应似的，渐渐地，一阵柔和的银光从项链中溢出，迪安从项链中钻了出来，它第一时间问候道："林枫，你身体好了吗？"

"迪安，达奴女神说七天后阿尔卑斯山地区将迎来雪山大崩塌，临走前说了'踏雪'二字，你知道这是什么意思吗？"林枫抱起迪安问道。

"踏雪？"迪安的脖子向里缩了缩，似乎想起了什么糟糕的回忆，"林枫，它是女神的一位好友。那家伙脾气古怪得很，不一定愿意帮我们的。"

"踏雪居然是个名字！那它是一个人吗？还是和你一样是只狐狸？"玛雅好奇地问道。

"唉，真拿你们没办法！"迪安从林枫的怀中跳了下来，在地板上反复绕着圈，似乎在犹豫着什么，"踏雪其实是一只雪猫，它住在人迹罕至的雪域之中，达奴女神在创造守护结界的时候救助了受伤的它，从此两人成了很好的朋友……"

根据迪安的描述，踏雪和迪安一样都是灵兽，据说这只雪猫有着冰晶般的眼眸，能在雪地里悄无声息地奔跑，因为其毛发如同初雪一般洁净无瑕，所以名为"踏雪"。踏雪是一只向往自由的灵猫，因此女神并没有将其留在身边，迪安说踏雪生性顽劣，令人捉摸不透，有时它喜欢用恶作剧捉弄他人，但有时它又会好心地引导迷路的旅人找到回家的路……踏雪常常把迪安捉弄得团团转，因此迪安并不怎么喜欢它，两人可谓是老冤家了。

"踏雪也许能帮助我们呢！迪安，你快帮我们把它找出来吧！"林枫请求道。

"好吧，但事先说好，我可是有上百年没见过踏雪了，它会不会帮忙我也不知道。"迪安像是变戏法般地变出了一枚金色的铃铛，这枚金铃铛就是召唤踏雪的信物。紧接着，只听它低声念着什么咒语，瞬间与金色的铃铛产生了共鸣——

随着咒语的回响，周围的空气似乎也变得寒冷起来，寝室的空中忽然飘起了洁白的雪花。随后一个灵巧的身影逐渐显现出来，只见它轻盈地踏着雪花跳跃着，动作优雅得像在跳舞。林枫的内心有些惊讶，因为她从未见过如此纯白的毛发。灵猫用那宝石般的瞳孔盯着迪安看了一阵，然后用极其戏谑的语调打着招呼："哟，几百年不见，没想到迪安你还收了四个看上去笨笨的手下。"

"手下？你是说我们吗？"安德烈有些无辜地指着自己。

"这是雪猫吧！在唐朝只有达官贵族才能养得起纯色的猫。"李慕白想要摸一下踏雪的皮毛，却被它灵巧地躲开了。

"我们是迪安的朋友。"林枫用友好的声音说道，"你能帮忙解决阿尔卑斯山的大灾难吗？求求你了。"

"我才不要。"踏雪干脆利落地拒绝了，开始卷起尾巴自顾自地玩了起来，"你又不是达奴女神，凭什么要我帮你们办事？"

"你——"看着踏雪玩世不恭的模样，迪安生气地冲上前质问道，"你也是生活在阿尔卑斯山地区的灵兽，怎么能坐视不管呢？"

"好了，好了，争吵解决不了问题。"林枫当起了和事佬，她有些无奈地问道，"踏雪，我们要怎么做，你才肯帮我们？"

踏雪用慵懒的眼神瞟了一眼林枫，随后舔起了爪子，心中打起了好玩的主意："我曾经在周游各国时见过在雪中盛开的一种红梅花，我很想再见见它。如果你们能在三天内找到这种花，我就考虑帮你们，如何啊？"踏雪慵懒地打了个哈欠，随后钻进了迪安的专属小窝。

"喂！那可是我的地盘，踏雪你快让开！"迪安不开心地嚷嚷着，它气急败坏地龇着牙。

"总之，三天内我要看到那种花，否则免谈。"踏雪困倦地闭上了眼睛，打起了呼噜。

随着踏雪进入梦乡，林枫他们集体陷入了沉思——要想让灵猫踏雪出面阻止阿尔卑斯山地区的雪崩，就要让它看到冬季里盛开的红梅花。可是梅花一般生长在中国的南方，瑞士哪里有什么盛开的红梅花？

"可是瑞士并没有梅花啊，咱们上哪里去找呢？"玛雅犯了难。

"我也不太清楚，但咱们可以四处多打听打听。"林枫说道。

第二天，老师果然公布了下周学校的赏雪日活动："下周所有年级将会在滑雪场最高的旋转餐厅举行聚餐活动，大家可以边赏雪边享受美食。"莱恩学校有一个传统，那就是每当大雪纷飞的时候，学校会组织一次盛大的赏雪活动。

莱恩滑雪场的最高点有一个非常特殊的"旋转餐厅"，那个餐厅是一座设计独特的建筑，建筑的外墙采用了能够反射雪景的玻璃镜。餐厅每隔一个半小时会旋转一周，因此，顾客在座位上就可以观赏到阿尔卑斯山数个山峰间的景观，无论你坐在哪个位置，都能感受到如同置身于雪地之中的美妙感觉。不仅如此，这个旋转餐厅还提供奶酪佳肴、瑞士炸土豆等地域特产，是莱恩学校附近很著名的餐厅。所以这次赏雪的地点就定在了旋转餐厅。

"这次的主题是'地球一家'，"老师微笑说道，"学校不仅是为了让大家放松心情，也希望大家能准备一些代表各自国家或地区风俗的节目或者游戏，这样每个人都能在活动中分享自己国家的文化，同时还能体验其他国家的风俗。"

　　大家听后纷纷议论了起来：俄罗斯的同学兴奋地说准备带一组俄罗斯套娃，并想在那天邀请同学们品尝不同于瑞士巧克力的俄罗斯巧克力；来自德国的同学准备当天与大家玩一种叫作"九柱戏"的迷你游戏，带大家体验一下德国的民间风情；玛雅则打算准备一副扑克牌，教大家玩英国的扑克游戏……

　　"李慕白，你打算准备什么啊？"林枫问道，"你可是唐朝的人，要不分享一些有趣的游戏吧？"

　　李慕白挠了挠头，神色显得有些犯难了。其实他的确玩过不少游戏，比如流行于唐朝宴会中的"投壶"游戏，玩家需要将箭矢投入壶中，根据投中的数量决定胜负。再比如他还玩过一种叫作"击鞠"的游戏，参与游戏的人必须骑在马上击球，击鞠所用的球有拳头大小，有些类似现代的棒球。当然，唐朝也有类似扑克牌那样的纸牌游戏，被称为"叶子戏"，很考验玩家的策略和智慧……不过李慕白觉得这些都不太好，他认为雪天应该做一些呼应雪景的风雅事。

　　"其实我也没想好呢，林枫你有什么想法吗？"李慕白问道。

　　"这几天都在焦头烂额地寻找梅花，目前还没什么好想法。"林枫叹了口气。

Chapter 33
旋转餐厅的世界赏雪日

　　赏雪聚餐活动定在了周五，老师们说周五天气晴朗，应该是个不错的赏雪日。对于即将来临的赏雪日，全校师生都显得无比兴奋！

　　恰好在一周前，阿尔卑斯山地区迎来了难得的大雪，这场大雪像是大自然慷慨的馈赠，将莱恩学校和周边的山川都覆盖在了洁白之中。大雪下得盛大稠密，短短几个小时，整个世界就变得银装素裹了，全校师生为之震撼。只有林枫知道真相：阿尔卑斯山地区之所以会迎来大雪，其实是因为四个守护结界成功修复了。可是第五个结界还未修复，两天过去了，他们也没解决踏雪留下的难题。

　　期待已久的周五终于到来了，全校师生都前往旋转餐厅会合了。

当大家乘坐着缆车登上滑雪场的峰顶时，忍不住发出了惊叹——果然如旅游手册上介绍的那样，餐厅的玻璃镜面反射着山峰之外的雪景，旋转餐厅还在缓缓旋转着，将整个冰雪世界都收入眼中。

"发明这个的人简直就是天才！"玛雅兴奋地指着旋转餐厅惊叹道，"玻璃将外面的雪景都映了进来，我们岂不是就像坐在冰雪屋中聚餐一样！"

"这家旋转餐厅很有名，可以说是瑞士比较有趣的打卡胜地之一了。"林枫示意道，"好了，咱们快进去吧，大家都在里面等着了！"

唉，红梅没找出来，也不知道该跟大家分享什么！李慕白耷拉着脑袋走了进去，其实昨天他将从网上淘来的笔墨纸砚统统放进了背包里，实在不行就给大家现场写几首诗歌助兴吧！

大家在旋转餐厅入座后不久，美味的佳肴也被陆续端上桌。最先上场的是瑞士干肉，那是一种被风干的牛肉片，肉质鲜美、口感独特，通常还搭配瑞士干酪和黑面包一起食用，听说搭配啤酒也十分美味，不过学校用来搭配可乐也很好；还有一道是传统奶酪火锅，那是一种将各类奶酪融化在锅中，搭配着面包块、土豆以及各种蔬菜一起食用的美食，各类奶酪混合在一起，香气四溢，让人馋涎欲滴，能在寒冷的冬季带来温暖和满足感。

锅中热气腾腾，窗外的雪景也如梦似幻，而餐厅内同学们的谈笑声让李慕白不禁陷入了回忆：在隆冬的时候，父亲也会在家中摆桌设宴，邀请亲朋好友们前来观景赏雪，大家也会围坐在热气腾腾的餐桌旁赏雪谈笑。酒香与笑声交织在一起，让整个家宴都充满了欢笑声。而此刻远在异国他乡的李慕白同样感受到了这种温馨，脸

上浮现出怀念的神色。

"慕白，你在想什么呢？"林枫有些担忧地看着他。

"没什么，我只是想起了过去。"李慕白赶紧擦了擦眼角的泪水。

"这次我们全年级一起聚餐，机会难得，有人愿意分享一下自己家乡的特色吗？"十二年级的老师拍了拍手示意道。

话音刚落，一位来自日本的学姐分享道："在日本，冬季是观赏雪景和泡温泉的季节。我们会去北海道滑雪，也会去京都的金阁寺赏雪。对了，我们一家人还会去祈福，一起吃年糕汤和各种应季美食。"

"在我们英国，冬季大家也会去滑雪，比如我经常去苏格兰高地滑雪。当然，也有人选择在乡村小屋度过漫长的寒冬，他们喜欢围坐在壁炉边取暖。我在冬天无聊的时候，也会和朋友们打惠斯特桥牌，喏，今天我还带过来了……"玛雅也分享着，并将事先准备好的扑克牌举了起来。

……

大家开心地交谈分享着，餐厅内的气氛变得更加热烈与融洽了，越来越多的同学加入了讨论。尽管大家来自不同国家和地区，有着不同的文化背景，但在交流后，大家却发现彼此有着相似的经历和情感。李慕白静坐在那里，倾听着每个人的分享，他的眼神中闪烁着向往的光芒，此时他被这种文化交流的魅力感染了，心中也涌起了一股强烈的分享欲。

"冬天植物都枯萎了，我们的室外活动无非就是滑雪滑冰，感觉没什么意思。"林枫旁边的同学无聊地打了个哈欠，"对了，林枫，你和李慕白不是来自中国吗？除了滑雪，你们国家还有什么好玩的活动呢？"

"我想一想。"李慕白若有所思，"在我们那里，冬天也有很多趣事可干……"

灵光乍现，李慕白忽然想起了一个好玩的"游戏"——那是一个大雪纷飞的冬日，父亲抱着小时候的自己在窗边看雪。那日他曾对父亲抱怨说冬天看不到花，感觉很无聊。于是父亲微笑着从书房拿出了一张宣纸，随意地在上面撒了些墨水，轻轻用嘴吹了起来……

李慕白从背包里拿出笔墨纸砚给大家介绍道："我想给大家分享一个我们冬季常做的游戏，游戏的名字就叫'吹墨梅'！"

"吹墨梅？那是什么游戏！"大家停下了交谈，好奇地看着李慕白。

"'吹墨梅'就是用嘴吹出来梅花。松、竹、菊在中国被称作称'岁寒三友'，吹墨梅是一种独特的中国画形式，它利用墨汁的流动性，通过吹气使墨汁在纸上自然流动、扩散，形成树枝等形状的线条，再结合梅花的特点，添加上花朵等细节，从而创作出具有艺术感的梅花作品。在中国的很多文学作品中，梅花通常被用来比喻逆境中依然坚韧不拔、品质高洁的人。"李慕白一边说着，一边将宣纸拿出来做示范。

首先，他把画纸平铺在桌上，然后在画纸上随意滴了一些墨汁，趁墨汁未干，他用嘴对着墨汁向上吹着，受到气流的影响，墨汁向四面八方流淌着，宣纸上渐渐地真的出现了一个多杈的梅枝！紧接着李慕白又在纸上滴了一滴墨，以相同的方式又在纸上吹出了另一

株的梅枝。

"你们看，这样两株梅枝就吹好了。"随后李慕白又用笔蘸了蘸随身带来的红色颜料，在交错的梅花枝上随意画上了几朵红梅花，补充说，"梅树本身就是由着自己的天性去生枝的，所以我小时候经常会用'吹墨梅'来模仿冬季的梅树……"

李慕白的那株梅枝引起了不小的轰动——同学们都纷纷围拢过来，好奇地观看着这个充满创意与艺术性的游戏。大家都跃跃欲试，他们从李慕白那里拿了宣纸、墨水和颜料，然后学着李慕白的模样用嘴轻轻地吹气，让墨水在纸上扩散开来，形成一株株形态各异的梅枝，最后再用毛笔歪歪扭扭地画了几朵色彩浓郁、花瓣舒展的红色梅花。

"我从前就很喜欢中国的水墨画，但没想到可以用流动的墨水模拟梅枝！"一位法国同学赞叹道，他的眼睛中闪烁着对艺术的热爱。

"原来中国古代还有这种游戏，真有意思。"安德烈细细地观赏起大家的"吹墨梅"。

"这种作画方法真有趣，说不定我能画得更好！"玛雅忍不住也拿起一张宣纸开始尝试。

……

七嘴八舌的议论声仍旧不断，这时林枫感觉脖子上的项链轻轻晃了晃，迪安似乎在召唤自己。林枫见大家都被李慕白的水墨梅花所吸引，便悄悄走出了餐厅。当她来到一个隐秘的地方时，迪安忽然从项链里现身了，只见它警觉地说道："林枫，其实从你们进入餐厅开始，我就感受到了踏雪的气息，不知道这小猫神出鬼没地在干什么，你可得小心点……"

"你说谁是小猫，真是失礼！"迪安的话音刚落，只听空中传来了踏雪没有好气的声音，下一秒它就在迪安面前现了形。

"踏雪，你怎么也在这里？"林枫蹲下身子问道。

"大灾难已经进入了倒计时，阿尔卑斯山脉已经有雪崩的征兆了。不像某只笨狐狸，连这都察觉不到。"踏雪懒散地说道。

"你说谁是笨狐狸，我可是达奴女神御用的守护者！"迪安不满地嚷嚷了起来。

"嘘，你们快看！"踏雪忽然变得严肃了起来，并且用眼神示意着——林枫抬头望去，她看见远处的雪原开始消融了，已经裸露出了土褐色的峰顶，不仔细看确实察觉不到。

"啊！雪崩居然来得这么快，这下可怎么办？"迪安急得团团转。

"我可以先用灵力阻挡一阵，林枫，你必须在半小时内修复好最后的结界！"踏雪见情况不妙，准备向远处奔去。

"可是，关于最后一个结界的线索，我还什么都不知道呢！踏雪，女神说你能给我们提示！"林枫焦急地说道。

"最后一个结界是我协助女神创立的，答案与'雪'有关。至于怎么修复守护结界，还得看你的了！"踏雪回头看了一眼林枫，"还有，谢谢你们让我见到了盛开在冬季里的红梅花，看你们玩'吹墨梅'真有意思啊……"下一秒，它便向着远处那片即将融化的山峰飞奔而去。

What If Li Bai
Roamed the Alps?

Chapter 34
百国飞花令

"最后一个守护结界的关键线索和雪有关！"迪安情绪激动地跳了起来，"林枫，如果不在半小时内修复结界，恐怕整个阿尔卑斯山地区都会遭殃，你快想想办法啊！"

看到远处山峰的雪持续融化着，林枫越来越焦急了——达奴女神的预言正在应验，即便她知道雪是修复结界的关键词，但在这种紧急的情况下，她也不知道究竟该怎么办了！

正当林枫干着急的时候，身后的玛雅却催促道："林枫，快来啊，大家都想听听中国古代还有什么游戏！"

当玛雅向远处望去时，也隐隐发现了不对劲，她惊讶地捂住了嘴巴："那边的山怎么了？莫非这就是大灾难来临的前兆？"

"灵猫踏雪说我们只有半小时的时间了，如果再不修复结界，恐怕……"林枫叹了口气。

如今阿尔卑斯山地区危在旦夕，林枫哪还有心思继续聚餐啊，她拼命地在脑海里思索着关于雪的线索，可是越着急，她的大脑就越混乱。迪安重新钻进了那条项链中，它提醒道："林枫，这是最后一个结界了，修复难度也是最大的。你别忘了，达奴女神的结界是情感与景色交融而形成的，光靠着中国诗句的堆砌肯定是不行的！"

林枫深吸了一口气，她回想起了之前修复结界的经历——月之结界是她与伙伴们一同望月，产生思乡之情触发的，而水之结界则是大家欣赏到湖光山色时无意中修复的，山之结界则是与大家登高望远时利用神杖修复的，这次也可以借助大家的力量！

"玛雅，我想到修复雪之结界的好主意了！我们走！"林枫激动地握紧了拳头，眼神逐渐自信了起来。

林枫跟着玛雅回到了旋转餐厅，她立马成为了同学们的焦点——原来由于刚才"吹墨梅"活动的火爆，大家都对中国古代的游戏产生了浓厚的兴趣。可在莱恩学校里，中国学生的占比少之又少，所以大家都希望林枫能多分享一些。

于是林枫借此机会站在中央，对大家说道："刚才李慕白给大家介绍了吹墨梅，那我再分享一个中国古代文人玩的文字游戏吧，它叫飞花令！"

"飞花令？"安德烈眼前一亮，回忆起了初识林枫时与她对诗的场景，"林枫曾经教我玩过，这游戏很考验一个人的诗词积累，当时她可把我打了个措手不及。"

"没错，在中国古代文人雅集的时候，大家通常会玩飞花令助兴取乐。飞花令的规则很简单，我们只要轮流说出带有特定字眼的诗句就行。在今天这个全校聚餐的日子，我们来玩一场百国飞花令，怎么样？"

台下同学们的好奇心都被勾了起来，大家对这场"国际性"的飞花令充满了十足的好奇。

"百国飞花令？那是什么！"

"飞花令不是中国古代的游戏吗？我们也能参加吗？"

"听上去很有意思，快开始吧！"

林枫见这个提议得到了大家热烈的响应，于是兴奋地说道："既然我们这次是来赏雪的，不如我们就以'雪'为题做一个百国飞花令。只要每个人说出一句关于雪的诗句，然后进行轮番 PK，哪个国家的同学说得最多就算赢，怎么样啊？"

台下的玛雅一下会了意，林枫这是准备让大家都参与到修复守护结界的活动之中，可是修复结界的难度很大，这个主意行得通吗？她的内心有些隐隐担忧。

"我可以先给大家打个头阵。"林枫清了清嗓子说道，"墙角数枝梅，凌寒独自开。遥知不是雪，为有暗香来。这是王安石借雪写梅的诗句，也是我最喜欢的诗。王安石在人生失意之时，看见墙角的梅花傲然独放，心中的阴霾一扫而空。他认为梅花拥有着坚韧的品质，处于艰难环境中依然能坚持自我。"

"我也想来！"只见一位来自日本的同学站了起来，"这是日本古代和歌中的一句：'雪降れば 冬ごもりせる 草も木も 春に知られぬ

花ぞ咲きける（大雪纷飞时，/ 冬眠的草木，还不懂春天快来了；/ 可是一朵花悄悄绽放，/ 把清香藏在寒冷中。）'"那位日本同学说每当寒冬来临，放眼望去，世界干干净净，那时百草凋零，当雪花覆满枝头时，整棵树像是被琼玉打造的似的，晶莹剔透，美丽动人。

"我来我来！唐诗中也有类似的诗句，叫'忽如一夜春风来，千树万树梨花开'，这是一位叫岑参的诗人在边塞写的诗。他说雪花落在树枝上，就像春天梨花开了一样，我一直认为这个描写雪的诗句非常独特。"李慕白说道，但转而又挠了挠头，"不过这句诗中不带'雪'字，应该不算对上了。"

"When icicles hang by the wall/And Dick the shepherd blows his nail/And Tom bears logs into the hall,/And milk comes frozen home in pail,/When blood is nipped, and ways be foul,/Then nightly sings the staring owl. （当冰柱垂挂墙沿，/ 牧人迪克呵手温暖僵硬的手指；/ 汤姆扛着柴火走进厅堂，/ 鲜奶在桶里早已冻成坚硬的冰块；/ 血脉被寒意箍紧，路面泥泞难行，/ 夜色降临，大眼圆睁的猫头鹰开始吟唱。）"玛雅也顺势吟诵起了莎士比亚的《冬之歌》，这是一首描写十六世纪英国乡村冬季的诗歌。

玛雅给大家解释说，这首诗写了乡下人是如何度过严冬的——当冰柱悬挂在屋檐时，牧童会呵手取暖，乡间道路泥泞，寒风呼啸，教堂里咳嗽声一片，鸟儿缩作一团，路上行人的鼻子冻得通红；冬天选择蜗居在家也是无比快乐的，你可以抱了柴火进屋取暖，在厨房里煮着满沸的羹汤，喝着桌上温热的酒，门外还有猫头鹰那悦耳的鸣叫声。

另一位法国学生则是选择了法国诗人维克多·雨果的诗句："La neige est un manteau blanc qui couvre la terre. （雪是覆盖大地的白色斗篷。）"这是雨果笔下的句子，雪覆满了大地，为这个浪漫的国度带去了宁静与纯洁。

紧接着越来越多的同学加入了这场百国飞花令，只见一位意大利学生用意大利语说出了但丁的诗句："La neve cadeva a larghe falde. （雪花纷纷扬扬地落下。）"他的发音带着文艺复兴时期的优雅。

随后还有瑞士、西班牙，以及印度的同学们纷纷加入，虽然大家的语言各不相同，但此刻他们的心都飘向了远方，置身于家乡的雪景之中。每个人都在吟诵着窗外茫茫的白雪，表达着对冰雪晶莹世界的喜爱，餐厅里瞬间充满了诗意与浪漫，成为诗歌与文学的殿堂。

当大家在飞花令的游戏中陶醉时，林枫忽然感到口袋中的星辰罗盘开始不安分地晃动起来，似乎在向她发出某种特殊的信号。于是林枫赶忙带着罗盘走出了旋转餐厅，李慕白、安德烈与玛雅见状也跟了过去。

此刻，星辰罗盘上的黄道十二宫星座全部亮起，中央的指针也开始疯狂地旋转起来，发出了耀眼的光芒，仿佛与宇宙中的星辰遥相呼应着。随后，罗盘向着那片被阴霾笼罩的山峰飞升而去，大家看到罗盘周围出现了雪花似的纹样，一股强大的能量从中喷涌而出，几乎点亮了整片天空！与此同时，雪花悄然落下，似乎宣告着这场大灾难的落幕。

"罗盘中央的纹路就是雪之结界吧，真漂亮啊！"玛雅赞叹道。

"真是刚才的那场飞花令触发了雪之结界，大家一起合力修复了它？"李慕白脸上浮现出惊异之色。

"你们成功了！"迪安忽然从项链中钻了出来，"达奴女神说雪之结界是最复杂的一个结界，没想到居然靠着这种方式轻而易举就修复了……"

"大概是因为大家在吟咏有关雪和冬天的诗句时，联想到了自己家乡的雪景吧，在情景的相互交融下触发了星辰罗盘的力量。"林枫说道，"而且我早想试试不同语言的飞花令了，没想到大家这么热情。"

"这场飞花令是有史以来最棒的一次！"安德烈点头称赞道。

林枫和伙伴们静静地凝视着远方，随着星辰罗盘能量的释放，阴霾像被无形的手轻轻抹去，露出了清澈纯净的晴空。星辰罗盘越飞越远，在大家不知道的地方，山川焕发了新生，原本被黑暗力量侵蚀的岩石和土壤，现在重新散发出了自然的活力与生机。

远方的日内瓦湖也变得更加清澈，水波上闪烁着微光，栖居于此的水蛇欣喜地探出了脑袋，它感知到守护结界已经完全被修复了。更重要的是，整个阿尔卑斯山地区的温度下降了不少，空气也变得更加凛冽，青松在寒风中挺立，显得更加坚韧与美丽……甚至每一寸土地、每一片雪花都在诉说着奇迹与安宁。

"五个守护结界复归原位，阿尔卑斯山地区终于恢复了和平！"迪安的眼中闪烁着泪花，"林枫，你们真的做到了！"

"这可不是我一个人的功劳。"林枫笑道，转而摸了摸迪安的脑袋，"这样一来，我也算实现了当初我们之间的承诺。"

　　不久后，只见一团白雾出现在大家的面前，灵猫踏雪变戏法似的从雾中跳了出来。它的脸上洋溢着欣喜的神色，踏雪对大家说道："你们快回阿尔卑斯的水晶洞看看吧，达奴女神已经苏醒了！"

Chapter 35
成立唐诗社吧

聚餐结束后，林枫和玛雅他们飞奔回了宿舍。此时夜色已深，迪安迫不及待地从项链中跳了出来，它用清澈的眼神注视着众人说道："达奴女神已在深山中苏醒，她说想见见你们。"

"女神能苏醒真是太好了！迪安，快带我们过去吧！"林枫脸上满是雀跃，她想起了第一次见到达奴女神的场景——在那个水晶洞窟中，守护阿尔卑斯山的女神被封锁在冰晶之中长眠，那时她的脸色看起来是那么惨淡、哀愁。

"虽然一路上听了达奴女神的那么多往事，但我们还没见过她呢！"李慕白的好奇心也被勾了起来，"迪安，你快施展神力吧！"

迪安点了点头，只见它站在宿舍的中央，挥动起了双爪。不久

后，只见一条银色的隧道出现在众人面前，那隧道闪闪发光，宛若由无数颗星辰钻石组成的。林枫率先走进通道里，玛雅、李慕白和安德烈紧随其后，当他们穿越长长的银色隧道后，发现自己来到了阿尔卑斯山的深处，这个山洞四壁长满了水晶，洞内宛若白昼——那也是林枫第一次见到达奴女神的地方。

"那个人就是达奴女神吗？好漂亮啊！"玛雅感叹道。

与那天不同的是，中央那块尘封着女神的水晶早已消失不见，只有一位美丽的女子静静地站在那里等待着。达奴女神的面容温和而庄严，她身着长袍，周身环绕着淡淡的光辉。还没等女神开口，满眼泪花的迪安便扑向了女神的怀抱，迪安感受到了一种久违的亲切和温暖，像是回到了阔别已久的温柔乡。

"女神，我终于见到您了！谢谢您在星光之下给我的指引！"迪安的声音中带着哽咽，它的身体微微颤抖着。

"你做得很好，我的使者。"女神温和地抚摸着迪安的头，在分别的这段日子中，迪安一直努力探寻着修复结界的方法，等待着她的归来。

"你就是林枫吧，谢谢你们为阿尔卑斯山地区所做的努力。"在水晶洞穴的宁静之中，女神的声音如同轻柔的风，回荡在每个人的耳边。

"谢谢您的夸奖，不过这也是我和迪安之间的约定。"林枫注视着女神的眼睛，"而且修复结界并不是我一个人的功劳，如您所见，这一切离不开朋友们的帮助。"

"达奴女神，您好！"安德烈礼貌地走上前去问候道，"您一直默默地守护着阿尔卑斯山地区，该道谢的是我们。"

第一次见到达奴女神的李慕白显得有些局促，他没想到神话故事中的神仙真的存在，他小声地问候道："达奴女神你好，我叫李慕白，来自唐朝……"

"关于你们修复结界的事迹，我都在迪安的记忆里看到了，我想给予你们最真挚的祝福。"女神微笑致意道。

达奴女神口中开始念念有词，只见她伸出右手来，掌心向上，一道柔和似月的光芒从她的指尖流淌而出，与此同时，洞穴内壁上的水晶泛出了更加耀眼的光辉，如同星河般璀璨。霎时间，林枫、玛雅、安德烈和李慕白感到一股温暖而强大的力量在体内涌动着，身体也轻盈了不少，那是达奴女神赐予他们的神圣祝福，能护佑他们在未来的生活中幸福安康。

"谢谢女神！"众人连忙道谢。

"五境结界已经归序，我要去视察一番了。"女神的祝福结束后，她的声音渐渐变得缥缈，水晶洞穴的光芒也逐渐柔和下来。紧接着女神的身体在光芒中变得模糊了起来，最终她化作了一群透明的五色蝴蝶，向着阿尔卑斯山的四面八方飞去。

达奴女神化蝶离开了，大家向着明亮的繁星深深鞠了一躬，向这位守护神表示着最高的敬意。迪安也挥了挥爪子表示告别，这次它并不悲伤，因为不久后女神还会回来。大家久久地望着夜色笼罩下的阿尔卑斯山脉，林枫的心中有着说不出的感慨——

如果没有转入莱恩学校学习，她就不会结识酷爱中华文化、喜欢摄影的安德烈，也不会认识活泼开朗、号称"滑雪高手"的玛雅，

更不会接触到阿尔卑斯山洞深处的秘密。正是这场奇迹般的相遇，她才能和李慕白成为挚友，最终与大家一起修复了五个守护结界。往昔的每个瞬间都历历在目，一切仿佛就发生在昨日，这场在阿尔卑斯山发生的冒险已成为大家最珍贵的人生宝藏。

"林枫，守护结界已经全部归位，是不是意味着我也能回家了？"李慕白问道。

"一周后就是满月了，我的魔法能力将会彻底恢复，到时候我会送李慕白回去。"迪安摇了摇尾巴，眼中闪烁着留恋的光。

"慕白，你这么快就要走了吗？能不能再多留一段时间啊？"林枫不舍地看着他。

"对啊，我还有很多滑雪绝招没教你呢，你离开了，我会舍不得的。"玛雅诚恳地说道。

"林枫，对我来说，离别不是结束，而是一段崭新的开始。"李慕白抬起了头，他的眼神中跃动着光，"通过这几个月的游历，我意识到困于书斋是做不出好文章的，在见识到了阿尔卑斯的大好河山后，我现在有一肚子墨水想要书写出来。"

无论身在何处，自然永远是最好的导师，李慕白想歌颂阿尔卑斯山脉的一草一木，想用蘸满情感的墨水描绘出他所见到的壮丽山河，他想把属于他们的故事全部化作闪闪发光的文字。这将是他成为像李白那样的大诗人的起点，也是他人生旅程中的一次重要转折点。

"林枫、安德烈、玛雅，"李慕白像是下定了决心，"在临走之前，我还有一个愿望。"

"你还有什么心愿没完成？尽管开口。"林枫说道。

只见李慕白深吸一口气，将心中的想法说了出来："我想在莱恩学校成立一个唐诗社！"

"成立唐诗社团？！"林枫、玛雅和安德烈几乎异口同声地惊呼了起来。

"没错，成立唐诗社！"李慕白肯定地点了点头，"虽然在莱恩学校已经有很多文学艺术类社团，也有不少研究诗歌的社团了，可是唯独没见到有关中国古典诗歌的社团。所以在这段时间，我一直琢磨着成立一个唐诗社团……"

李慕白的话还没说完，玛雅就兴冲冲地接了话："好啊，好啊，要不我们明天就去向学生会递交申请书，怎么样啊？"

"没问题，到时候我也会帮忙做宣传的，别忘了我可是学生会会长。"安德烈打着包票。

于是第二天，林枫在安德烈的指导下草拟了一份《唐诗社团申请表》，并且递交给了学生会。走在回宿舍的走廊上，林枫问道："安德烈，一般成立社团的流程需要多久啊？"

"顺利的话，需要一周的时间，我们可以先预热起来了。"安德烈拿出手机敲了一段字，他将唐诗社即将成立的消息发进了校友群里。

"好啊，那我们先回宿舍把这个好消息告诉大家吧！"林枫提议道。

玛雅和李慕白正在宿舍等待着林枫他们回来，当两人知道唐诗社已被提上日程后，不由都雀跃了起来。玛雅兴冲冲地说道："既然

我们是唐诗社，那肯定要为社员提供相应的书籍。我父母的朋友刚好经营着一家书店，到时候可以向他们购买一些书，这样我们就可以在活动教室里建立一个小型的唐诗图书馆了！"

"不错，我们还可以一起设计社团的标志。"安德烈说道，"我想让唐诗社团成为莱恩学校里最引人注目的存在。"

"除此之外，我们每个月还可以举办一些活动，比如诗歌朗诵会、书法展览会等等。这样可以提高唐诗社的知名度，不过这些都是后话了……"李慕白有些遗憾地低下了头。

"大家的建议都很好，具体的活动安排和社员招募我们可以慢慢来。"林枫用笔认真记录着，随后她看向了李慕白："慕白，你能为咱们的唐诗社题一首诗吗？毕竟你是社团的创始人。"说着她将抽屉里的笔墨纸砚拿了出来，一脸期待地望向李慕白。

题诗？李慕白有些迟疑地接过了毛笔，以前吟诗作赋都是为了应对科举考试，这次他发自内心地想为唐诗社留下些什么东西。李慕白提起笔，笔尖触碰到了宣纸，四溢的墨香让他灵感乍现。只见李慕白闭上双眼，墨笔一挥写下一首诗——

新风拂面来，诗社喜气盈，
才子佳人聚，文墨常往来。
雅集共吟咏，诗海泛舟行，
墨香飘四海，诗心映古今。

"才五分钟不到，你居然就作了一首诗，李慕白你可太厉害了！"林枫不可置信地看着宣纸上的字迹。

"那当然啦，我可是仅次于诗仙李白的天才。"李慕白有些得意地说道。

"我居然不能完全看懂古诗，看来我这个副社长以后要多多学习了。"玛雅点头认可道。

"哈哈，你什么时候自封成副社长了啊？"安德烈笑道。

这时，安德烈的手机突然频繁地振动了起来，他疑惑地拿起手机，只见屏幕上校友群的消息不断闪烁着——

"天哪，你们快看！"安德烈激动地叫道，"我的消息才发出去不到半个小时，校友群的消息就快要爆炸了！"

大家迅速凑了过来，此时屏幕上闪烁着几十条消息，大家七嘴八舌地议论着即将成立的"唐诗社"——有人说自己很早之前就对唐诗有着不小的兴趣，很希望能加入这个社团；还有人对唐诗社充满了好奇，说想看看中国的诗歌和他们国家的诗歌有什么不同；不过更多的人则是提起了上次在旋转餐厅的飞花令对决，他们都被那场活动的文化氛围所吸引，认为唐诗颇有魅力……

"看来大家很喜欢上次的百国飞花令！"林枫的心中充满着自豪，"看来飞花令可以成为我们唐诗社的经典活动了！"

"真是太好了，没想到会有这么多人响应！"李慕白也很高兴。

"飞花令居然成了最有力的宣传，看来不愁唐诗社招不上人了！"安德烈满意地点了点头。

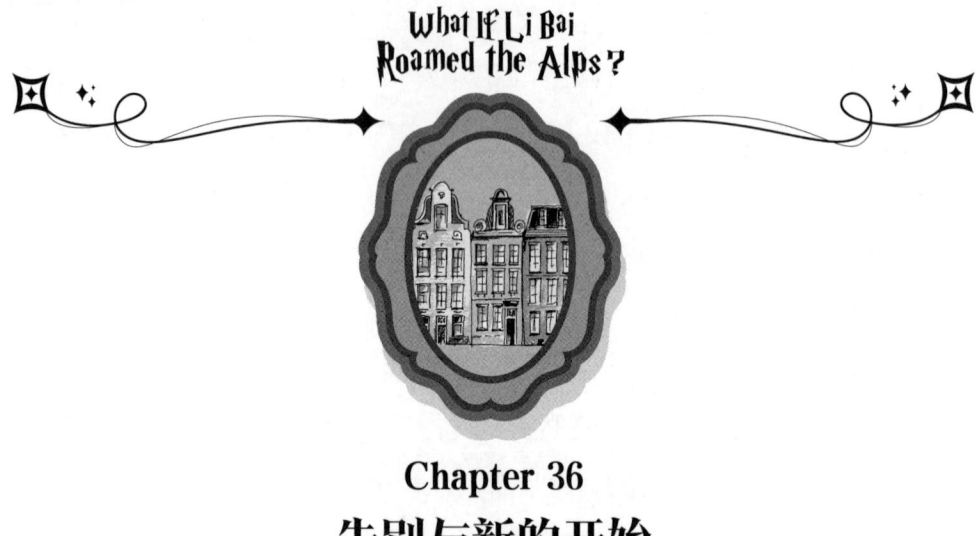

Chapter 36
告别与新的开始

　　一周过后，唐诗社正式成立了，林枫也当之无愧地成了社长。在学生会办公室里，安德烈看着面前堆叠成小山的申请表，心中不由感慨道：唐诗社刚一成立，就已经有三四十个同学正式递交了入社申请表，这下可有得忙喽！

　　"这证明咱们的努力没有白费！"林枫自豪地说，"不过新社成立之后，我们还有好多事情要做。"

　　玛雅和李慕白也表示赞同，玛雅甚至还放出豪言，说一定要将唐诗社打造成学校里独一无二的文化社团。看着大伙热烈讨论唐诗社的未来规划，李慕白的嘴角多了几分苦笑，心中更有着万般不舍——唐诗社是他们友谊的象征，它更像是一株刚破土而出的嫩苗，可惜自己却无法见证它成长为参天大树，实在是一种遗憾。

"我们的唐诗社终于成立了，其实我真的很高兴。"李慕白停顿了许久，闷闷不乐地说，"可是今天晚上我就要离开莱恩学校了，我很舍不得大家。"李慕白低下头，泪水在他的眼眶中打转，他舍不得离开美丽的阿尔卑斯山，也舍不得离开莱恩学校，更舍不得这群带他见识世界的朋友们，他并不想就这么悄无声息地离开。

"李慕白……"离别不应该总是充满泪水，林枫、玛雅和安德烈不想让李慕白那么伤心，但离别的话总是绕在嘴边，说不出口。

只见李慕白抬起头，挤出了一个勉强的微笑："我先去外面透透气，等会儿还要上课呢！"

李慕白说着便飞快地跑了出去，踏出会议室的那一刻，泪水终于流了下来，他并不想在这个喜庆的日子里扫兴。来到操场后，李慕白深吸一口气，试图平复心中的波澜，四周还是熟悉的校园，记忆将他拉回了过去——

李慕白还记得第一次离开宿舍是为了寻找林枫，那天他还误入了学校食堂，因为不知道如何点菜，还闹了不少笑话，幸好有善良的汤姆大叔为他解了围；他还记得林枫带自己去图书馆借书，他们一起在宿舍研读唐诗；在运动馆里，他和安德烈一起挥洒过汗水，安德烈还教他怎么三步上篮；再抬头望向远处的山峰，他又想起为了对抗维斯顿学校，玛雅给他做的滑雪特训……李慕白每往前走一步，就能回想起曾经与伙伴们度过的点滴时光。

李慕白叹了口气，心中又泛起了一阵苦涩：今晚离开莱恩学校后，自己又要继续在书斋中读书，按照父亲的心愿去备战科举考

试了。

"哎呀，糟了，还有十分钟就上课了！"李慕白看了一眼表，拔腿向着教学楼匆匆跑去。

当李慕白推开教室门的时候，眼前的一幕让他又惊又喜——只见同学们早已在座位上坐好，原本在另一个教学楼上课的玛雅也出现在他们的教室里。此刻大家都齐刷刷地看向李慕白，仿佛一直在等待主人公到来。

"你们，你们……"李慕白变得有些不知所措。

"我跟大家说你要转学了，于是大家提议为你办一个送别会。"林枫说道。

"李慕白，听安德烈和林枫说你要回中国了，怎么不和我们说一声啊？"劳拉嗔怪道。

"是啊，是啊，我们特意向老师借了一节课来为你办个告别仪式。"艾瑞斯说道。

"慕白，这是我送你的礼物，还请收下！"温迪将包装精致的礼物盒递给了李慕白。

……

同学们纷纷将自己准备的礼物递给李慕白，艾瑞斯将一副太阳眼镜送给了他，说以后徒步攀岩的时候可以用上；劳拉拿出了精心制作的手工点心，说是他们家乡的特色小吃，希望李慕白品尝；温迪将自己亲手做的树叶标本送给了他，说这代表着幸福与运气，希望李慕白能一生幸福快乐……

"谢谢你们，谢谢！"礼物太多了，以至于李慕白都快抱不住了。

他的内心暖暖的，不停地向大家道着谢。

这时，林枫走了上来，只见她递给了李慕白一枚精致的纹章，上面用古风字体写着"唐诗社"："这是我和玛雅一起做的社团徽章，无论身在何处，都希望你能记得我们之间共同的回忆！"

玛雅将一本烫着金边的《华兹华斯诗集》送给了他："慕白，我本来想送给你一套超酷的滑雪装备，可惜你带不走，所以我决定将我珍藏的诗集送给你！"玛雅不好意思地笑笑，她还将一枚枫叶做的金色书签放进了书里。

"慕白，这个给你。"安德烈将一支钢笔从口袋里拿了出来，那支钢笔上刻着莱恩学校的校徽，"这是我们学校设计的钢笔，希望留给你做纪念。"

"谢谢大家，虽然我要离开莱恩学校了，但我不会忘记在这里与大家共度的时光。"李慕白的眼泪忍不住流了下来，但他很快就将泪水拭去，露出了一个温暖的微笑。

时间匆匆，转眼之间夜幕降临了。迪安再次现身，按照约定，将众人转移到了阿尔卑斯山的山洞，李慕白不舍地望着洞口之外的繁星与明月，临别的时刻终究还是到来了！

"准备好了吗？我要开启时空大门了。"迪安站在洞口中央注视着众人。

"已经没问题了。"李慕白点点头，他认真地看着面前的朋友们，想要把每个人的样子都刻进心里。

"李慕白就要离开了，以后不能一起滑雪了。"玛雅抹起了眼泪。

"世界上没有不散的筵席啊……"林枫难过地叹了口气。

月辉之下，迪安的毛发泛着银光，一道光芒闪过后，时空之门便出现在了山洞的中央，门内是流转的光芒与未知的世界。李慕白站在时空之门前，内心充满了复杂的情绪，他再次回头望着林枫他们，眼中闪烁着不舍和感激。

"是时候离开了。"李慕白的声音中带着一丝颤抖，"谢谢你们这段时间的照顾，我要回家了。"

"慕白，你要好好保重，下次不知道什么时候才能见面了。"林枫不舍地握住了李慕白的手。

"别那么伤心嘛，也许我们下次还能去唐朝找李慕白玩呢！说不定那时候，李慕白已经高中状元在朝廷做官了呢！"安德烈笑道。

"感谢大家的祝福，再见了，我的朋友们！"李慕白最后深深地望了大家一眼，转身迈进了时空之门。霎时间，门内的光芒将李慕白包围，他的身影逐渐变得模糊，不久后就完全消失在了光芒之中。

李慕白走了，林枫、玛雅和安德烈仍旧站在山洞中央没有离去，今夜的星光如此明媚，像是对这场旅途做着最后的告别。今夜他们告别了一位朋友，但是那些闪闪发光的友谊和回忆将会永远留在他们心中。

李慕白穿过时空之门后，眼前的景象突然迅速变幻了起来，再次睁眼时，他发现自己置身于熟悉的长安街——此刻已是夕阳西下，街道上人声鼎沸，商贩的叫卖声与行人的谈笑声交融在一起，热闹非凡，路边的小孩子拿着糖葫芦蹦蹦跳跳地向爹娘跑去，吵嚷着要回家。他注意到在长安街的路边，还有几位落榜的才子自怨自艾地叹着气……李慕白揉了揉眼睛，意识到他又回到了自己的时空里。

　　站在熙熙攘攘的人群中，李慕白的心中泛起了别样的情绪：记得在这一天里，自己迫不及待地赶去皇城看自己是否中榜，但令人失望的是，他再次落榜了。回家之后，父亲肯定会大骂一通吧？母亲也会用失望的眼神看着他，年幼的弟弟也会耻笑自己……

　　李慕白的嘴角勾起一丝苦笑，他下意识地将手伸向了裤兜，那里静静地躺着一枚唐诗社的金属纹章。那原本有些冰冷的纹章被他捂得很热，他甚至感觉自己的手心中握着一团火焰。

　　今天便是我重生之日，我会和过去的自己彻底告别！失败与成功已经不重要了，我不再是一个只知埋头苦读、困于书斋的书生了，如今的我已经破茧成蝶，不再畏惧任何险途了！李慕白深吸了一口气，风轻轻地吹过他的衣角，此刻他的心情如释重负，无比快活。

　　"鹏北海，凤朝阳，又携书剑路茫茫。明年此日青云去，却笑人间举子忙……"李慕白想起在书上看到的一行宋词，不禁吟道，然后朝家的方向大步走去。

Extra episode
番外: 崭新的未来

"林枫，玛雅，你们快来看啊！这是我整理图书馆时发现的书！"一大早安德烈就兴冲冲地来到林枫的宿舍里，将一本《唐才子集录》递给了她。

林枫打开文集目录，发现这是一本记录唐代才子的文集，其中有人高中状元，在朝廷风光为官；有人只是一介不为人知的布衣游子，早已湮没在了历史的沧海中，但是他们的作品犹如璀璨的星辰，在浩瀚的文学史上留下了浓墨重彩的一笔……林枫翻着翻着，手指停留在了其中一页上，因为她在上面看到了一个极其熟悉的名字。

"李慕白？"林枫和玛雅不约而同地惊呼。

距离大家送别李慕白已经过了一年之久，而在这段时间里，林枫、玛雅和安德烈积极建设着唐诗社，不仅为社团添置了很多新书，还招募了不少社团成员，大家因热爱而相聚，共同学习着中国唐诗。唐诗社犹如雨后春笋般在莱恩学校遍地生长着，每当提起学校里最受欢迎的社团时，同学们总会异口同声地说出"唐诗社"的响名。

"李慕白，公元762年摘得榜眼，于次年高中状元入朝为官……"林枫念着李慕白的生平简介，神色中溢满了欢喜。

没想到李慕白真的考中科举状元了！记忆如潮水般涌入了林枫的脑海——还记得那天在长安街头与李慕白的奇迹邂逅，当时那位少年考场失意，眼中充满着忧郁，正失魂落魄地坐在街头叹气。如今金榜题名的他肯定是喜悦翘上眉梢，一日看遍长安花。

"书上说李慕白的诗歌虽略逊李白一等，但他年少而颇有才气，尤其擅长书写江河山川草木等自然之景，他的文章读后让人犹如身临其境……"玛雅念道，随后往后翻了一页，"据说李慕白在公元761年科考失利后，独立创作了一本文集，叫《瑞士国梦游记》，他以梦的形式记录了在瑞士国的游玩经历，世人评价他'文采斐然、想象瑰丽'，文笔不亚于李白的《梦游天姥吟留别》，一经写出便响彻了整个长安城！"

"林枫，这本《瑞士国梦游记》的扉页题文提到了你！"玛雅欣喜地看着那篇题文。

这本书收录了有关《瑞士国梦游记》的部分诗文，扉页的题文正写着《寄赠友人林枫书》，诗文中道尽了对瑞士友人们的思念；在《冰川雪山奇行记》里，李慕白描述了一种名为"滑雪"的新奇运动，还特别感谢了一位叫"玛雅"的太傅；在《瑞士国食味记》中，李慕

白细致讲述了莱恩学堂与旋转餐厅中的美食，他将瑞士国的特色美食写得五味俱全，光是读着白纸黑字都能让人垂涎三尺；还有《日内瓦湖环游记》《维斯顿学堂之争》《记灵狐迪安》；等等。原来李慕白将在瑞士的生活都写进了文集中！

林枫和大家一起读着这些文字，心中泛起了阵阵暖流，这些文字仿佛是跨越千年的秘语，敲响了属于他们的共同回忆。即便唐朝人并不知道"瑞士国"在哪里，以为只是李慕白做的一场大梦，可凡是读过此文集的人都对他的文采大为称赞，甚至李慕白还得到了当朝红人张九龄的引荐。

"可是在公元765年时，李慕白却主动辞去了官职，选择隐居在终南山一带。即便当个闲散墨客，李慕白仍旧笔耕不辍，创作了不少文章诗作。他的故事在江湖流传着，那朗朗上口的诗歌也飞进了寻常百姓家，甚至连田野里放纸鸢的孩子们都将他的诗文编谱成了小曲……"

李慕白还是那个向往自由的少年，在那日追逐黄金列车的时候，他曾透露自己并不喜欢枯燥的书斋生活，他想化身为无拘无束的云雀，去看看蔚蓝的大海，去观望巍峨的雪山，再去诗人笔下的壮丽河山游赏一番，他想做个人间逍遥的自在客。

"林枫，在公元765年后就没有李慕白的生平记载了，他最后到底去到了哪里？李慕白一个人隐居在钟南山，会不会很孤单啊？"玛雅有些悲伤，在他们这个时空中，李慕白已是遥远的古人，早已消失在了历史的长河中。

"李慕白一直是我们的朋友，只是走回了他的时间里。"林枫抬头望向窗外的飘雪，她自言自语道，"也许他去了李白笔下的庐山瀑布，学着王维玩赏了江南美景，或者去了遥远的边塞，欣赏黄沙奇观……总之，李慕白的这一生应该如云雀般快活。"

"好了，别悲伤了！"林枫站起身来，将那本《唐才子集录》放在了书桌上，"每个人的人生课题不同，我们也要为自己的未来努力了！"

"我今后会继续探索诗词歌赋，努力成为一流的作家，用文字感动更多的人。"林枫握紧了拳头，眼神中闪烁着坚定的光芒。

"我想去中国的大学读书，系统地学习中国传统文化。"安德烈推了推眼镜。

"我当然要向着世界顶级的滑雪运动员而努力！"玛雅也无比自信。

在瑞士的莱恩学校里，少男少女们怀揣着梦想，不懈地为人生努力奋斗着。而在另一个时空里，李慕白静坐在田埂之上，目光温柔地追随着孩子们放飞的纸鸢。与此同时，有一只云雀划破长空，它高亢地歌唱着，穿越重叠的云层，向着无垠的蓝空中飞去……

附录

赠友人林枫书

[唐] 李慕白

昔日余梦中游至瑞士国，于莱恩学堂习书属文，与诸友共享良辰美景，游玩山水，滑雪为乐。今撰此文，赠予吾友林枫，以表感恩之意。

瑞士，西洋之胜地也，居高山之间，四季分明，风光旖旎。其地群山环绕，峻岭绵延不绝，以阿尔卑斯山为著，重峦叠嶂，蔚为壮观。冬季景色尤甚，霜雪飘洒，美不胜收。阿尔卑斯山云雾缭绕，恍若仙境，余听友人言，有灵狐出没于深山幽谷之间，护佑此方水土，赐予百姓平安福泽。

女神之说亦流传于民间，谓其居于高山之巅，掌管四季更迭，风调雨顺，护佑大地和平。余夜游阿尔卑斯山之时，偶遇女神，其容颜绝世，美艳不可方物。女神立于山巅，目若秋水，肤如凝脂，衣袂飘飘，宛若仙子降临凡尘。其周身光辉萦绕，宛若晨曦初照，得见女神，实为一生之幸事。

　　于瑞士国求学之时，吾友林枫邀余游山玩水。恰逢冬日飘雪，雪峰皑皑。友人林枫、玛雅与安德烈于山间戏雪，轻盈若飞燕。玛雅授余滑雪之技，余初学乍练，虽屡扑屡起，然乐趣无穷。山川间，笑声连连不绝于耳，忘却尘嚣之扰，心旷神怡，恍若逍遥神仙。

　　吾友林枫曾携余游日内瓦湖畔，观赏奇景。湖中喷泉宛若水龙腾空，蔚为壮观；水柱冲天如蛟龙吞日，美不胜收；湖光山色映日生辉，游人如织，或泛舟湖上，或徜徉岸边，皆驻足赞叹。故余写诗赞曰："喷泉如龙腾，水柱冲霄汉。波光映日辉，湖畔赏心观。"余与友人林枫，亦沉醉于斯景之中，啧啧称奇。此奇景永铭心间，愿情谊如日内瓦湖之水，清澈长流。

　　余不独赏其山水之美，亦尝遍其地佳肴。瑞士之美食，风味独特，回味无穷。吾与友人林枫遍访餐馆，尝其奶酪火锅，浓郁香醇，令人齿颊留香。又品起肉肠丸类，各具风味，赞不绝口。听友人言，肠类须以肉类精选，佐以香草，历经多道工序，方得其醇厚之味。游历间，美食相伴，乐哉悠哉。

　　余与友人瑞士之行，览山川之秀美，观水于碧波之间，阿尔卑斯山之巍峨，日内瓦湖之宁静，皆令人永生难忘，感激之情溢于言表。愿未来时日，能与友人林枫重逢，携手重游瑞士山水，再续佳话。山水依旧，情谊永固，如瑞士山水恒久不渝。

《如果李白在阿尔卑斯山》
诗词整理

中国诗词:

(第1章)

雁儿落带得胜令·退隐

[元] 张养浩

云来山更佳，云去山如画，山因云晦明，云共山高下。

倚仗立云沙，回首见山家，野鹿眠山草，山猿戏野花。

云霞，我爱山无价，看时，行踏，云山也爱咱。

(第5章)

南陵别儿童入京

[唐] 李白

白酒新熟山中归，黄鸡啄黍秋正肥。

呼童烹鸡酌白酒，儿女嬉笑牵人衣。

高歌取醉欲自慰，起舞落日争光辉。

游说万乘苦不早，著鞭跨马涉远道。

会稽愚妇轻买臣，余亦辞家西入秦。

仰天大笑出门去，我辈岂是蓬蒿人。

寒食

[唐] 韩翃

春城无处不飞花，寒食东风御柳斜。

日暮汉宫传蜡烛，轻烟散入五侯家。

渡荆门送别

[唐] 李白

渡远荆门外，来从楚国游。

山随平野尽，江入大荒流。

月下飞天镜，云生结海楼。

仍怜故乡水，万里送行舟。

夜宿山寺

[唐] 李白

危楼高百尺，手可摘星辰。

不敢高声语，恐惊天上人。

晓出净慈寺送林子方

[宋] 杨万里

毕竟西湖六月中，

风光不与四时同。

接天莲叶无穷碧，

映日荷花别样红。

望庐山瀑布

〔唐〕 李白

日照香炉生紫烟，遥看瀑布挂前川。

飞流直下三千尺，疑是银河落九天。

山居秋暝

〔唐〕 王维

空山新雨后，天气晚来秋。

明月松间照，清泉石上流。

竹喧归浣女，莲动下渔舟。

随意春芳歇，王孙自可留。

西江月·夜行黄沙道中

〔宋〕 辛弃疾

明月别枝惊鹊，清风半夜鸣蝉。稻花香里说丰年，听取蛙声一片。　七八个星天外，两三点雨山前。旧时茅店社林边，路转溪桥忽见。

(第 10 章)

登鹳雀楼

〔唐〕 王之涣

白日依山尽，黄河入海流。

欲穷千里目，更上一层楼。

将进酒

[唐] 李白

君不见黄河之水天上来，奔流到海不复回。君不见高堂明镜悲白发，朝如青丝暮成雪。人生得意须尽欢，莫使金樽空对月。天生我材必有用，千金散尽还复来。烹羊宰牛且为乐，会须一饮三百杯。

岑夫子，丹丘生，将进酒，杯莫停。与君歌一曲，请君为我倾耳听。钟鼓馔玉不足贵，但愿长醉不愿醒。古来圣贤皆寂寞，惟有饮者留其名。陈王昔时宴平乐，斗酒十千恣欢谑。主人何为言少钱，径须沽取对君酌。五花马、千金裘，呼儿将出换美酒，与尔同销万古愁。

茅屋为秋风所破歌

[唐] 杜甫

八月秋高风怒号，卷我屋上三重茅。茅飞渡江洒江郊，高者挂罥长林梢，下者飘转沉塘坳。

南村群童欺我老无力，忍能对面为盗贼。公然抱茅入竹去，唇焦口燥呼不得，归来倚杖自叹息。

俄顷风定云墨色，秋天漠漠向昏黑。布衾多年冷似铁，娇儿恶卧踏里裂。床头屋漏无干处，雨脚如麻未断绝。自经丧乱少睡眠，长夜沾湿何由彻！

安得广厦千万间，大庇天下寒士俱欢颜！风雨不动安如山。呜呼！何时眼前突兀见此屋，吾庐独破受冻死亦足！

（第 12 章）

旅夜书怀

［唐］杜甫

细草微风岸，危樯独夜舟。

星垂平野阔，月涌大江流。

名岂文章著，官应老病休。

飘飘何所似，天地一沙鸥。

（第 13 章）

月下独酌四首·其一

［唐］ 李白

花间一壶酒，独酌无相亲。

举杯邀明月，对影成三人。

月既不解饮，影徒随我身。

暂伴月将影，行乐须及春。

我歌月徘徊，我舞影零乱。

醒时相交欢，醉后各分散。

永结无情游，相期邈云汉。

庐山谣寄卢侍御虚舟

[唐] 李白

我本楚狂人，凤歌笑孔丘。

手持绿玉杖，朝别黄鹤楼。

五岳寻仙不辞远，一生好入名山游。

庐山秀出南斗傍，屏风九叠云锦张。

影落明湖青黛光，金阙前开二峰长，银河倒挂三石梁。

香炉瀑布遥相望，回崖沓嶂凌苍苍。

翠影红霞映朝日，鸟飞不到吴天长。

登高壮观天地间，大江茫茫去不还。

黄云万里动风色，白波九道流雪山。

好为庐山谣，兴因庐山发。

闲窥石镜清我心，谢公行处苍苔没。

早服还丹无世情，琴心三叠道初成。

遥见仙人彩云里，手把芙蓉朝玉京。

先期汗漫九垓上，愿接卢敖游太清。

早发白帝城

[唐] 李白

朝辞白帝彩云间，千里江陵一日还。

两岸猿声啼不住，轻舟已过万重山。

（第 19 章）

观沧海

[东汉] 曹操

东临碣石，以观沧海。

水何澹澹，山岛竦峙。

树木丛生，百草丰茂。

秋风萧瑟，洪波涌起。

日月之行，若出其中；

星汉灿烂，若出其里。

幸甚至哉，歌以咏志。

夜宿山寺

[唐] 李白

危楼高百尺，手可摘星辰。

不敢高声语，恐惊天上人。

月夜忆舍弟

[唐] 杜甫

戍鼓断人行，边秋一雁声。

露从今夜白，月是故乡明。

有弟皆分散，无家问死生。

寄书长不达，况乃未休兵。

水调歌头

[宋] 苏轼

丙辰中秋，欢饮达旦，大醉，作此篇，兼怀子由。

明月几时有？把酒问青天。不知天上宫阙，今夕是何年。我欲乘风归去，又恐琼楼玉宇，高处不胜寒。起舞弄清影，何似在人间。　　转朱阁，低绮户，照无眠。不应有恨，何事长向别时圆？人有悲欢离合，月有阴晴圆缺，此事古难全。但愿人长久，千里共婵娟。

（第 22 章）

过华清宫绝句三首·其一

[唐] 杜牧

长安回望绣成堆，山顶千门次第开。

一骑红尘妃子笑，无人知是荔枝来。

（第 23 章）

陋室铭

[唐] 刘禹锡

山不在高，有仙则名。水不在深，有龙则灵。斯是陋室，惟吾德馨。苔痕上阶绿，草色入帘青。谈笑有鸿儒，往来无白丁。可以调素琴，阅金经。无丝竹之乱耳，无案牍之劳形。南阳诸葛庐，西蜀子云亭。孔子云：何陋之有？

（第 24 章）

鹿柴

［唐］王维

空山不见人，但闻人语响。

返景入深林，复照青苔上。

（第 25 章）

饮湖上初晴后雨

［宋］苏轼

水光潋滟晴方好，山色空蒙雨亦奇。

欲把西湖比西子，淡妆浓抹总相宜。

（第 31 章）

望岳

［唐］杜甫

岱宗夫如何？齐鲁青未了。

造化钟神秀，阴阳割昏晓。

荡胸生曾云，决眦入归鸟。

会当凌绝顶，一览众山小。

梅

[宋] 王安石

墙角数枝梅，凌寒独自开。

遥知不是雪，为有暗香来。

白雪歌送武判官归京

[唐] 岑参

北风卷地白草折，胡天八月即飞雪。

忽如一夜春风来，千树万树梨花开。

散入珠帘湿罗幕，狐裘不暖锦衾薄。

将军角弓不得控，都护铁衣冷难着。

瀚海阑干百丈冰，愁云惨淡万里凝。

中军置酒饮归客，胡琴琵琶与羌笛。

纷纷暮雪下辕门，风掣红旗冻不翻。

轮台东门送君去，去时雪满天山路。

山回路转不见君，雪上空留马行处。

（第 36 章）

鹧鸪天·送廓之秋试

[宋] 辛弃疾

白苎新袍入嫩凉。春蚕食叶响回廊。禹门已准桃花浪，月殿先收桂子香。　　鹏北海，凤朝阳。又携书剑路茫茫。明年此日青云去，却笑人间举子忙。

外国诗歌:

(第 11 章)

Sonnet 18

— by William Shakespeare

(莎士比亚十四行诗第 18 首)

Shall I compare thee to a summer's day ?

Thou art more lovely and more temperate:

Rough winds do shake the darling buds of May,

And summer's lease hath all too short a date:

Sometimes too hot the eye of heaven shines,

And often is his gold complexion dimm'd;

And every fair from fair sometime decline,

By chance, or nature's changing course, untrimm'd;

But thy eternal summer shall not fade,

Nor lose possession of that fair thou ow'st;

Nor shall Death brag thou wander'st in his shade,

When in eternal lines to time thou grow'st;

So long as men can breathe, or eyes can see,

So long lives this, and this gives life to thee.

I Wandered Lonely As A Cloud

— by William Wordsworth

（华兹华斯《咏水仙》）

I wandered lonely as a cloud.

That floats on high o'er vales and hills,

When all at once I saw a crowd,

A host, of golden daffodils;

Beside the lake, beneath the trees.

Fluttering and dancing in the breeze.

Continuous as the stars that shine.

And twinkle on the milky way,

They stretched in never ending line.

Along the margin of a bay;

Ten thousand saw I at a glance,

Tossing their heads in sprightly dance.

The waves beside them danced; but they

Out-did the sparkling waves in glee;

A poet could not but be gay,

In such a jocund company;

I gazed and gazed but little thought

What wealth the show to me had brought;

For oft, when on my couch I lie

In vacant or in pensive mood,

They flash upon that inward eye

Which is the bliss of solitude;

And then my heart with pleasure fills.

And dances with the daffodils.

(第 24 章)

Ode to the West Wind

— By Percy Bysshe Shelley

（雪莱《西风颂》选文）

O wild West Wind, thou breath of Autumn's being,

Thou, from whose unseen presence the leaves dead

Are driven, like ghosts from an enchanter fleeing,

Yellow, and black, and pale, and hectic red,

Pestilence-stricken multitudes: O thou,

Who chariotest to their dark wintry bed

The winged seeds, where they lie cold and low,

Each like a corpse within its grave, until

Thine azure sister of the Spring shall blow

Her clarion o'er the dreaming earth, and fill

(Driving sweet buds like flocks to feed in air)

With living hues and odours plain and hill:

Wild Spirit, which art moving everywhere;

Destroyer and preserver; hear, oh hear!

《古今和歌集》选文

纪贯之

雪降れば 冬ごもりせる 草も木も 春に知られぬ 花ぞ咲きける

When Icicles Hang by the Wall

— William Shakespeare

（莎士比亚《冬之歌》）

When icicles hang by the wall

And Dick the shepherd blows his nail

And Tom bears logs into the hall,

And milk comes frozen home in pail,

When blood is nipped, and ways be foul,

Then nightly sings the staring owl,

Tu-who! Tu-whit! Tu-who! - a merry note,

While greasy Joan doth keel the pot.

When all aloud the wind doth blow,

And coughing drowns the parson's saw,

And birds sit brooding in the snow,

And Marian's nose looks red and raw

When roasted crabs hiss in the bowl,

Then nightly sings the staring owl,

Tu-who! Tu-whit! Tu-who! - a merry note,

While greasy Joan doth keel the pot.

图书在版编目（CIP）数据

如果李白在阿尔卑斯山 / （瑞士）阮枫舒著 .
上海：少年儿童出版社，2025.—ISBN 978-7-5589-
2137-7

Ⅰ . I522.84

中国国家版本馆 CIP 数据核字第 2025E9U863 号

如果李白在阿尔卑斯山

阮枫舒 著

茗　夏魏　虹 内文插图
杨福玉 封面绘图
汪苤灵子 封面设计

特约编辑　王荣霞

责任编辑 庞　冬　美术编辑 陈振宇
责任校对 陶立新　技术编辑 许　辉

出版发行　上海少年儿童出版社有限公司
地址 上海市闵行区号景路 159 弄 B 座 5-6 层　邮编 201101
印刷 上海新艺印刷有限公司
开本 720×980 1/16　印张 20　字数 213 千字　插页 1
2025 年 5 月第 1 版　　2025 年 5 月第 1 次印刷
ISBN 978-7-5589-2137-7 / I·5331
定价 48.00 元